AF472266

Vaselinetjie

Anoeschka von Meck

Tafelberg

Deur dieselfde skrywer:
Annerkant die longdrop, Queillerie, 1998
My name is Vaselinetjie, Tafelberg, 2009

Tafelberg,
'n druknaam van NB-Uitgewers,
'n afdeling van Media24 Boeke (Edms) Bpk
Heerengracht 40, Kaapstad

Bandontwerp deur Lien Botha
Boekontwerp deur Teresa Williams
Geset in 11 op 15pt Photina deur Teresa Williams
Gedruk en gebind deur Mills Litho,
Maitland, Kaapstad, Suid-Afrika
Eerste uitgawe, eerste druk 2004
Twee-en-twintigste druk 2013

ISBN: 978-0-624-03981-5

Sy't gehoop alles sou oor wees teen die tyd dat dit lig word.

Sy't gehoop die maan sou vol wees, sodat sy beter kon sien waarheen.

Sy't gehoop sy gaan dood voor die nuwe dag. Vroegaand al begin voel die tyd kom nader.

Haar bangtyd.

Haar geheim wat uiteindelik uit haar lyf sou weggaan.

Haar huiswerk was klaar en sy't gemaak of sy vroeg gaan slaap. Kamer toe gegaan en die goed uitgehaal wat sy al lank in 'n sak onder in haar kas weggesteek het. Sy't haar kamerdeur gesluit en by die venster uitgeklim.

Niemand sou iets agterkom nie.

Niemand sou haar kom soek nie.

Wie gee in elk geval om?

Die laaste paar maande het die huismense gewoond geraak daaraan dat sy haar eie ding doen. Dat sy nie wil praat nie. Dat sy huil en nors is en vir als skrik. Dat sy soggens heel eerste opstaan en dat die badkamer soms na opgooi ruik.

Maar as iemand dalk gedink het iets skort, het niemand genoeg omgegee om uit te vra nie.

Sy was alleen.

'n Ent weg van die huis af het die pyn begin. Dit was baie erger as

wat sy verwag het. Sy't vasgebyt in die handdoek wat sy saamgebring het, maar later kon sy haar skree nie meer inhou nie.

Sy moes verder. Iemand sou haar hoor as sy só aanhou kerm en skrou.

As sy net agter die eerste koppie kon kom!

Eers het sy net gestap – tot buite die dorp, tot agter die begraafplaas se laaste muurtjie. Niemand kom ooit daar nie. Sy het presies geweet waarheen om te gaan, want sy het maande gelede al na al die plekke gaan kyk. Soos 'n kat voor die tyd 'n veilige hoekie in 'n krat vir haar werpsel gaan soek.

Dit was al heeltemal donker. Sy't 'n paar keer skeef getrap en ander kere van pyn inmekaargesak sodat die klippertjies haar knieë gevreet het.

Ver weg het sy die oranje gloed van die laaste vuurtjies in die lokasie gesien en haar gehyg probeer stil hou om te luister of die stemme nie dalk nader kom nie.

Dit was die langste en bangste nag van haar lewe.

Met die eerste lig het sy nie meer omgegee nie. Nie oor wat gebeur nie, nie oor hoe sy besig was om dood te bloei nie. Sy was te moeg.

Sy het dit nie tot heeltemal by die klipkoppie gemaak nie. 'n Paar meter weg het sy afgesak onder 'n sonbesiebos wat uit 'n rots groei.

Iewers in die oggend het sy ophou kreun en net gelê terwyl die son die bloed op haar klere en teen haar bene af taai bak.

Een

1

Die bloed loop taai teen Vaselinetjie se regterknie af. Daar's 'n druppel op die vloer net voor haar bank en sy steek haar voet uit om met haar skoolskoen daaroor te vee voor die juffrou sien.

Voor in die klas is Donovan Roman besig om vir die hoeveelste keer die week "Nkosi Sikelel' iAfrika" uit te skryf. Al die ander graadvyfs ken dit al uit hulle kop – Vaselinetjie die beste van almal. Bo die swartbord hang 'n groot horlosie. Vaselinetjie probeer om nie op die horlosie te kyk nie, want sy weet dit gaan altyd gedurende die dag staan, maar nogtans hou sy die wysers gespanne dop.

Wanneer die huistoegaanklok lui, moet sy eerste by die klas uit wees. Anders gaan sy meer as 'n stukkende knie hê teen die tyd dat sy hulle jaart haal.

Hulle gaan haar slat, het hulle gesê.

Hulle gaan haar dik skop en haar ponies alles uitpluk.

Hulle gaan aanhou en aanhou tot sy vir hulle sê.

Tant Kitta Bosman haal haar voorskoot af toe sy die ghrênd motor voor die tuinhekkie sien stop.

Dis die prinsipaal.

Dis nou al die derde keer dié kwartaal dat hy self vir Vaselinetjie by die huis kom aflaai. Hy's 'n goeie man, dink tant Kitta.

'n Besorgde mens wat nie bang is om sy moue vir die kinders in sy skooltjie op te rol nie.

Sy loop nie dadelik voordeur toe nie, maar kyk eers skelm deur die kombuis se klein venstertjie. Na haar kleinkind.

Toe sy die swart koppie met die twee lang boksterte en wit ingevlegte linte langs die prinsipaal sien uitklim, sug sy van verligting.

Solank die kind net veilig is!

Sy maak die voordeur oop en glimlag vriendelik vir die prinsipaal. "Middag, meneer, hoe gaan dit?"

"Middag, mevrou Bosman. Mevrou, ons sal moet praat . . ."

Vaselinetjie staan agter die prinsipaal tot die grootmense begin gesels. Dan skuur sy verby, die gang af. Ná 'n rukkie kom sy skoongewas met 'n gehekelde toppie en 'n skirtjie aan uit haar kamer en gaan maak vir die prinsipaal en haar ouma tee in die kombuis. Sy pak die koppies versigtig op die pierings met die ore almal na dieselfde kant gedraai soos haar ouma haar geleer het terwyl sy iets van die gesprek probeer hoor.

"Dit kan nie so aangaan nie," sê die prinsipaal. "U verstaan tog dat daar iets aan die saak gedoen sal moet word, nè?"

Vaselinetjie kan nie hoor wat haar ouma antwoord nie, maar toe sy die skinkbord wankelrig die sitkamer binnedra, sien sy haar ouma 'n traan wegpink.

2

In die tweede kwartaal van Vaselinetjie se volgende skooljaar daag 'n vreemde motor by die skool op. Dis nou al 'n paar weke vandat die prinsipaal en die predikant een aand tot laat by Oupa en Ouma sit en praat het.

Twee vrouens klim uit die motor, een wit en een swart. Hulle lyk ongemaklik in die middaghitte met hul gepêdse pakke en halfmashakke aan.

Hulle kom van iewers ver, kan Vaselinetjie sien, want die kar se voorruit is vol dooie goggas en stof. Sy ken ook nie die vreemde nommerplaat nie. Die kinders lag agter hulle hande vir die twee vrouens en 'n paar loer by die motor in om te sien of die ruite van daai is wat met knoppies op en af skuif.

Nog voor Vaselinetjie kantoor toe geroep word, voel sy al 'n aardige bangheid. Sy dink daaraan om vinnig by die skoolhek uit te glip en na haar oupa se groentewinkeltjie aan die ander kant van die dorp te hardloop, maar as sy in skooltyd daar aankom, sal sy hom verleë maak voor sy kopers omdat sy so stout is.

In die kantoor sleep die prinsipaal 'n ekstra stoel vir haar nader. "Vaselinetjie, dié dames is van die Welsyn en hulle wil net 'n bietjie met jou gesels."

Sy loer na die anties en dan na die papiere wat voor Meneer op sy lessenaar lê. Sy probeer sien of Meneer haar rapport ook daar het en of hy haar punte vir die anties gaan wys.

Die wit antie vra 'n klomp vrae, maar sy's niks kwaai nie. Sy sê Vaselinetjie het die mooiste lang hare. Die swart antie praat nie met Vaselinetjie self nie, net met die prinsipaal en die wit antie, op Engels. Dit laat Vaselinetjie ongemaklik voel dat dié antie haar so stip aankyk en dan haastig goed in haar lêer neerskryf.

Toe die sekretaresse die teetrollie inbring, sê Meneer Vaselinetjie kan maar teruggaan klas toe.

"Sien jy nou?" tart Katie Draghoender toe Vaselinetjie in hulle bank inskuif. "Daai anties het jou kom haal oor jy altyd lieg!"

Cherise, wat altyd in haar neus krap en dit dan eet, draai van voor af om. Sy trap aspris op Vaselinetjie se tas. "Twiegevriete soos jy kan nie by ons bly nie!"

Hulle lag so hard dat die juffrou opstaan en tussen die banke kom deurloop.

Daardie naweek voel Vaselinetjie asof 'n groot hartseer soos sleepmis oor hulle huis toegesak het. Ouma en Oupa is stil, en soms as Ouma sit en groente skil, sien Vaselinetjie hoe 'n traan sommerso teen haar wang afloop.

Sondagoggend voor kerk gesels die predikant 'n rukkie met Oupa en sit sy hand op Oupa se rug. 'n Paar van Ouma se vriendinne kyk bejammerend na haar en gee dan vir Vaselinetjie so 'n hartseer glimlaggie. Amper soos hulle altyd by begrafnisse doen.

Ná kerk vat Oupa hulle om ietsie soets by die keffie in die bodorp te gaan eet. Dis 'n rare gebeurtenis en Vaselinetjie geniet dit gewoonlik vreeslik, maar vandag voel dit of Ouma en Oupa nie die toringroomyse vol bruin sjokoladesous in hulle glase geniet nie.

"Vaselinetjie," sê Oupa toe hulle by die huis kom en hy sy kerkdas met 'n sug losmaak, "wat die nuwe kwartaal begin te loep, gat jy na 'n anner skool. Dis op 'n anner plek, vér hiervandaan. Maar dit kan nie anners nie, Oupa se darling moet verstaan . . ."

Toe begin snik Oupa só dat Ouma vir Vaselinetjie aan die hand na haar kamer toe vat. Hulle sit op Vaselinetjie se bed en Ouma hou haar vas en wieg haar saggies soos toe sy nog klein was.

Vaselinetjie kan haarself in die spieëlkas se deur sien en skielik weet sy dat dit wat sy sien, iets te doen het met hoekom sy moet weggaan. Dat alles gaan verander en dat dit nooit, ooit weer dieselfde saam met Oupa en Ouma gaan wees nie.

Sy vlie op en hardloop by die agterdeur uit, spring oor die heining by die plek wat al laag gedruk is van al die jare se oorklouter en hol die veld in.

Sy haat hierdie dag!

Sy haat die prinsipaal wat altyd vir haar sê hoe slim sy is en hoe hard sy werk en hoe trots hy op haar is. Sy haat hom omdat hy haar uitgelok het om met die vreemde anties te praat.

Sy haat die kinders by die skool wat haar altyd spot en afknou en haar hare trek en aanhou sê sy jok.

Sy haat haar oupa en ouma omdat hulle te oud en te arm is om haar weg te steek.

Sy haat haar boksterte wat nooit reg wil sit nie en sy haat haar stupid naam.

Maar meeste van als haat sy haarself omdat sy so dom was om die verkeerde goed vir die vroumense te sê en nou moet sy vir ewig weggaan.

Twee

1

Vaselinetjie het nog nooit trein gery nie. Die prinsipaal het haar en Oupa met sy ghrênd motor Upington toe gevat. Daar het hulle kaartjies vir die trein gekoop.

Ná die Sondag wat sy gehoor het sy moet weggaan, het Vaselinetjie so aanhoudend gehuil dat Oupa later moedeloos gesê het hy en Ouma sal haar vat om splinternuwe klere te koop as sy net tot bedaring sal kom. Terug by die huis mag sy egter nie haar nuwe klere aantrek om te dra nie, sy kon net een keer in die spieël kyk en toe het Ouma dit netjies opgevou en in haar tas gepak. Uit haar nuwe winkelklere kon sy net een iets kies om op die trein aan te trek: 'n pienk toppie met 'n denimskirtjie.

Die trein wikkel en skud. Oupa sit wiegend en slaap met die koerant oop op sy knieë. Hy't sy kerkpak aan en sy hoed lê langs hom op die sitplek. Dis die eerste keer in jare dat Oupa van die huis af weggaan. Vaselinetjie het gehoor hoe hy reël dat die predikant se vrou by Ouma kom oorslaap. Ouma was glad nie tevrede nie, maar toe Oupa met sy kierie op die vloer stamp en sê daar sal nie verder 'n stryery oor wees nie, het Ouma haar maar berus.

Vaselinetjie probeer Ouma se stem in haar kop hou. Sy weet net dit gaan baie lank wees voor sy dit weer sal hoor. In haar Bybel is 'n briefie wat Ouma gesê het sy moet lees wanneer sy by haar nuwe skool verlang en allenig voel.

"Nie voor die tyd nie, gahoor?"

Die trein ry deur die nag, tot die volgende oggend. Naby Johannesburg kom maak die kondukteur hulle venster toe. Hy sê die mense gryp sommer jou goed terwyl die trein nog beweeg.

Vaselinetjie voel al van vroegoggend af jammer vir haarself, maar skielik begin sy vir Oupa amper meer jammer kry. Hy vryfvryf aanhoudend oor die rand van sy hoed. Sy gaan sit op die sitplek langs hom en leun met haar kop teen sy skouer. Arme Dadda.

Die stasie is baie groot en raserig met mense wat almal kwaai lyk en haastig is. Dieselfde wit vrou wat Vaselinetjie uitgevra het by die skool, is daar om hulle te ontmoet. Vaselinetjie glimlag glad nie vir haar nie en hou Oupa se hand tot die laaste oomblik vas. Hy haal hees asem en sy oë is waterig.

Toe Oupa haar groet, vroetel hy in sy binnesak, haal 'n R50-noot uit en gee dit vir haar. Dis die meeste geld wat sy nog ooit gehad het, behalwe die keer toe sy die skool se kunskompetisie gewen het en die predikant én die prinsipaal én Oupa elkeen vir haar R20 gegee het.

Oupa hou nie op om haar vas te druk nie en die Welsynvrou kyk op haar horlosie.

"Mevrou, hierdie is onse hart se punt," snik Oupa in sy sakdoek en kry nie 'n woord verder uit nie.

Die laaste wat Vaselinetjie van haar Dadda sien, is waar hy met sy hoed in sy hand op 'n bankie in die groot stasie voor hom sit en uitkyk. Hy weet nie dat sy hom nog deur die glasdeure van die parkeerterrein kan sien nie en sy moet op haar lip byt om nie agter hom aan te gil nie.

Sy praat niks met die Welsynvrou nie. As die vrou haar iets vra, draai sy net haar kop weg en maak of sy by die kar se venster uitkyk.

Hulle ry lank en stop net een keer by 'n garage waar Vaselinetjie alleen die toilet moet gaan soek. Sy voel asof almal kan sien sy's 'n kind wat van haar huis en haar dorp af moet weggaan sonder dat iemand vir haar die regte rede sê. Asof die hele wêreld weet van 'n geheim en sy's die enigste aap wat van niks weet nie. Wat daarvan as sy ligter as almal is? Haar ouma sê sy's maar van altyd af so.

Die Welsynvrou koop vir haar 'n pasteitjie, tjips en 'n Fanta. Vaselinetjie hou baie van Fanta, maar sy hou die blikkie aspris net vas sonder om dit oop te maak. Dis vir haar moeilik om ongeskik te wees met 'n vreemde grootmens, want haar ouma het haar nie so geleer nie. By die kerk sê die mense altyd hoe goed gemanierd sy is. Maar vandag gee sy nie om nie. Die antie moet maar dink sy is ongeskik.

Om van die Welsynvrou te vergeet, kyk sy na die name op al die borde. Sy's nie toe nie. Sy weet Johannesburg is lankal nie meer die Noord-Kaap waar hulle bly nie. Johannesburg is Gauteng.

Sy probeer om al die name te onthou soos wanneer sy hard vir 'n eksamen leer. Dis vir die dag wanneer sy die pad terug huis toe gaan vat. Maar later raak die name en die plekke waar hulle verbyry te veel en te deurmekaar. Vaselinetjie huil sonder om 'n geluid te maak. Sy raak aan die slaap met haar gesig in die nat kol waar haar trane teen die motordeur se plastiek opgedam het.

Haar nuwe koshuis sit buite 'n dorp wat lyk asof sy strate moeg is en na die kante toe uithang. 'n Smal teerpad kronkel halfpad teen 'n heuwel op tot voor 'n hek. Daar staan 'n groot bord wat sê: REG TOT TOEGANG VOORBEHOU.

In die skemerlig kan Vaselinetjie geboue met 'n paar stukkende vensters en 'n verdorde grasperk uitmaak, 'n tennisbaan waar onkruid deur die barste groei. Die hek hang nog net aan een skarnier en tingeling liggies teen 'n geroeste paal. Die Welsynvrou parkeer voor 'n H-vormige tweeverdiepinggebou waarin daar net hier en daar 'n liggie brand.

Niemand kom buitentoe om hulle te verwelkom nie en Vaselinetjie sukkel om haar groot tas uit die kattebak gelig te kry. Die Welsynvrou gaan klop solank aan die voordeur.

Ná 'n lang ruk klik 'n dowwe stoeplig aan en hulle hoor hoe iemand die slotte binne oopskuif.

"Is dit 'n nuwe opname?" vra 'n stem sonder om die deur op meer as 'n skrefie oop te maak. "As dit is, moet julle agterom gaan. Klop daar aan die laaste deur." Die stem wag nie vir 'n antwoord nie en die deur word net so in hulle gesigte toegemaak.

"Kom!" stap die Welsynvrou met harde kliek-klak-treë vooruit. Vaselinetjie kan sommer hoor sy het haar gevies.

Die Welsynvrou klop lank aan 'n deur agter diefwering voor iemand vir hulle kom oopsluit. Terwyl die vrou vorms teken, kyk Vaselinetjie om haar rond. Sy kan deur 'n venster 'n binnehof sien, en kamers wat daarop uitkyk. Agter 'n gordyn by 'n venster op die tweede verdieping sit 'n rooikopseuntjie. Dit lyk of hy huil. Toe hy haar sien, hou hy op en waai vir haar. Hy vee sy neus aan die gordyn af.

Die Welsynvrou is klaar met die vorms en draai na haar. "En moenie dat tannie nou enige slegte goed van jou hoor nie, nè?" groet sy haastig en vat vlugtig aan Vaselinetjie se rug.

Die koshuisvrou maak die deur na die gang oop en stoot die traliehek weg sodat Vaselinetjie kan ingaan. Sy hoor 'n gefluister in die donker gang.

"Ligte uit, ligte uit!" roep die vrou soos hulle in die gang af loop terwyl Vaselinetjie met moeite haar tas agterna sleep. Die vrou het hare op haar bolip en ken, te grillerig. Vaselinetjie sien dat haar voete skeef trap in 'n paar houseslippers en dat haar hakke skurf en gebars is. Sy is besig om 'n toastbroodjie te eet en lek haar vingers af terwyl sy Vaselinetjie se vorms onder haar blad vasknyp.

"Daar's verskillende eenhede in die gebou wat almal presies dieselfde lyk. Elkeen word 'n *huis* genoem en het 'n ander naam en 'n ander huistannie wat na die kinders in daardie huis omsien. Almal se voordeure loop uit in die groot gang in die middel van die gebou," verduidelik die vrou met haar laaste korsie oor haar skouer.

By die vierde kamer beduie sy vir Vaselinetjie om in te gaan, maar bly skaars vir 'n oomblik in die deur staan om te sien of sy darem 'n oop bed kry.

"Ek't mos gesê ligte uit," skel sy by Vaselinetjie verby op die nuuskierige agies wat orals onder beddegoed uitloer.

Vaselinetjie wil haar oë styf toeknyp en net gil en gil tot sy wakker word uit hierdie nagmerrie. Elke bed staan 'n tree weg van die volgende een en elkeen het 'n klein bedkassie en 'n hangkas, maar party van die kaste is sonder deure.

Die vrou skakel die lig af en haar voetstappe verdwyn in die gang af.

"Moenie worry oor haar nie. Jy's eintlik lucky jy's in hierdie huis, want sy's een van die gaafste tannies," fluister 'n stem uit die bed langs Vaselinetjie s'n.

Vaselinetjie kan nie die persoon se gesig uitmaak nie en sy's te verskrik om te antwoord. Sy haal haastig haar nighty uit haar tas en trek dit onder die duvet aan sonder om 'n geluid te maak.

Waar is ouma Kitta om haar te kom toemaak? Waar is haar eie groot, sagte bed met die vrolike bedspread en springs wat skiet as sy op hom val? Die bed waarop sy nou lê se matras is so dun dat sy duidelik kan voel waar daar spasies tussen die planke is.

Sy wil gaan piepie en sy wil huil, maar sy's te bang om te roer of dat iemand haar dalk hoor snuif. Sy druk haar kop diep in haar kussing in om haar bang en haar huil te probeer keer.

2

Die volgende oggend word sy wakker van 'n geraas. Dis 'n malle lawaai van stemme wat tussen die kamers heen en weer skree en gesels en lag. Tussendeur probeer die tannie die klomp aanjaag.

By die bed aan Vaselinetjie se ander kant staan 'n tingerige meisie met versnipperde vaal haartjies wat Vaselinetjie aan 'n toiletborsel laat dink. Haar voortande is afgebreekte stompies en bruin gevlek. Toe sy in Vaselinetjie se rigting kyk, kyk Vaselinetjie vinnig weg.

Twee bruin meisies is besig om Vaselinetjie se tas om te dop en haar klere deur te kyk. "Lossit!" Sy spring onder die duvet uit en probeer haar goed teruggryp.

"Aikôna," hou die een meisie dit buite haar bereik, "dit moet alles afgaan waskamer toe voor jy dit kan merk en wegpak." Toe lag sy. "Is jy in 'n apteek gebore?" Sy wys die naamlappies wat ouma Kitta netjies in die nek van elke kledingstuk vasgewerk het vir die ander een. "Jy sal als moet aftorring, hier kry jy net 'n nommer."

'n Groot meisie met die langste swart vlegsel wat Vaselinetjie nog gesien het, kom by die kamer in. Sy maak vinnig al die kaste se deure oop en begin klere uitgooi. Dan loer sy onder die beddens in en pluk die kussing van die bed langs Vaselinetjie s'n weg. Onder die kussing lê 'n pantie, vuil skoolsokkies en 'n eenbeenpop.

Die meisie vat die pop en draai die kop met een besliste beweging af. "Ek dog so," sê sy toe 'n botteltjie uitval. "Jy's gehok vanmiddag, Albie!" sê sy streng.

Vaselinetjie sien hoe die kind met die toiletborselhaartjies die grond tref asof iemand haar in die kop geskiet het. Sy slaan met haar vuiste en skop met haar bene asof sy op die vloer probeer roei. Die ander meisies lag, maar Vaselinetjie staar haar oopmond aan. Sy't in haar lewe nog nooit 'n uitgegroeide kind só sien aangaan nie.

"Hoekom is jou bed nog nie opgemaak nie?" vra die vlegselmeisie skielik.

Vaselinetjie is so paniekerig dat sy nie weet wat om te sê nie. Sy het nog net 'n paar keer met 'n blanke meisie gepraat en dit maak haar ekstra bang omdat sy weet die meisie is al in die hoërskool, want sy's langer as almal en het borste. Haar naam moet Kitcat wees, dink Vaselinetjie, want Albie is besig om haar kliphard uit te vloek.

"Gaan jy jou net natpis of kan jy praat ook?" Kitcat tree nader en Vaselinetjie wil koes, maar toe sien sy Kitcat hou 'n roll-on na haar toe uit. "Is dit joune?"

"Uh," knik Vaselinetjie haar kop, "is myne. It was las nog in my se kys gewies." Sy herken nou eers die botteltjie. Roosgeur met 'n pienk doppie. Ouma Kitta het dit nog nuut vir haar gekoop saam met haar Johnson's baby powder en cream.

Almal kyk vir haar. Albie hou skielik op met skree en staar ook na haar.

"Jy's dan wit soos ek, vir wat praat jy soos 'n hotnot?" sê Kitcat, en die ander skater van die lag.

Vaselinetjie se gesig brand van skaamte. Sê nou die blankes slaan haar? "Wat ek gebore is, is ek maa' altyd so lig," mompel sy net.

Gaan dit nou hier ook wees soos by haar ou skool waar hulle altyd gesê het sy lieg? Sy voel die opgooi in haar keel. Het die antie haar nie per ongeluk in die donker in die verkeerde kamer gesit nie?

Die volgende oomblik klap dit soos Albie reguit agteroor val en haar kop die vloer tref. "Néééé!" gil sy dat die are in haar nek uitstaan. "Ek gaan nie my kas regpak as daar 'n houtkop in my kamer is nie!"

"Ag, hou jou bek, Albie. Ek vat liewer 'n hottie as 'n dief en 'n skrougat any time," sê die meisie by die bed aan Vaselinetjie se ander kant. Haar stem is eentonig, asof sy verveeld is. Vaselinetjie herken dit dadelik as die stem van die vorige aand. Die meisie het 'n bleek gesig en spierwit hare wat in twee dik boksterte vasgemaak is.

"My naam is Killer," groet sy bo-oor die lawaai terwyl sy die slot aan haar kas toeklik en Albie se bondel skoene voor die bed eenkant toe skop. "Ek het my stiefpa se klere met my lighter aan die brand gesteek toe hy dronk was. Toe moes hy 'n skin transplant kry. Nou mag ek nie meer by my huis kom nie, maar dis ok fine."

Aan haar manier van praat kan Vaselinetjie nie agterkom of Killer vriendelik, kwaad of hartseer is nie. Sy klink eintlik 'n bietjie brêgherig oor wat sy vertel.

Vaselinetjie begin haar bed opmaak en probeer om niks verder te sê nie, maar terselfdertyd is sy bang dat as sy net stilbly, die ander kinders met haar gaan baklei.

". . . net twee hande en twee voete, dis wat ek het, maar nee, die government traak mos nie daaroor nie. Stop vyftien kinders in een huis vir een huisma om na te kyk. Waar is reg en geregtigheid, vra ek jou?" hoor Vaselinetjie die huistannie buite in die gang kla.

Sy loop agter die ander kinders aan na die sitkamer waar die meisies by hulle studiebanke gaan sit om ontbyt te eet. Elkeen kry 'n bakkie pap en daar staan brood in die middel van elke tafel. Die koffiebekers staan klaar gedek.

Vaselinetjie kyk nie links of regs nie, maar dit klink vir haar of dit *The Bold and the Beautiful* is wat op die TV speel. Dit laat haar van voor af hartseer voel, want sy en haar ouma het dit altyd saam gekyk.

"Gaan jy eet of gaan jy net maak of jy onsigbaar is?" vra Killer.

Selfs al was haar keel nie so toegetrek nie, sou Vaselinetjie nie kans gesien het vir die blerts pap voor haar nie.

"Die velle is gross, maar jy moet dit net laat afgly en maak asof dit vla is," sit Albie in. Sy wag aspris tot Vaselinetjie na haar kant toe kyk en trek dan tydsaam die gestolde vel van haar pap af. Sy laat dit in haar mond afsak soos iemand wat 'n erdwurm sluk.

Vaselinetjie voel die kinders se oë op haar. Hulle wag die hele tyd dat die tannie haar iets moet vra, sodat sy móét praat.

"Ugh!" spoeg Albie haar pap amper uit. "Julle het al weer te min suiker vir my opgesit. Het tannie gehoor hierdie wit meisie praat nes 'n kleurling, hè, tannie?"

"Los haar," slurp die tannie aan haar koffie waar sy vasgenael voor die TV sit. "Sy kan dit nie help nie. Hulle praat maar so daar waar sy vandaan kom. Sjarrap nou en maak klaar."

"Jy moet dit maar vat soos jy dit kry," probeer Killer vir Vaselinetjie gerusstel. "Kitcat-hulle gooi soms suiker op en ander kere weer nie, en daar's net mooi fokkolo wat mens daaraan kan doen."

Ná ete wys Kitcat vir Vaselinetjie 'n lang lys met pligte wat in die kombuis opgeplak is. Dit sê watter werk elke kind in die huis moet doen. Kitcat skryf nie Vaselinetjie se naam op nie, net 'n nommer.

"Sien," beduie sy, "jy's 113. Een-een-drie. Dis jou wasgoednommer, het jy dit?"

Vaselinetjie frons terwyl sy die pligte lees. Skottelgoed was, afdroog, vee, mop, vullisdrom uitgooi, en so aan.

"Moet ek my plig die hele jaar lank doen?" vra sy vir Killer.

"Is jy nou mal? Hoe dink jy gaan my hande lyk as ek 'n blooming jaar lank moet skottelgoed was, hè? Ons ruil elke week, almal se nommer skuif een plek af. Behalwe as jy vir Kitcat of die tannie kwaad gemaak het, dan sit hulle jou net waar hulle wil, vir so lank as wat hulle wil. Ek moes al 'n maand lank dromme uitgooi, tot iemand gaan klik het dat ek meantime lekker agter die muur staan en rook."

Nommer 113 word regoor "uitvee" geplak. Vaselinetjie glimlag amper van verligting, want dit is ten minste iets wat sy weet hoe om te doen.

"Ek kán vee, jy moet my net wys waar die besemgoete is, gahoor?" sê sy vir Killer en bloos bloedrooi toe dié haar snaaks aankyk.

Toe sy klaar gevee het, wil sy net 'n bietjie by die agterdeur uitgaan om weg te kom van al die starende gesigte en onbekende stemme wat vir haar loer en lag, maar die deur is bot toe.

"Dis altyd gesluit, onnosel," sê iemand wat verbystap.

Daar is nêrens om alleen te wees nie. Nêrens waar 'n mens kan huil sonder dat iemand jou sien nie.

"Jy mag nie uitgaan voor ons nie in die ry staan om skool toe te stap nie. En dan wil Kitcat nog eers jou naels sien en deur jou tas krap," sê Killer en sy kom saam met Vaselinetjie deur die tralies van die sekuriteitshek staar.

Maar Vaselinetjie mag nie dadelik saam met die ander kinders skool toe gaan nie.

"Die tannie wag vir jou in die badkamer. Jy moet eers ge-delice en ontwurm word," stuur Kitcat vir Vaselinetjie van die agterdeur af weg terwyl die res van die meisies een vir een by haar verbyloop. Party kyk terug met sulke lekkerkry-glimlaggies.

"Kry vir jou, sista!" roep Killer oor haar skouer.

Sal dit hier nog slegter met haar gaan as by haar vorige skool? Vaselinetjie se ken wil-wil begin bewe terwyl sy deur die tralies na die ander kinders kyk wat af dorp toe stap. Sy sien hoe Killerhulle eers onder die bome stop om hul uniformskirts op te rol dat dit korter kan wees.

Sy was nog nooit in 'n gemengde skool met blanke kinders nie. In haar ou skool was sy en Avril Philander die witste. Avril was altyd baie wintie oor haar lang reguit hare en het stories rondvertel dat Vaselinetjie se ouma haar hare skelm straighten om dit ook so reguit soos hare te kry.

Boonop het Avril heeltyd gemaak of sy kamstig Engels is. Missies Philander het nes haar dogter gemaak, en ouma Kitta het gelag as Vaselinetjie vir haar wys hoe Avril en haar ma hulle monde trek. So.

Dan sê Ouma altyd mens moet eintlik vir hulle jammer voel, want jy is wat die Liewen Vader jou gemaak het en jy moet dit aanvaar en daarmee saamlewe. God maak nie foute nie.

3

Ná Vaselinetjie die res van die dag met 'n handdoek om haar kop moes rondloop en haar hare drie keer met asyn moes was om die olie af te kry, word sy die volgende dag toegelaat om skool toe te gaan.

"Die dorpskinders is 'n spul taties. Hulle like ons nie, maar dis fine, want ons smaak hulle anyway ok nie," sê Killer terwyl die rye kinders skool toe stap. Die dorp lê laer as die koshuis en die teëls van die dorpshuise se dakke weerkaats in die oggendson.

"Julle Peppies!" skree 'n dorpseun wat vinnig op sy fiets verbygejaag kom.

"Dis wat hulle ons noem," verduidelik Killer sonder om op te kyk. "Peppies vir Pep Stores. Hulle sê ons is die hoerkinders van Gam en ons dra net die rejects wat Pep Stores vir ons donate." Sy skop 'n leë Coke-blikkie voor haar uit.

Voor hulle snork Albie deur haar neus en spoeg lang drade in 'n rioolgat af. "Siesa, man!" sê Kitcat, wat hulle van agter af ingehaal het, en klap haar teen die kop.

In die graadsesse se registerklas roep ’n meneer met ’n kort, skewe dassie die kinders se name uit. As die kinders nie vir hom gewys het daar is ’n nuwe kind nie, sou hy nie eens vir Vaselinetjie gesien het nie.

“Naam?” vra die meneer sonder om op te kyk.

“Vaselinetjie.”

Die kinders skaterlag. Hulle slaan op hulle banke en op mekaar se rûe soos hulle lag.

“Stilte!” wys die meneer met sy hand.

Vaselinetjie staan stokstyf in haar bank. Sy voel ongemaklik in die verbleikte skoolklere wat die tannie gisteraand vir haar kom gee het. Die skooltrui is op twee plekke gestop en die een mou is heeltemal uitgerek en te lank. Ouma Kitta sou nooit as te nimmer toegelaat het dat sy só slordig skool toe gaan met ander mense se hand-me-downs nie.

“Wat is jou volle naam?”

“Stukkie Vaseline . . . eh . . . Bosman.”

Die meneer sit sy pen en kou terwyl die seuns fluit en ’n groep bruin meisies agter in die klas aanhoudend giggel en aan mekaar stamp.

“Ouderdom?”

“Elf, meneer.”

Die meneer kyk op. “Is jy vroeg skool toe gestuur?”

Vaselinetjie knik net, want sy wil nie weer praat nie. Gelukkig vra die meneer nie verder uit nie. Onderdeur die lessenaar kan sy sien dat sy een hempsknoop oor sy maag los is.

“Bly jy gou agter,” sê hy toe die klok vir die eerste periode lui. “Kom staan ’n bietjie nader,” beduie hy met sy gekoude pen. Hy moet gesien het sy’s op die punt om weg te hol, want sy stem is skielik sagter. “Ontspan, kind. Wat noem die mense jou by jou huis?”

Vaselinetjie hoor hoe die meneer probeer vriendelik wees terwyl hy eintlik haastig is, maar die huil druk haar keel so styf toe dat sy moet sluk voor sy kan praat.

"My oupa noem my Stukkie."

Die meneer se oë glimlag. "Waar kom jy aan dié naam, hè?"

"My oumagoete sê toe ek klein gewees het, slat my vel baie droog yt. Sy't my altyd saans ge-vaseline. Wat ek al kon praat, wou ek nog altyd gesmeer word en dan kerm ek vir 'n stukkie vaseline."

Nou lag die meneer se oë. "Ek sien. Maar watter naam het hulle by jou ander skool opgegee toe hulle jou gaan inskryf het? Dis eintlik die naam wat ek soek om hier in te vul," tik hy op die registerboek.

"O," knip sy haar trane weg, "dis Helena Bosman, meneer! Maar niemand noem my ooit so nie. Dit was net vir my doopsaligheid by die kerk."

Die meneer steek sy hand na haar toe uit. "Nou ja, mejuffrou Stukkie, ek is meneer Du Pisanie. Baie aangename kennis en welkom by ons."

Eerste pouse bly staan Vaselinetjie verleë buite die klaskamer se deur. Sy kyk of sy nie dalk vir Killer êrens sien nie, maar dis net vreemde kinders om haar. Sy het nog nooit 'n blanke maatjie gehad nie, want Avril was nie regtig wit nie en sy was te aaklig.

Die paar meisies wat aanhoudend gegiggel het agter in die registerklas, kom nader gestap. Hulle glimlag, maar nie op 'n vriendelike manier nie.

Die voorste een kom staan reg voor Vaselinetjie. Haar skoolromp is baie kort en Vaselinetjie kan sien die soom is sommer rofweg met 'n stapler ingeskiet. Haar naam is Nazrene Diergaardt. Vaselinetjie weet dit omdat die meneer haar 'n paar keer moes stilmaak in die klas. Nazrene se hare is gestraighten en styfgetrek in twee bolla-horinkies weerskante van haar kop. Die kort, dik bene wat onder haar skirt uitsteek, het kuiltjies in en laat Vaselinetjie aan ouma Kitta se souskluitjies dink.

"Meisie, ons hou nie daarvan as 'n whitey met ons spot nie, verstaan jy?"

"Watse ghaai? Los my! Wat's verkiert met hoe ek prat? Ek klink nog altyd soe!" Vaselinetjie staan terug, maar haar rug is klaar teen die muur.

Nazrene kyk oor haar skouer na die ander en rol haar oë. "Is jy for real?" vra sy en staan nog nader aan Vaselinetjie.

Vaselinetjie wonder of die ander meisies so hard lag omdat hulle kan sien hoe bang sy is. Hulle trek 'n kring om haar.

"Koop vir ons beechies en suurwurms by die snoepie dat ons kan sien of jy genuine is," sê Nazrene en dit lyk of sy Vaselinetjie enige oomblik gaan klap.

"Ek herre niks'ie."

Nazrene spoeg langs Vaselinetjie se voet. "Jislaaikit, girlie! Jy ken nie vir my nie! Ek's nie hier vir popspeel en oulik wees met bastard whiteys nie! Ek kom van die Kaap af en ek weet hoe mense daar praat, so moenie vir my try scheme nie," sê sy dreigend met haar hande op haar heupe.

Ek kom van die Nóórd-Kaap, wil Vaselinetjie nog verduidelik, maar net toe lui die klok vir die einde van die pouse en 'n paar onderwysers kom by die gebou uitgestap. Nazrene gee vir Vaselinetjie 'n lang kyk. "Sorg dat jy môre vir ons cigarettes bring, anders . . ." Sy trek haar vinger stadig oor haar keel voor hulle laggend om die hoek verdwyn.

Die middag ná skool gaan al die koshuiskinders na die groot eetsaal waar almal saam eet, elke huis aan 'n tafel met hul tannie. Eers staan hulle in lang rye in die gang en dan loop hulle een vir een deur die kombuis waar 'n swart tannie vir hulle kos inskep.

"Dis tannie S'laki. Haar bra strap steek altyd uit," fluister Killer oor haar skouer vir Vaselinetjie. Vaselinetjie was baie bly toe Killer vir haar plek gehou het. "Ou S'laki hou nie van whiteys of coloureds nie. Net swart kinders, maar ook nie alle swart kinders nie. Jy sal nog sien. Kyk maar vir wie sy die meeste kos inskep."

Die oomblik wat Vaselinetjie by die eetsaal instap, sien sy hoe die kinders eintlik in hul stoele omdraai om na haar te kyk. Van die groot seuns knipoog vir haar, ander trek gesigte, en as dit nie vir Killer was wat onderlangs vir hulle vinger gegooi het nie, sou Vaselinetjie net aanhou loop het tot sy by die deur aan die ander kant uit was.

Sy is verstom om te sien hoe baie Killer, wat so maer is dat haar vel amper deurskynend lyk, aan tafel eet. Vaselinetjie kan al weer nie gesluk kry met almal wat vir haar loer nie, en toe die tannie nie kyk nie, ruil sy en Killer vinnig borde om.

"Dis min maar dis in," praat Killer met 'n vol mond terwyl sy Albie se bord ook nader trek. Albie is al weer opgeruk en weier om te eet. Sy lê halfpad van haar stoel afgegly skuins onder die tafel in.

"Hoekom is ons tannie se naam Snorre?" fluister Vaselinetjie vir Killer wat besig is om sout op haar hand uit te gooi en dan op te lek. Sy't haar pinkie met Tippex wit geverf.

"Is jy dalk blind?" sê Killer en maak of sy 'n snor kam. Vaselinetjie giggel vir die eerste keer.

Toe middagete verby is, staan al die kinders op. Elke tafel se kinders moet as 'n groep uitloop, sê Killer. Net die kinders wat moet afdek of die opgeruktes soos Albie bly agter. Vaselinetjie is verbaas om te sien dat daar hier en daar nog 'n kind is wat weier om van sy of haar stoel af op te staan of om onder 'n tafel uit te kom.

Aan die verste kant van die eetsaal merk sy nogmaals die rooikopseuntjie van haar eerste aand. Hy sit kop onderstebo en dit lyk of hy weer gehuil het. Sy probeer sy aandag trek, maar hy kyk nie op nie.

Die kleutertafel staan eerste op, want hulle kom voor die groter kinders in om te eet. Party is nog so klein dat van die ouer kinders hulle moet help voer. "Soms gaan help ek 'n bietjie daar, maar dit stink die ene pie," sê Killer en trek haar gesig, en Vaselinetjie lag weer.

Sy vergeet skoon om mooi regop te sit en draai effens op haar stoel toe die ry kleuters by haar tafel verbykom. 'n Bruin dogtertjie met stokkielekker-beentjies en 'n strik op haar kop wat amper groter as sy is, lei 'n vet swart seuntjie aan die hand. Hy waggel met bakbene wat eintlik plooie bo sy knieë maak van frisheid. Toe die dogtertjie sy hand los om haar haarlint uit haar oë te vee, steek hy dadelik sy armpies na die naaste kind uit om opgetel te word. "Abba?" waggel hy na Vaselinetjie toe.

Sy vergeet van bang wees om skel te kry en kom orent om hom op te tel. "Hellou, jong!"

"Sit neer daai klong," praat tannie S'laki hard van die kombuisdeur af waar sy teen die kosyn leun om die afdekkery dop te hou.

"Ouw!" Vaselinetjie sit die seuntjie haastig neer, maar hy wil nie haar bokstert laat los nie en sy moet die klein vingertjies een vir een van haar hare losmaak.

Drie

1

Die dae word weke, word maande. Vaselinetjie kan maar net nie gewoond raak aan die vreemde kinderhuislewe met sy loeiende sirenes, bakleiende kinders en nors tannies nie. Sy bly so ver moontlik uit almal se pad en praat net die nodigste. Die Septembervakansie bring 'n bietjie verligting toe van die kinders uitgaan, en sy lê meestal op haar bed haar biblioteekboeke en lees. Sy is bly toe die laaste kwartaal aanbreek. Die eindkwartaal is ten minste kort en dan weet mens die lekker lang vakansie lê net om die draai.

O, sy kan nie wag om huis toe te gaan nie! Wag net tot haar ouma-hulle hoor hoe dit in dié plek gaan! Die gevloek en geskel, haar tweedehandse skoolklere en hoe voor op die wa en hups die kinders is. Sy's seker haar oupa sal haar dadelik hier uithaal en weer by die huis laat skoolgaan.

Waar sy op haar rug in haar geheime plek lê – binne-in die swembad wat jare gelede al leeggetap is en waar niemand haar ooit kom soek nie – dink sy dieselfde prentjies oor en oor.

Sy wil in haar eie kamer die *Huisgenoot* se agterste blaaie met al die skinderstories oor die sterre sit en deurlees. Snags wil sy die venster wyd oopmaak en na die geroep van die naguiltjies luister. En Sondae wil sy tussen haar ouma en oupa in die kerkbank sit en daai liefiereuk van Stasoft kry, want ouma Kitta gooi altyd 'n ekstra skeppie by as sy Vaselinetjie se klere uitspoel.

En kos. Baie kos. Alles waarvoor sy lus is. Stukke vars gebakte beskuit wat so groot is dat dit jou beker laat oorloop. Kerrievetkoeke en afval met dik stukke aartappel en rys. Wat nog te sê van Jan Ellis-poeding en ouma Kitta se brood met sulke dik hompe bokkaas en vyekonfyt!

Haar maag grom van lus kry vir eet. By die koshuis kry sy maar min die kans om regtig versadig te word. Óf die kinders gaap haar aan, óf die kos sit sommer net in haar keel vas van te veel huis toe verlang. En wanneer sy wel kan eet, is die kos gewoonlik so min dat sy nog steeds honger van die tafel af opstaan.

Snags droom sy soms van kos, en dan sê Killer sy maak grillerige kougeluide in haar slaap. By die skool sien sy hoe die Peppies kos by die dorpskinders bedel, steel of sommer net afvat.

Eenkeer het sy iemand se skooltoebroodjies langs die wasbak in die toilette gekry. Daar was net een happie uit gevat en sy wou dit so graag hê dat sy aspris gewag het tot die laaste meisie uit die hokkies was voor sy dit blitsig onder haar skooltrui ingedruk het. Maar op die ou end kon sy dit nie geëet kry nie van skaam voel omdat dit iemand anders se weggooikos was. Dit het haar te veel na 'n weggooi-iemand laat voel.

Party pouses loop sy tot agter die snoepie sodat sy net die warm geur van die hotdogs en pies kan ruik. Ander dae, wanneer haar honger op sy grootste is of die verlang te vlak sit, waag sy dit nie naby die snoepie nie. Netnou kan sy haarself nie keer nie en dan steel sy ook iets.

Tannie Snorre se asem ruik benoud. Gelukkig bly sy darem gewoonlik na die TV kyk terwyl sy met Vaselinetjie praat. Elke huismoeder het 'n dagboek waarin sy alles neerskryf waaroor die hoof, die ander huismoeders of die kinders hulle by die ANC kan gaan verkla.

Steve Hofmeyr se foto is op tannie Snorre se dagboek geplak, en op al haar lêers. Sy sê sy wil sy kinders hê en dan speel sy vir hulle sy CD's. Killer wys agter haar hand vir Vaselinetjie en Albie hoe sy kamstig goormaag kry en opgooi van die musiek. Dis hulle grappie.

"Vaselinetjie, het jy al jou maatskaplike werker gaan sien?" vra tannie Snorre.

"Nee, tannie," antwoord sy en die paniek slaan sommer so oor haar uit.

"Sy bedoel ja, tannie. Meneer Kedibone het haar al ingeroep, maar sy't nie geweet dis haar maatskaplike werker nie," stamp Killer aan Vaselinetjie.

Vaselinetjie onthou nou van die swart oom met die sny op sy voorkop. Sy't die hele tyd probeer om nie daarna te kyk nie. Die seuns vertel dat iemand die oom met 'n stuk yster geslaan het, en toe maak hy daai man dood en begrawe hom in sy jaart en bou 'n hoenderhok bo-oor sodat die polieste se honde net hoendermis ruik en niks anders nie.

"Hoekom moet ek 'n maatskaplike werker sien, hè?" fluister sy.

"Vaselinetjie, is jy rêrig só 'n fool? Jy sal moet wake-up, girlfriend! As jy weer skrik, skrik tog net wakker!" sê Killer ongeduldig en loop by die sitkamer uit.

Daarna word Vaselinetjie baie stil. Sy lê die hele tyd net op haar bed en pouses by die skool sit sy in die toilet met haar voete teen die deur om dit toe te hou. As Killer dink sy's te onnosel om mee maats te wees, beteken dit niemand wil met haar maats wees nie.

Nazrene en haar groepie bly egter op haar spoor. "Hey, girlie, skuld jy my nie nog iets nie?" treiter Nazrene oor die toilethokkie se muur terwyl sy op die toiletbak langsaan balanseer.

"Voertsek!" Sy's nie meer bang vir die Diergaardt-klimmeid wat haar nie met rus wil laat nie. Haar hartseer is groter as haar bang.

"Is jy sad oor jy 'n orphan is?"

"Watse orphan?"

" 'n Weggooikind wat niemand wil hê nie en wat nou aan Madiba behoort en in sy weeshuis moet bly sodat jy nie begin gom snuif en hoer op straat as die foreign investors van oorsee kom kyk hoe ons land lyk nie. En jy's een van hulle, saam met al die ander Peppies, so get with it, nè?"

Dis die eerste maal wat Vaselinetjie hoor in presies watse soort koshuis sy is. Die Welsynvrou wat haar gebring het, het vir haar gesê dis nie 'n gewone koshuis nie, maar sy't nooit die woord "weeshuis" genoem nie.

"JY LIEG, NAZRENE!" skree sy en spring op, maar dis asof 'n stemmetjie hier binne-in haar nie wil saamstem nie.

Is dit wáár?

Sy't al gewonder hoekom dié koshuis dan so snaaks is en die kinders nie naweke huis toe kan gaan soos Upington se koshuiskinders nie. Nou moet sy by Nazrene van alle drekmense hoor dat sy en die ander Peppies uitsmyt-rubbishgoete is!

"Ek sê voertsek!" skree sy en skop hard teen die deur. Nazrenehulle lag net en loop koggel-koggel by die kleedkamer uit.

G'n wonder almal het vir haar uitgejô omdat sy so toe oor als is en nie kliek wat aangaan nie! Nou eers val die goed wat sy nog die hele tyd tussen die kinders hoor in plek.

Vaselinetjie begin kliphard huil. Dit beteken sy is nooit net na 'n ander skool met 'n koshuis gestuur nie, sy's uit en uit na 'n weeshuis gestuur en haar ouma-hulle en almal het dit nog die hele tyd geweet! Sy vou dubbeld op die toilet en hou haar maag vas asof sy die pyn in haar derms kan wegdruk, maar die seer raak net al meer.

Nou eers verstaan sy: dat dit die government is wat na hulle moet kyk en die huismoeders moet betaal om te tjek of hulle luise of sere het. En as 'n kind klaar sere het wat etter en bloed tap en nie gesond wil word nie en aanhou hoes en almal snags wakker hou, moet die tannies handskoene aantrek. Dan moet die hoof vir die President vir meer geld vra om na die siek kind te kyk. Só 'n kind het dan die fluistersiekte. Hulle abba die spook.

Die klok lui vir die einde van tweede pouse, maar Vaselinetjie bly in die toilethokkie sit en huil. "Néé, Oumie," snik sy, "nééé́é, ek wil nie hier wees nie!"

Sy snap vir die eerste keer behoorlik hoekom elke kind 'n maatskaplike werker het. Dis hulle stemme wat sy elke middag oor die interkomstelsel name hoor uitroep van die kinders wat hulle by die kantore in die onderste gang moet kom sien.

Die maatskaplike werkers moet vorms invul wat sê hoe jy is, of jy erg vrot sleg is en of daar enige salf aan jou te smeer is. Hulle moet ook aanteken of jy vloek en of jy spyt is omdat jy gevloek het en wie gaan betaal vir die ruite wat jy uitgeskop het.

"Dit gaan oor rand en sent," sê die tannies gedurig vir die kinders omdat die hoof dit weer vir húlle sê.

En as jy klaar oulik was en jou pens swel 'n boepie, dan moet die maatskaplike werker reël dat jy jou buksie op 'n ander plek gaan pop. Dan mis jy baie skool en dop jy gewoonlik jou graad.

Al dié dinge wat sy in die afgelope maande gehoor het, maal nou skielik deur haar kop.

"Moenie verbaas wees as jou maatskaplike werker gereeld julle afsprake kanselleer nie, want hulle is al gatvol vir al die nuwe opnames. Hulle moet die hele tyd rondbel om te kyk of iemand nie geld of sopbene of doeke wil skenk nie. Of nog beter, dalk 'n kind of twee vir 'n vakansie van hulle hande wil afvat nie," het tannie Snorre net laas week nog gesê.

Vaselinetjie se maatskaplike werker het laat weet sy moet hom kom spreek. Die enigste swart mans wat Vaselinetjie nog gesien het, was dié wat Saterdagoggende op Keimoes op die drankwinkel se stoep gesit het. Tswanas. Dis seisoenwerkers, het Oupa altyd gesê. Moenie naby hulle gaan nie, want hulle praat 'n ander taal en as 'n mens nie iemand se taal kan verstaan nie, kan jy ook nie weet wat in sy kop aangaan nie.

Vaselinetjie weet meneer Kedibone ry in 'n heldergeel motor, want die kinders kyk altyd na die prent in sy agterruit. Dis van wilde perde wat hardloop en dis baie mooi.

"Kom sit," beduie die maatskaplike werker op Afrikaans. "Onthou jy nog wie ek is? Dis ek wat daai eerste dag jou vorms by jou huisma gaan haal het en jou aan die hoof gaan voorstel het."

"Oom is meneer Kerriebone."

Die man skud soos hy lag. Hy skuif glad sy stoel van sy lessenaar af weg en lag met sy kop tussen sy bene. Dit lyk of die stoel te klein is vir hom.

"Ai, jy maak my naam baie mooi, maar dis Ke-di-bo-ne. Weet jy wat dit beteken?"

Vaselinetjie skud haar kop om te wys dat sy nie weet nie, maar sy glimlag nogtans. Sy oë lyk gaaf.

"Daardie naam beteken iemand wat deur baie, baie moeilike tye gegaan het. Soos wat jy ook nou deurmaak. Dit is 'n sterk naam. Laas keer het ons nie regtig tyd gehad om lekker te gesels nie. Wat beteken jou naam?"

Sy vertel vir die hoeveelste maal die storie van haar droë vel toe sy klein was.

"Ai, dis ok mooi! Jou naam vertel van jou ouma en oupa se liefde vir jou. Vaselinetjie, ek moet nou vir jou verduidelik van die vakansie . . ."

Vaselinetjie sit doodstil terwyl hy praat en loop sonder 'n woord uit sy kantoor uit. Terug in haar kamer ruk sy haar kasdeur oop en pluk die almanak wat sy self gemaak het met een hou af. Daar is nog net 'n week en 'n half voor die vakansie oor, maar dit maak nou nie meer saak nie.

"Niks maak meer saak nie en ek sal nooit, ooit as te never weer traak nie!" gil sy tussen haar klere in. Sy snik en kap met haar vuiste teen haar skooluniform. Meneer Kedibone het gesê die staat het nie genoeg geld om kinders wie se familie ver bly vir die vakansie huis toe te stuur nie. Sy moet inbly.

Vir die volgende week sit Vaselinetjie net op haar bed, of by die trap, of in die tiekieboks, en lees haar briefies van Ouma oor en oor. Onder in haar kas is 'n skoendoos vol sulke briefies wat sy deur die semester gekry het.

Ná haar gesprek met meneer Kedibone het sy eers amper elke dag 'n kollekteeroproep huis toe gemaak, tot Oupa later vir haar moes sê dit word nou te duur en dit breek Ouma se hart in twee as Vaseline so huil en smeek aan die ander kant en hulle kan niks aan die saak doen nie.

"Oumie se baby moet nou net sterk wies en op albei bene stat," snik Ouma keer op keer saam. Maar dít wat Vaselinetjie wou hê sy moes sê, dit het Ouma nie gesê nie. Dat sy kan huis toe kom. Dat dit een groot fout was om haar weg te stuur en dat sy nooit in der ewigheid weer na hierdie mislike plek hoef terug te kom nie.

"Ons gaan Kentucky eet" of "My pa vat ons altyd vir Wimpy-burgers" luister sy na die gespog van die kinders wat vir die vakansie uitgaan. En al wil sy of die ander wat moet inbly nie hoor van al die lekker goed nie, kan hulle nie help om daarna te luister nie.

"En tjek my, ek beter als inpak, want ek sê vir julle een ding: na hierie hool toe kom ek nie terug nie," sweer die een kind ná die ander terwyl hul tasse voller en hul kaste leër word.

Dat party wat na pleegouers gaan, dalk nog lank voor die vakansie verby is deur die mense teruggebring gaan word, is nie nou hulle bekommernis nie. Dan lag die ander kinders hulle uit omdat hul plasing misluk het.

"Jy score darem gewoonlik 'n paar weke uit die kinderhuis en nuwe klere wat die mense jou laat hou omdat hulle skuldig voel omdat hulle jou nie kon verdra nie," sê Killer.

Sommige kinders kom met soveel gesteelde goed terug dat hulle weke ná die vakansie nog geld maak uit die dorpskinders wat pouses horlosies, sonbrille, juwele en selfone by hulle koop. Met hulle winste koop hulle tjips en pies by die skool se snoepie en eet dit saam met hulle tjommies, tot die geld op is.

"Ons het genoeg gehad van Madiba se pap-en-brood, pap-en-brood," lagsing die uitgaankinders.

Vaselinetjie gaan staan reg onder die REG TOT TOEGANG VOORBEHOU-bord toe die busse met die vakansiekinders vertrek. Sy hou aan met skop teen die paal tot die busse lankal teen die heuwel af verdwyn het. As sy kon, sou sy die hele kinderhuis afskop tot op die grond. Baksteen vir blerrie baksteen.

Om kwaad te wees, is beter as om te tjank.

"Bosman vir pos, Bosman vir pos!"

Die maatskaplike werkers se kantore is gedurende die vakansie gesluit, maar een is altyd op roep. Vir die kinders wie se koppe uithaak omdat hulle moet inbly, of dié wat in elk geval so nou en dan die fyn horries kry sonder enige spesifieke rede behalwe dat hulle lewens suck.

Wie ook al aan diens is, kom loer by die sitkamers in en ruk die grotes wat mekaar aan die nek suig en hiekiemerke los van mekaar af weg en deel die pos uit.

Vaselinetjie is bly dis nie meneer Kedibone nie, want sy het hom nog nie vergewe dat hy haar verniet na die vakansie laat uitsien het nie. Killer sê kinderhuiskinders leer om baie te verdra, maar hoop is die ergste. En die wreedste.

Dis 'n pakkie van die huis af. Sy kan dadelik sien Ouma het dit toegedraai, want die tape is dubbeld geplak. Daarna het Oupa die boks netjies met tou toegedraai en vasgebind. In swart bewerige letters staan daar groot: MEJ. HELENA BOSMAN.

Sy pluk haastig die papier af. Binne-in is 'n klomp eetgoed. Gekooptes en gebaktes. Sy wil nog vir Ouma-hulle kwaad wees dat sy in dié plek moet sit, maar hoe meer sy in die boks grawe, hoe meer gaan haar kwaad weg en klop daar 'n huilverlange in haar keel.

Daar is tandepasta, sjampoe, nuwe pienk roll-on, room én 'n sakkie skeermesse! Sy is skaam om dit voor die vreemde maatskaplike werker uit te haal, want sy het nog nie begin om haar bene te skeer nie. Daar is ook 'n geskenk van die gemeente se anties: twee spierwit waslappies met op elkeen 'n bloedrooi roos met die hand uitgewerk.

Ook 'n briefie met 'n groen noot in. Vaselinetjie het vir Oumahulle laat weet hulle moet geld in 'n tandepastaboksie wegsteek. Anders moet sy dit vir die maatskaplike werker gee, wat dit weer vir haar huismoeder gee. En dan kry sy dit net wanneer en ook net soveel soos die huismoeder goed dink. In 'n kinderhuis kort 'n mens altyd geld vir kos en vir bel. En vir omkoop.

Vaselinetjie bied beleef vir die maatskaplike werker 'n pakkie beskuit aan, maar die tannie sê sy moet dit liewer hou, want die ander kinders gaan haar beslis voorlê om ook van die eetgoed te kry.

Sy is reg. Nog voor Vaselinetjie by haar huis in kan verdwyn, keer 'n groep hoërskoolseuns haar in die gang voor. "Aitsa, en wat het ons hier? Ou daar vir ons ook ietsie, Vassie-man!"

Sy hou nie van die seuns nie, want Killer sê hulle is skomgatte en daggarokers, maar sy haal tog 'n pak koeksisters wat stroperig aan die plastiek klou vir hulle uit. Sy kry hulle jammer soos sy haarself jammer kry omdat hulle in hierdie tronk moet agterbly, dié kaal gebou met sy leë gange en verdroogde potplantbakke waarin besoekers hul sigarette dooddruk en waaruit die kinders die stompies weer grawe om verder te rook.

Vier

1

Die dag voor haar graad 7-jaar begin, besef sy dit. "Al is ek nog net ses maande van die huis af, is ek klaar iemand anders. Ek is besig om iemand heeltemal anders te word as die Vaselinetjie wat vir Ouma versies opgesê en Oupa se pyp gestop het," verduidelik sy dit vir haarself in die lang spieël in die meisiestoilet wat net uit skerwe bestaan.

Sy draai skuins voor die spieël wat so oud is dat die binnekant afskilfer en jy jouself vol gaatjies sien. Sy steek haar boude uit om te kyk of dit boesman- of boereboude is, want sy't al gehoor dat die groot meisies mekaar só spot.

Ten spyte van als sien sy uit daarna dat die skool môre moet begin. Sy is trots daarop dat sy selfs in hierdie aaklige plek goed genoeg gedoen het om 'n sertifikaat vir *Beste Vordering* by die prysuitdeling te kry. As dit nog by haar ou skool was, sou Ouma en Oupa in die eerste ry gesit het en sodra hulle by die huis kom, sou Oumie haar sertifikaat op die sideboard in die sitkamer staan maak, en op haar kopkussing sou 'n blikkie kondensmelk lê en wag.

Dit was die ou Vaselinetjie en haar ou lewe.

Sy dink aan die aand met die prysuitdeling. Dit wat die mense gedink het wat hulle voor hulle sien, was nie die waarheid nie.

Sy leun met haar voorkop teen die koue spieël. "Ek ís 'n tweegesig . . ."

Sy het twee lewens en twee stemme. En die een is nou besig om weg te gaan, om vér agter in haar hart gebêre te word. Want haar praat en haar gesig pas nie by mekaar nie, en as 'n mens se goed nie bymekaar pas nie, is jy soos 'n verkleurmannetjie op 'n Smartie-boks. Dis wat Killer sê.

"Ís ek dan wat die kinders sê ek is, hè, Killer?" vra sy vir die spieël met trane wat skielik dreig om in haar oë op te stoot. " 'n Basterblanke?"

Tannie Snorre kondig af almal moet op die kennisgewingbord gaan kyk, want meneer Hefner, die kinderhuishoof, het lyste opgeplak van wie almal moet skuif. Aan die begin van elke nuwe jaar word daar skuiwe tussen die huise gemaak. Soms, as 'n mens ongelukkig in jou huis is en dikwels genoeg jou maatskaplike werker se deur oopstamp sonder om te klop, reël hulle vir jou om te skuif.

Partymaal word kinders na 'n ander eenheid geskuif omdat hulle té goeie maatjies met iemand is. "Vinnig-innig," noem Kitcat dit.

"Lepellê sal onder geen omstandighede geduld word nie. Jy sal genoeg tyd en geleentheid daarvoor in die tronk hê," sê die kinderhuishoof as hy 'n kind op iemand anders se bed vang. Meneer hou ook nie daarvan as die kinders in die winter onder dieselfde kombers voor die TV sit nie.

Of hy laat die huistannies die kleintjies se poppe afvat en dan moet hulle die bene en arms uittrek en in die spens opsluit. Daar staan 'n hele boks vol sulke bene en arms in tannie Snorre se spens, het Vaselinetjie al gesien. Sy weet nie hoekom nie, maar as sy vir die ander vra, dan giggel hulle net en sê sy moenie so vieslik wees nie.

So 'n skuiwery, as jy net begin gewoond raak het aan jou bed en jou duvet, jou bedkassie en kas, jou kamermaats en selfs jou tannie, sal 'n mens net meer verlore laat voel, dink Vaselinetjie op pad na die kennisgewingbord. Los van alles. In dié plek moet jy vinnig leer om aan niks en niemand geheg te raak nie.

Sy beweeg haar vinger teen die lys name af. Sy moet na 'n ander huis skuif, maar Killer en Albie bly. Sy wil nie graag van Killer af weggaan nie, want al is Killer soms lekker bitsig met haar, hou sy van hoe Killer altyd verduidelik wat om hulle aangaan. En wanneer haar goed gegaps word, weet sy ten minste al waar Albie se wegsteekplekke is.

Sy gaan kamer toe, maak haar kas leeg en pak haar tas. Haar nuwe kamer is in die oorkantste arm van die gebou. Van nou af sal sy regoor haar ou huis wees, op die tweede verdieping, wat op Killer-hulle se badkamervensters afkyk.

Haar nuwe huismoeder is mevrou Claerhout. Sy hou nie daarvan om tannie genoem te word nie. "Ek en jy is nie familie van mekaar nie, het jy my?" Sy is baie streng en het 'n hoërskoolseun van haar eie, Colin, wat baie stink winde los.

"Erg genoeg dat hy mens se hele perm kan uitpoep," waarsku Killer terwyl Vaselinetjie inpak.

"En dan sweer hy nog voor sy ma dis die meisies," sê Albie. "Sy naam is Colin Prop, oorlat hy een nodig het."

Mevrou Claerhout is 'n baie besliste tannie en baie netjies. Vaselinetjie is eers opgewonde om in haar huis te wees, want sy is 'n bruin tannie wat nogal 'n bietjie soos ouma Kitta klink. Al praat Ouma nie met sulke stywe strepies-lipstick-lippe nie.

Snags dra mevrou Claerhout 'n haarnet oor haar hare, want dis ge-relax, het die ander kinders al vir Vaselinetjie vertel. En as meneer Hefner vir mevrou Claerhout kantoor toe roep, draai Colin Prop sommer woes uit. Hy jaag die meisies met sy ma se haarnet oor sy gesig getrek en laat hulle gril vir sy tong wat deur die blokkies kriewel.

Buite mevrou Claerhout se voordeur, wat in die gang van die hoofgebou uitloop nes al die ander binnevoordeure, is 'n kennisgewing opgeplak: *Klop en wag tot jy ingenooi word.* As 'n mens nie wag tot sy self kom oopmaak nie, jaag sy jou sommer weer uit.

Die eerste aand toe Vaselinetjie by mevrou Claerhout se huis aanmeld, gaan die deur vanself oop nog voor sy kan klop. Mevrou Claerhout kom uitgestap, maar kyk Vaselinetjie eers vir 'n lang oomblik op en af. "Gaan wag solank binne vir my, jy's in kamer 2. Moet aan niks vat nie en moenie dat ek jou vang geselsies maak met my seun nie," sê sy en stap tiek-tak-tiek-tak met haar halfmashakkies in die gang af.

Vaselinetjie staan ongemaklik net binne die voordeur en rondkyk. Elke huiseenheid is dieselfde, maar die tannies versier hulle eenhede verskillend. Party maak dit mooi en ander los dit net soos hulle dit gekry het.

Aan die een kant is 'n oopplankombuisarea met 'n stoorkamertjie wat daaruit lei. Vas aan die oopplankombuis is die langwerpige sitkamer waar die kinders se rye opslaanstudeertafels staan. In die verste hoek van die vertrek is 'n ou televisiestel, 'n bank en 'n ekstra bed. Die meeste huise se TV's werk lankal nie meer nie, want die kinders wat orig en niks gewoond is nie, druk aanhoudend die knoppies tot dit blaas. Saans moet elke huismoeder godsdiens op die bank en ekstra bed hou, of sy nou glo die Liewe Heiland kan haar uit dié hel vol sondige kinders red of nie, kla tannie Snorre altyd.

Die stuk mat by die TV is die dikste en dis die plek waar 'n mens moet duik as jy sien iemand gaan jou gesig in die vloer instamp, het Killer vir Vaselinetjie geleer.

Mevrou Claerhout is 'n lady, dink sy in haar skik, want sy sien al die studeertafels het tafeldoeke oor wat by mekaar pas. Ook die gordyne is nie die gewone kinderhuismateriaal nie, dit het groot, vrolike blomme op. Daar is boonop portrette teen die muur en die skoolfoto'tjies van vorige jare se kinders is in rye op die stoorkamertjie se deur geplak.

Een foto is van 'n skare mense wat toi-toi en tussen die hordes overalls kan sy vir mevrou Claerhout en iemand wat baie na tannie S'laki lyk, uitmaak. Sy buk net af om dit van naby te bekyk toe 'n verskriklike lawaai skielik agter haar uitbars.

"Nou is die heilige hel los!" skree 'n ouer meisie met hare wat skrou-oranje gekleur is. Sy kom ingestorm, stamp vir Vaselinetjie uit die pad en probeer by die kombuisarea invlug, maar dan is 'n hele klomp groot meisies op haar. Dié wat nie deel van die geveg is nie, skree en moedig die bakleiers aan.

Ander drom in die sitkamer saam en kyk benoud toe. "Julle, néé! Hou op voor die tannie terugkom en ons almal gehok word," kerm iemand.

Vaselinetjie kyk verstar hoe die oranjekop uit die groep losbreek. Sy storm by Vaselinetjie verby en pluk 'n laai in die kombuis oop. "Vrek, julle werfetters!" skree sy broodmes in die hand terwyl sy oor die toonbank terug in die aksie in spring.

"Pasop!" gil Vaselinetjie voor sy kan dink om nie betrokke te raak nie. Die ander kinders storm soos een man van die oranjekop af weg, die gang af, maar die agterdeur is gesluit en die groep word voor die sekuriteitshek vasgekeer.

Iemand kom agter die oranjekop uit die badkamer en kap haar teen die kant van haar gesig met die skerp hak van 'n skoen. Sy val skuins teen die oorkantste gangmuur dat haar bloed 'n streep oor die muur trek. Vaselinetjie voel die naar in haar opstoot.

Die oranjekop het nog nie behoorlik die grond getref nie, toe is die groep op haar. Hulle hou aan om haar te skop al roer sy nie eens meer nie.

Vaselinetjie moet hard sluk om nie op te gooi nie. Sy druk haar hand oor haar mond en sak agter die kombuistoonbank in. Sy huil sonder om 'n geluid te maak en voel net hoe haar pie nat teen haar bene afloop.

In haar kop maal dieselfde sin oor en oor: Hier moet ek wegkom. Ek móét net!

Van die jonger meisies wat nie deel van die bakleiery was nie, probeer by die voordeur uitkom. 'n Swart meisie, Denise Toolo, van wie Vaselinetjie al gehoor het dat die ander haar 'n mannetjieswyfie noem, het 'n belt om haar vuis gedraai. Sy blokkeer die voordeur sodat niemand kan uit nie. Die lawaai is so erg dat hulle nie eens agterkom dat meneer Hefner se stem aanhoudend oor die interkomstelsel afkondig nie.

". . . die leerlinge verantwoordelik vir die insident in mevrou Claerhout se eenheid . . ." dring die stem uiteindelik tot haar deur, ". . . dit is julle laaste waarskuwing. Indien julle nie al julle voorregte wil verbeur nie . . ."

Sy is verbaas dat die stem nie juis omgekrap of kwaad klink nie. Eerder soos iemand wat verveeld is met die situasie.

"Hefner!" sis die mannetjieswyfie en gee van die voordeur af pad. Die ander skarrel in die gang af om by hulle kamerdeure te staan en loer, sodat hulle kan sê hulle was nie naby die baklei gewees nie.

Vaselinetjie wil huil van verligting toe mevrou Claerhout en meneer Hefner ingestap kom. Nou sal als uitgesorteer en weer rustig gemaak word, dink sy bewerig.

Al die meisies se oë is vasgenael op die hoof. Hy stap stadig in die gang af. Die meisie met die oranje hare lê nog net waar hulle haar gelos het. Vaselinetjie kan haar broekie sien uitsteek, want haar romp het oor haar bobene opgeskuif. Niemand bodder om dit reg te trek nie.

Die hoof draai na mevrou Claerhout. "Is *dit* die tipe beheer wat jy oor jou huis het, mevrou?" vra hy smalend.

Vaselinetjie sien hoe die tannie se oë tranerig word en haar hand vroetel met die bossie sleutels aan haar belt. "Jammer, meneer, ek het nie besef wat hier gaan gebeur nie. Daar was nie 'n teken van onraad toe ek uit die huis is nie," probeer sy haarself verdedig.

Die hoof loop verder in die gang af om die badkamer ook te inspekteer. Hy krap met 'n tandestokkie in sy mond en dan weer teen die mure waar die verf in blase afdop. Hy loop reg verby die meisie wat kreunend in die gang lê sonder om eens een keer na haar te kyk. Vir 'n oomblik vang Vaselinetjie sy oë op die meisies se gewaste onderklere wat aan die badkamerhakies hang.

Hy sê niks oor die geveg nie. Haal net sy sakdoek uit sy broeksak, snuif, vou die sakdoek 'n paar maal en sit dit terug sonder om sy neus te blaas. "Julle sal hierdie muur skoon kry en die bloed afwas, mevrou, voor enigiemand weer oor daardie drumpel tree. Ek betaal nie nog 'n maal om dit te laat oorverf nie."

En met dié stap hy by die voordeur uit. Vaselinetjie hoor hoe hy dit met sy loper van buite af sluit. Nou's almal ingehok, mevrou Claerhout ook.

"Hok" is een van die woorde wat deel geword het van Vaselinetjie se kinderhuislewe. "Om gehok te wees, beteken jy mag nie uitgaan nie, al voel jy ook of jy jou trollie self by die afgrond gaan afdrywe," het Killer haar in haar eerste week al touwys gemaak.

Huishok beteken jy mag in die huis rond beweeg, net nie by die deur uit nie. Kamerhok beteken jy moet in jou kamer sit, en bedhok is wanneer jy nie eens 'n toon van jou bed af mag beweeg nie. Alle straf word in jou straflêer opgeskryf en jy moet daarvoor teken.

"Vat haar hier weg!" beduie mevrou Claerhout ontsteld na die oranjekop. Dit lyk of sy meer omgekrap is oor die hoof se optrede as wat sy omgee oor die meisie wat in die gang lê.

Nie een van die grotes wil help nie, dus is dit Vaselinetjie en die ander jonger meisies wat die broodmesswaaier sleepdra tot by haar bed in kamer 2, Vaselinetjie se nuwe kamer. Die meisie huil en Vaselinetjie gril vir die donker taaierigheid in haar hare en tande.

Mevrou Claerhout staan en kyk net met haar hande in haar sye. "As julle mekaar wil uitwis, doen dit. Julle poppies sal ondergaan voor julle mý tot 'n val bring. Ek is nie julle speelmaat nie en ek is ok nie gister gebore nie," sê sy en dit voel vir Vaselinetjie of sy reguit na haar kyk. "Julle sien my nie weer voor môreoggend nie. As ek nou hierdie woonsteldeur agter my sluit, kom ek nie weer uit nie, al hoor ek ook wat. Dit kan ek julle 'n briefie voor gee, come hell or high water. En wanneer ek môre my woonsteldeur oopmaak, verwag ek dat hierdie hele storie uitgeklaar moet wees. Julle is nie die enigste skepsels met human rights nie. Het julle my?"

Met dié slaan sy haar woonsteldeur agter haar toe en Vaselinetjie staan gevries en luister vir die tweede maal na die draai van 'n sleutel in 'n slot.

Sy skuifel ongemerk agteruit na waar haar tas nog in die sitkamer staan. Wie slag vir wie? Sy gaan haar tas as skerm gebruik.

Niks gebeur egter nie. Die kinders is al klaar weer uitgekuier met die drama. Almal raak met hulle eie goed besig. Die grotes skree oor en weer wie watter bad deps asof niks gebeur het nie. Niemand steur hulle aan Vaselinetjie nie. Sy sleep haar tas na kamer 2 en tot by die enigste oop bed.

"Wat kyk jy, hè? Het jy 'n entjie?" Een van die groot meisies wat 'n voorbok in die geveg was, kom in met die broodmes in haar hand. Sy het shortie pajamas aan en is baie mooi, behalwe vir 'n lelike letsel wat van haar een mondhoek oor haar ken loop. Vaselinetjie hou haar oë op haar tas en skud net haar kop.

Die meisie loop na die hoek van die kamer waar die oranjekop nog kreunend op haar bed uitgestrek lê. "Eat me, Pizzaface!" skree sy koggelend en druk die broodmes skuins deur haar panty se rek.

Onder in die gang lag die mannetjieswyfie hard. Sy slaan in

die verbyloop met haar belt teen die muur van elke kamer, want al die deure is afgeskroef.

"Daai teef wat haar verbeel sy's Miss Universe is Tara Papadopoulos," fluister 'n stemmetjie. Vaselinetjie sien nou eers daar's iemand wat tussen Pizzaface en die volgende bed op die vloer skuil.

"Tara rek net haar bek as sy haar butch kamermaat by haar het, en Denise Toolo probeer gatkruip om by die wittes in te wees en ons almal weet presies op watter manier," fluister die stemmetjie verder. "As jy in hierdie kamer ingedeel is, beter jy vannag nie in jou bed slaap nie. Netnou kom daai bitches terug vir Pizzaface en dan sal hulle vir ons ook kry."

In die skemer kan Vaselinetjie uitmaak die fluisterstemmetjie behoort aan 'n meisie met kort swart hare en lewendige swart oë. "My naam is Lolita, maar almal hier noem my Puck. Dis omdat ek in 'n Shakespeare-opvoering was. As ek eendag 'n seuntjie het, gaan ek hom ook so noem. Jy moes al oor die interkom by die skool gehoor het hulle roep my gedurig. Ek's omtrent die enigste van die kinderhuiskinders wat gevra word om boodskappe oor te dra. Seker oor ek kan Engels praat. Do you speak English?"

"Nee," fluister Vaselinetjie. Sy's te bang om die lig aan te skakel en probeer in die donker uitpak. Puck praat volstoom sonder om tussen haar sinne asem te haal, maar so sag dat Vaselinetjie moet konsentreer om te hoor.

"Pizzaface, yo?" skud Puck aan die oranjekop. "Jy moet van hierdie bed afkom, hoor jy? Kom rol onder my bed in, dit sal veiliger wees, okay?"

Pizzaface druk net haar gesig dieper in haar kussing in. Puck trek haar smal skouertjies op en wys vir Vaselinetjie dat hulle in die gang moet afsluip na die sitkamer, waar al die ligte reeds afgeskakel is.

Sy sê die beste slaapplek vannag sal onder die studiebanke wees, naaste aan die gordyne waar dit die donkerste is. Puck laat

Vaselinetjie dink aan 'n muis wat slim op stil voetjies sluip. Sy sien hoe Puck 'n blik Doom onder die kombuiswasbak uithaal en voor by haar hemp insteek.

"Dis om hulle mee in die gesig te spuit as hulle kom skoorsoek. Dit kan jou blind maak. Vir altyd."

Lank ná Puck al vas aan die slaap is, lê Vaselinetjie nog na die pote van die stoele en kyk. Die sekuriteitsligte skyn in bane deur waar die gordyne nie dig genoeg toegetrek is nie. Sy luister na al die klanke in haar nuwe eenheid. Hoe iemand toilet toe gaan sonder om dit te spoel ná die tyd.

Uit die laaste kamer, die enigste een wat nog 'n deur het en wat die Holiday Inn genoem word omdat dit die beste kamer in die huis is, kom musiek. Net die prefekte en die hoofmeisie mag elektrisiteit vir haardroërs en CD-spelers gebruik. Tara is die hoofmeisie, so sy mag. Denise Toolo is haar lyfwag.

Iewers in die nag skrik Vaseline wakker en stamp haar kop teen die tafel se rand van vinnig regop sit. Eers weet sy glad nie waar sy is nie, tot sy Puck se blinkswart hare in die maanlig herken. Puck prewel in haar slaap. "No, please Mommy, no!"

Twee dae later hoor Vaselinetjie in die TV-kamer die afkondiging dat daar telefoon vir Pizzaface is. Sy herken Tara Papadopoulos se stem. Prefekte mag ook die interkomstelsel gebruik as daar nie 'n huismoeder naby is om 'n afkondiging te maak nie.

Vaselinetjie voel onmiddellik dat iets skort. Dis 'n lieg, een of ander tipe lokval. Mevrou Claerhout lig haar kop van die tydskrif wat sy besig is om te lees. Haar gesig wys dat sy presies dieselfde dink, maar dat sy niks daaraan gaan doen nie. Sy staan op en loop na haar woonstel, waar sy die deur agter haar toetrek.

"Jeeha, dis vir my, dis my nefie!" storm Pizzaface by die agterdeur in en by Vaselinetjie verby soos 'n kameelperd op spoed sonder dat sy haar kan keer. Iemand het vir Vaselinetjie gefluister dat

Pizzaface se nefie ook haar boyfriend is, maar sy glo dit darem nie. Jik!

Vaselinetjie kyk benoud rond of sy nie iewers vir Puck gewaar nie, maar daar is niemand in die boonste gang wat sy kan vertrou nie. Sy spring by die trappe af en hardloop verby die sekretaresse na meneer Hefner se kantoor. Maar sy deur is toe.

Nog voor Vaselinetjie by die maatskaplike werkers se kantore onder in die gang kom, hoor sy die dowwe paf-paf-geluide wat sy nou al so goed ken. Haar binneste ruk toe sy om die draai kom, al het sy die ergste verwag.

Tara se makkers hou vir Pizzaface by die tiekieboks onder in die hoek vas terwyl Tara haar met die vuis bydam. Pizzaface hyg asof haar wind uit is en Tara stamp haar hard met 'n opgeligte knie tussen die bene. Denise Toolo se hand is oor Pizzaface se gesig en mond gedruk sodat sy net 'n hoeserige gesteun uitkry. Uitgeplukte bossies oranje hare lê oral op die vloer.

Vaselinetjie se bloed kook oor haar brein en sy vergeet skoon van haar bang vir die groot meisies.

"Hou op! Stoppit!" gil sy en bespring Tara van agter af. Sy kry haar aan die kop beet en die hoofmeisie steier vorentoe in die tiekieboks in. Vaselinetjie weet nie meer wat sy doen nie, sy weet net as sy nou ophou, gaan hulle háár bloed van die mure moet afwas. Sy voel haar hande om Tara se keel, maar sy wurg haar nie. Sy grawe in sagte vleis in om haar lugpyp uit te ruk.

2

Die volgende dag trek Vaselinetjie, Puck, Killer en Albie gewone klere onder hulle skooluniforms aan. Vaselinetjie het die nag nie 'n oog toegemaak van bang dat sy in haar bed tot 'n papperel gemosbolletjie gaan word nie. Dit beteken jy word styf in 'n kombers toegedraai en dan skop die kinders jou dik. Sy't haar net ná ligte-uit in een van die badhokkies gaan toesluit. Gelukkig het die hokkies darem nog deure wat met 'n draadhanger gejêm kan word.

"Het julle als in julle LO-sakke?" vra sy bekommerd vir die ander.

"Relax, man," sê Killer op haar cool manier. "Ons moet nog net die ander kos gaan kry." Hulle het soveel kos gesteel as wat hulle in een middag en aand kon bymekaarmaak en dit in die swembad se pompkamer gaan bêre.

Vaselinetjie is só bang vir die wraak van die groot meisies dat sy nie eens toilet toe gaan nie, maar die hele tyd loop en knyp. Al waarvoor sy wag, is vir die eerste pouse se blooming klok om te lui.

Met gespitste ore en al, hop sy nog steeds in haar bank toe die klok uiteindelik begin raas. Sy ontmoet die ander agter die skool soos hulle afgespreek het en hulle haal hul LO-sakke uit die wegsteekplek. Almal giggel van senuwees terwyl hulle haastig by die verste skoolhek uitloop. Killer lag vir Puck wat dadelik lipstiffie uithaal.

"Sexy, hè? Dis Foxy Red," wys Puck 'n soenmond vir Vaselinetjie wat langs haar loop.

Killer skud haar bos lang wit hare los en begin druk haar skoenlappertjie-knippies oral in haar hare. Sy's baie lief daarvoor om haar kop met dié kleurvolle knippies te versier, wat 'n mens haar lieflike bos hare nog meer laat raaksien. Elke Sondagmôre voor kerk baklei sy en tannie Snorre omdat sy haar hare só kerk toe wil dra. Vaselinetjie kan die stryery tot in mevrou Claerhout se huis hoor.

"Albie, wat het jy als saamgebring?" wil Vaselinetjie weet. Sy sien in die pakkerasie die skaakstel wat Albie by die skool gesteel het en haar oeroue pop, waarin sy daardie eerste dag nog Vaselinetjie se roll-on weggesteek het. Die pop se naam is Kakka omdat Albie se ma altyd gesê het die pop is net so besmeer soos haar dogter. Nie Albie of haar ouer suster kan meer lekker onthou hoe hulle ma lyk nie, maar sy't hulle self by die Welsyn kom afgee toe hulle nog klein was.

Niemand durf waag om vir Albie te sê sy moet van die goed langs die pad in 'n bos smyt nie, want hulle is bang sy raak weer aan die skree. Killer sê hulle moet in dieselfde rigting loop as die snelweg wat Jo'burg toe gaan, maar hulle moet wegbly van die grootpad. "Dis net daar waar die botterwa Madiba se kinders altyd eerste gaan soek en optel."

Vaselinetjie glo haar, want Killer is al 'n legende as dit by whallap kom.

"Wanneer kan ons chow?" vra Albie, wat altyd honger is.

"As jy nie gedurig jou gat in 'n krul ruk aan tafel nie, sal jy nie so gou kerm oor kos nie," sit Puck in.

Hulle vorder vinnig tot aan die buitewyke van die dorp en kies koers na 'n grondpad wat tussen plase deur loop. "Hier," beduie Killer vooruit, "ons kan by die plaashek in, en dan eet."

"Moerse! My eerste whallap-piekniek!" skree Albie kliphard.

"Sjarrap, Albie!" sis Puck. "Wil jy hê ons moet gevang word nog voor ons eens weg is?" Sy lyk nie gelukkig met die idee dat hulle nou al stop nie en trippel ongemaklik rond.

Hulle is nog besig om die eetgoed uit te pak toe 'n boer in sy bakkie onverwags van die pad af in die landerye indraai.

"Tjips!" skree-fluister Killer en gee gas. Vaselinetjie en Puck los als net so en hardloop verder die boord in waar die bakkie nie kan ry nie. Albie slaan egter met haar eerste paar treë neer en bly net daar lê.

Vaselinetjie hoor Puck naby haar vloek terwyl takke haar in die gesig slaan en geel sprinkaantjies oral voor haar uit die droë gras spring.

"Ek het mos gesê, maar been-there-done-that Killer is mos

alswetend," hyg Puck bitsig. Vaselinetjie hoor nie meer die bakkie nie en sy en Puck kom onder 'n boom met lae takke tot stilstand.

Killer kom luiters van agter 'n ander ry bome te voorskyn. Sy's besig om 'n pienk fizzer te eet wat soos 'n lang tong by haar mond uitsteek.

Hulle begin weer drafstap, dieper tussen die bome in. "Ons moenie te ver gaan nie," waarsku Puck, "my en Vaselinetjie se goed lê nog alles daar. Sodra die ou weg is met Albie moet ons dit gaan optel."

"Is jy fokken kêns?" spoeg Killer. "Wat's die kans dat julle die goed gaan terugkry sonder om gevang te word? Gebruik tog net vir 'n slag jou verstand eerder as jou hormone, Lolita! Julle kan omdraai as julle so aap wil wees, maar ek gaan friekenwel aan."

Killer kyk vir 'n oomblik na Vaselinetjie, en toe sy nie dadelik beweeg nie, trek Killer haar oë op skrefies en druk haar hande in haar jeans se sakke. "Fine, ek gaan nie gebust word nie." Sy draai net daar om en begin wegloop.

Vaselinetjie weet nie of sy wil kwaad wees oor Killer harregat is en of sy net wil huil oor die gemors waarin hulle is nie. Sy voel sleg oor Killer én oor Albie. Sy't gedog hulle gaan die hele tyd saam wees as 'n groep tjommies. Puck is slim en wakker soos 'n straatkat, maar sy laat Vaselinetjie altyd voel asof iets nou-nou gaan gebeur. 'n Mens kan nooit rustig by haar wees nie, want jy weet nooit wat sy volgende gaan doen nie.

Vaselinetjie oorweeg dit nog om agter Killer aan te draf, maar Puck trek haar aan die mou en beduie in die teenoorgestelde rigting. Stadig sirkel hulle terug na waar die boer op hulle afgekom het. "Ek dink ek kan Albie hoor huil, luister . . . ?" sê Vaselinetjie en draai haar kop skuins, maar Puck stap aan.

"As ons eers in Joeys kom, sal jy my ma sien. Sy's 'n gesellin."

"O."

"Weet jy wat 'n gesellin is, hè? Wat doen jou mense anyway?"

"My oupa is 'n groentesmous en hy't ook 'n winkel, en my ouma doen naaldwerk. Partykeer maak sy trourokke of ghrênd klere soos vir die matriekafskeid, en eenkeer moes sy al die klere vir die kerkkoor maak toe hulle tot in Springbok gaan toer het."

Puck skuif haar sonbril op tot in haar kuif en rol haar oë. As sy haar lang swart wimpers so fladder, weet Vaselinetjie, beteken dit sy dink jy's stadig.

"Dit klink maar boring. 'n Gesellin is iemand wat al die beste jolplekke in die stad ken. As my ma by enige kroeg instap, weet hulle sommer al wat haar dop is, sy hoef nie eens te vra nie. Dan vat sy die besigheidsmanne soontoe wat nie die plekke ken nie of nie lus is om alleen daar te kuier nie. Ook sulke ooms van ander lande met chingchong-gesigte," wys sy en trek haar oë skrefies met haar vingers.

Vaselinetjie voel sommer hartseer omdat Puck so trots van haar ma kan vertel. Puck wil nog verder praat, toe kry 'n sterk hand haar skielik aan die arm beet en lig haar amper van haar voete af op.

"En hier is die ander dametjies," sê die polisieman vir die boer, wat met lang treë nader kom. Vaselinetjie en Puck het so verdiep geraak in hulle gesprek dat hulle nie besef het hulle is terug by die plek waar die bakkie hulle betrap het nie.

Vir 'n oomblik weet Vaselinetjie nie of sy by Puck moet bly en of sy moet laat spaander nie. Puck byt die hand wat haar vashou en die man klap haar met een hou teen die kop teen die grond neer. "Go!" skree Puck vir Vaselinetjie.

Takke en blare krap Vaselinetjie in die gesig soos sy wegspring. Aan die einde van die boord stop sy hygend na asem. Sy staan tjoepstil om te hoor of iemand agter haar aankom, maar sy kon nie te ver gehardloop het nie, want sy hoor nog duidelik die mans se stemme.

Miskien moet sy maar omdraai en haarself ook gaan oorgee.

Wat help dit tog sy hardloop alleen verder as sy nie eens weet waar Killer is nie? Hoe sal sy ooit Johannesburg of Keimoes op haar eie kry?

Sy beweeg stadig terug na waar die stemme is. Die boer het vir Puck orent gehelp en lei haar na die bakkie. "Waar's die ander twee?" vra hy.

Vaselinetjie is nie verbaas om te sien dat Puck huil dat haar skouers ruk nie. Sy kan duidelik hoor dis nie 'n regte huil nie. En Albie sit ewe houtgerus voor in die bakkie. Sy't die radio aangeskakel en krap in die cubbyhole om na die boer se CD's te kyk. Sy klap die cubbyhole vinnig toe, maar nie voor sy iets in haar sak gedruk het nie.

Langs die bakkie steek die polisieman 'n sigaret op. "Gaan meneer hulle self invat of moet ek hulle laai? Ek het nie tyd om te mors met hierdie runaways nie."

Puck klim uit haar eie in die bakkie. Vaselinetjie skat sy ken seker die polieste se botterwaens goed genoeg om te weet die boer, vies ofte nie, is 'n baie veiliger opsie.

Die boer klim aan die ander kant in, skakel die radio af en leun oor die meisies om die deur te sluit.

"Dankie vir die hulp, konstabel, maar ek dink ek sal hulle terugvat. Van wanneer af slaan julle aan kinders?"

Vaselinetjie sien hoe Puck wragtag die bakkie se spieëltjie afdraai om weer lipstiffie aan te sit. Die polisieman gooi sy stompie weg en stap na die vangwa toe sonder om te groet of om sy stompie dood te trap.

Ná hulle weggery het, voel Vaselinetjie net vir 'n rukkie bly dat sy nie gevang is nie. Sy drentel tussen die rye bome deur, klim deur 'n paar hakiesdrade, hardloop oor nog 'n pad en by 'n hek in om langs 'n leivoor sonder water te gaan sit en huil.

"Killer! Killer, waar's jy?" roep sy later sonder om te traak of iemand haar hoor of nie.

Dis al skemer toe sy op die treinspoor afkom. Sy kan die dorp se liggies nog in die verte sien brand. Sy's te moeg om te besluit wat om te doen, want dis te ver terug kinderhuis toe en te donker na die naaste plaashuis of die hoofweg toe. Sy's baie dors en haar spoeg raak al hoe minder, maak nie saak hoe stadig sy probeer sluk nie.

Eindelik raak sy langs die treinspoor aan die slaap, want haar moeg is groter as haar bang, hoewel sy aanhoudend wakker skrik van die nag se vreemde stilte. By die kinderhuis raas dit sonder ophou, met afkondigings oor die interkom, huisma's wat skel, kinders wat vloek en die sirenes se aaklige geloei.

Toe sy wakker word, is die dors so erg dat sy opstaan om water te gaan soek. Maar nêrens is daar 'n leivoor of 'n dam of 'n kraan of enigiets nie. Sy gaan sit op die staalspoor met haar kop tussen haar knieë. As daar weer 'n trein kom, kan hy sommer bo-oor haar ry.

'n Man wat langs die treinspoor af ry om te kyk dat plakkers nie die staalbalke afsweis nie, kry haar daar. Sy kyk nie dadelik op toe hy met haar praat nie. Die moeg en die dors maak dat sy niks meer traak nie. Sy's styf van die koue en haar knieë knak toe sy probeer orent kom.

"Jy's mos een van Hefner se bloedjies?" vra die man heel vriendelik. Vaselinetjie knik net. Al wat sy wil doen, is om haar mond oor 'n kraan te sit en te drink tot haar maag vol is, en dan wil sy in haar bed omval en slaap tot sy in 'n ander lewe wakker word.

Dis nog nie heeltemal lig nie, en in die bakkie gee die man vir haar sy baadjie om onder te sit. "Die verwarmer is ongelukkig lankal stukkend," beduie hy.

Toe hulle op die dorp kom, stop hy eers by die stasie. By die hokkie waar 'n mens jou kaartjie koop, werk 'n gawe tannie. "Ag, sjympies," sê sy toe sy vir Vaselinetjie sien. "Ek gee net gou-gou vir haar 'n ou warm koffietjie."

Vaselinetjie drink water by 'n wasbakkie agter in die kantoor uit 'n koppie sonder 'n oor. "Tannie het ongelukkig net suikerpilletjies, my hartlam. Kan tannie maar vir jou so viertjies ingooi, dan's dit lekker soet?" Die tannie hou die plastiekkoppie van 'n koffiefles na haar toe uit.

Dis die lekkerste koffie wat sy nog in haar hele lewe gedrink het, sê sy vir die stasietannie dankie.

Met die indraai by die kinderhuis se hek sien Vaselinetjie dadelik vir Puck naby die ingang sit en wag. Sy waai met net 'n effense lig van haar hand en sonder om te glimlag.

Vaselinetjie se maagspiere trek saam. Die oomblik wat sy nie meer dors was nie, het die bang teruggekom. Tara en Denise Toolo gat my begrawe, maal dit deur haar kop, ek gat betaal en dis 'n feit.

Sy klim uit die bakkie, bedank die oom en loop voordeur toe. Of sy nou deur 'n trein getrap of deur die groot meisies opgeneuk word, dis alles eintlik maar dieselfde. "Just more of the same shit," kan sy amper vir Killer hoor sê.

Twee dae later bring 'n maatskaplike werker vir Killer terug. Killer praat met niemand nie en kyk nie eens na Vaselinetjie as sy met haar probeer geselsies maak nie. Sy sê ook niks oor waar sy was en wat met haar gebeur het nie.

Mevrou Claerhout ignoreer Vaselinetjie heeltemal, behalwe om haar te laat roep om dié of daai plig te kom doen. Elke keer as een van die groot meisies in die gang af kom, voel dit vir Vaselinetjie of haar derms 'n strikdas om haar strot wil knoop, maar hulle doen niks aan haar nie.

"Ek weet hulle hou my dop," fluister sy saans vir Puck. "Hulle wag net vir my om gerus te raak sodat hulle kan toeslaan, en daar's boggherol wat ek daaraan kan doen."

"Ja, die tewe," sug Puck. "Hulle maak seker elke hond kry sy dag."

Die eerste paar aande slaap Vaselinetjie elke keer op 'n ander wegkruipplek, maar ná 'n ruk hou sy op met die rondskuiwery. "As hulle wil kom, moet hulle maar kom. Hulle gaan my tog in elk geval die een of ander tyd bykom," sê sy en trek haar skouers op.

Die storie van die gestoei by die telefoonhokkie het soos 'n veldbrand deur die kinderhuis versprei. "Ons het nie M-Net nie, so wat verwag jy?" sê Puck net as Vaselinetjie kla dat almal haar in die eetsaal aangaap.

"Dis Pizzaface wat so met die storie rondloop, jy weet hoe sy kan wees. Hoe meer Tara die plekke op haar nek probeer wegsteek waar jy haar gegryp het, hoe meer wys Pizzaface haar blou kolle vir almal. Ek sweer sy't self 'n paar by gemaak ook. Sy sny haarself mos partykeer met 'n lemmetjie en dan sê sy sommer iemand het haar gemolest."

Elke keer as Vaselinetjie vir Pizzaface in die gang raakloop, is daar 'n groepie kinders om haar wat besig is om nog 'n keer na die hele ou verhaal te luister.

"Stukkie, kom vertel jy vir hulle hoe ek geslat was, toe!" probeer Pizzaface haar gedurig by die vertellery intrek, maar Vaselinetjie hou net verby. Sy hoor hoe Pizzaface vertel dat sy en Vaselinetjie nou beste-beste tjommies is en dat Vaselinetjie glad nie so hotnot is soos wat sy klink nie. As sy ook nie mooi keer nie, probeer Pizzaface vir haar lomp drukkies gee sodra daar iemand is wat dit kan sien.

Vaselinetjie kom agter dat Tara en haar pelle alle belangstelling in Pizzaface verloor het – wat net één ding kan beteken: Dat hulle aandag nou op iemand anders is, en Vaselinetjie is taamlik seker wie daardie iemand is.

"Jip, die shit gaan nou enige dag die fan strike," beaam Puck terwyl sy met 'n naald gaatjies in haar arm sit en steek. Sy probeer 'n heksekruis met die bloeddruppels teken, maar vir Vaselinetjie lyk dit meer soos 'n blommetjie. Sy is nie meer so verbaas soos aan die begin oor wat kinderhuiskinders als doen om hulleself te vermaak nie.

"As 'n mens lank genoeg in 'n hok bly, krimp jy seker later tot jy net so groot soos die hok is?" mymer sy teenoor Puck, wat nie lyk of sy luister nie. Sy blaas op die rytjies bloeddruppels dat dit kan droog word.

"Miskien is dit hoekom kinderhuiskinders woester te kere gaan as buitekinders as hulle kwaad raak, hè?" probeer Vaselinetjie verder verduidelik. "Soos honde wat altyd vasgemaak is baie kwaaier is as dié wat los loop."

Boonop het sy al agtergekom hoe erger jy in 'n baklei aangaan en hoe maller jou oë uitpop, amper soos 'n kung fu fighter s'n, hoe meer dink die kinders hulle moet lig loop vir jou. Vir 'n rukkie hou die diewens dan op om jou goed te steel en die uittarters om jou te tart. En dan kan jy snags slaap sonder om te worry oor die grypers wat hulle hande onder jou komberse en jou pajamas wil indruk om jou oulik te maak.

Die Maandag ná hulle whallap hou die skoolhoof saal vir al die leerlinge. Hy is 'n korterige man sonder 'n nek en het vleiswange soos 'n baba. "Dit lyk of sy gesig in twee boudjies eindig," is hoe Killer hom beskryf. Voor elke sin lek hy met sy tong se punt aan sy lang snor en hy maak die hele tyd sulke klein spoeggeluidjies.

"Hier is slegte elemente in die skool en daar gaan streng teen hulle opgetree word!" bulder die neklose hoof terwyl hy met groot treë van die verhoog af stap. Hy begin tussen die rye kinders deur loop.

Vaselinetjie durf nie omkyk na Puck of na Killer langs haar nie. Killer is besig om met Tippex peace signs op haar skoolskoen se sool te verf.

Vaselinetjie weet die hoof hou nie van die kinderhuiskinders nie. Dit maak haar hartseer, want sy't altyd gedink as 'n mens nice is, nie seksprentjies op jou lêers teken nie en nie kla as jy die ANC-vlag tot vervelens toe in die son moet waai as 'n politikus die skool besoek nie, dan sal die onnies van jou hou. Verkeerd.

Al sit die kinderhuiskinders gemeng tussen die dorpskinders, kan hulle maklik uitgeken word. Die skool se ou uniform van grys hemde is deur wittes vervang, maar Madiba het nog nie geld gegee vir sy kinders om nuwe hemde te kry nie. Vaselinetjie sien hoe die hoof veral die Peppies aangluur.

"Dis oor die meeste van die dorp se hoertjinners se virgins al lankal deur die einste Peppies gebreek is," het Puck vir Vaselinetjie vertel. Pizzaface se virgin is al 'n paar maal gebreek, wat Vaselinetjie nie lekker kan kleinkry nie, want 'n virgin kan mos nie teruggroei soos 'n toonnael nie?

"Almal weet van Pizzaface se virgin, want sy loop en verkondig dit asof dit die Blye Boodskap is," het Killer ingetjip. "Flippit, toe daai predikantjie hier kom huisbesoek doen het, moes jy haar sien! Hy was klaar so bang om sy reine voetjies oor die kinderhuis se drumpel te sit. Ou Pizzaface was die ene snot en trane. Sy't daarop aangedring om haar sondes te bely en toe sy op haar knieë afsak, wou ons iets oorkom van die lag – sy't haar kortste skirt aangehad en met daai lange bene het dit baie erg gelyk. Ons het maar net gehoop sy't onderklere aan vir 'n slag. Daar begin sy kliphard haar sondes opsê, in die grootste besonderhede, en dis net seks-seks-seks dat die sop so spat. En die lys sondes word net al hoe langer en die arme dominee gee sulke senuagtige hoesies, maar niks kan daai merrie keer nie. Bely sal sy bely!" Killer het vertel dat hulle gelê het van die lag.

Skielik kyk die hoof reguit na hulle en Vaselinetjie vries skoon in haar sitplek. Gelukkig het Killer al die botteltjie Tippex bo by haar push-up bra ingedruk.

Vaselinetjie se gedagtes laat haar iets voel wat sy nie vantevore gevoel het nie. Amper asof sy vir die hoof terug kwaad is omdat hy vir hulle kwaad is. Al sou sy wat Vaselinetjie is reg leer praat, sal hy nog steeds nie van haar hou nie, net omdat sy een van die demmitse gryshemp-weggooikinders is.

Dis 'n erg ding om te weet. Dat mense nie worry of jy goed of sleg is nie. Hulle besluit sommer klaar hulle wil jou nie hê nie. Nie vandag nie en ook nie volgende jaar nie. Nooit nie.

En net daar in die saal, terwyl die hoof terug op die verhoog klouter en verder oor die mikrofoon bulder, besluit sy om op te hou probeer. Probeer goed en lief en dierbaar wees soos sy grootgemaak is. Probeer hard leer en goeie punte kry, probeer stilsit as die onderwysers praat en altyd beleef wees met almal. Probeer om ouma Kitta en oupa Simon trots op haar te maak terwyl sy nie eens weet of sy hulle ooit weer sal sien nie. Probeer om haar graad deur te kom en aan te gaan om ook eendag matriek te maak.

Vir wat? Who cares?

Als is verniet. Niemand traak wat jy doen nie, solank jy net nie hulle lewens moeilik maak nie. Van nou af gaan sy soos al die ander kinderhuiskinders maar net deur die aaklige lang dae probeer kom. En as sy opvrek voor dit om is, dan is dit ok maar reg.

Tweede pouse loop Vaselinetjie nog met dieselfde gedagtes van die oggend se saal rond. Sy drentel oor die skoolgrond soos iemand wat in een dag se tyd kop gekry of kop verloor het. Watter een weet sy nie, maar dit maak in elk geval nie saak nie.

Sy voel hoe haar loop skielik anders is. Hoe sy haar heupe uitswaai van kannie worry oor hoe sy lyk en of sy die skool, haar oupa en ouma, die kinderhuis, meneer Hefner, mevrou Claerhout en selfs Madiba in die skande steek nie.

Van nou af sal sy loop soos sy die ander kinderhuiskinders sien doen. 'n Loop wat wys dat jy jou afvee aan almal, want hulle het jou eerste vir 'n gat gevat.

Nes Tara en Denise.

Nes 'n wafferse bitch.

Sy is so ingedagte dat sy amper in 'n groep gryshemde vasloop. Sy weet die Peppies is 'n woeste spul. As jy te jonk is vir hulle om mee te jol, sal hulle jou sommer maklik vloek en wegklap. Hulle sal enigiemand, ou of meisie, sommer met die vuis in die gesig of in die wind pot. Hulle rook bottelnekke onder die paviljoene en sit dan met rooi oë op hulle voete en wieg, of slaap met hulle koppe op hulle arms in die klas.

Elke nou en dan word een na nóg 'n strenger en goorder plek gepos. Niemand is meer vir hulle spesiaal nie, omdat hulle weet hulle is lankal nie meer vir iemand anders spesiaal nie. Nie eens hulle eie ma's en pa's wat hulle gemaak het nie.

Vaselinetjie voel die Peppies se oë op haar.

"Howzit?" hou een onverwags vir haar 'n entjie op hulle bakhandmanier uit.

Sy vat die halfgerookte sigaret en bring dit na haar mond toe. Sy probeer die rook intrek met dieselfde harregathouding waarmee sy altyd vir Nazrene in die toilette sien rook, maar haar keel begin brand en sy proes. Sy verwag dat die ouens haar gaan uitlag, maar hulle kyk net en sê niks.

Sy gee die entjie vir die ou terug en vir 'n oomblik vang hulle oë mekaar. 'n Vreemde vashoukyk asof hy presies kan sien wat sy vandag gedink en besluit het.

3

Mevrou Claerhout se meisies sit al klaar in die sitkamer gereed vir die aandgodsdiens, toe is daar 'n klop aan die voordeur.

"Wie's tog nou so lastig?" sê mevrou Claerhout kwaai. Niemand mag hierdie tyd van die aand nog in die gange wees nie. Sy wys die meisies moet aangaan en die klop ignoreer.

“Dis dringend! ’n Boodskap vir Tara Papadopoulos,” roep ’n stem uit die gang. Mevrou Claerhout klik haar tong en mompel vies terwyl sy opstaan en aan haar belt na die sleutels vroetel. Tara loop nuuskierig agter haar aan deur toe. Vaseline-hulle weet almal die hoofmeisie kry gereeld love letters uit die seunseenhede, al sê sy altyd sy jol net mans, nie kinders nie.

“Tara, julle moet nou nie vanaand krap waar dit nie jeuk nie,” waarsku mevrou Claerhout gespanne, want as die groot meisies eers saamdrom en aanhou neul vir ’n ding, moet die tannies gewoonlik maar ingee. Die huismoeders weet goed as hulle die groot meisies nie hulle sin gee nie, kan hulle maar vergeet om orde in die huise te probeer hou.

“Maak oop, seblief!” kom die stem weer, saam met nog ’n paar kloppe aan die deur.

“Watsit?” wil Tara onbeskof weet.

“As haar handlanger die dag siek is, moet sy kwaaier wees of sy kry op haar moer,” fluister Puck vir Vaseline. “Denise Toolo het ’n wasbak vol macaroni gekots. Jy kan bly wees jy was nie naby nie, anders sou ons dit seker moes skoongemaak het.”

Mevrou Claerhout sluit die deur oop en kom terug om solank met die godsdiens aan te gaan. “Moet nou nie dat ek spyt kry nie,” sê sy en lig haar vinger vir Tara en die ander meisie wat in die deur staan en fluister.

“Sit in, meisies,” sê mevrou Claerhout en val weg met “Soos ’n wildsherd”, maar die twee in die gang begin al harder praat.

“Fokkof!” hoor almal duidelik vir Tara vloek.

“Maggies, wat is dit met julle tewe? Kom tog uit die gang uit, lat ek ten minste die deur toemaak voor die hoof julle hoor!” sê mevrou Claerhout en kom paniekerig orent.

Vaseline sit saam met die ander kinders die storie en aangaap.

Hulle liedjie droog skoon op van nuuskierigheid om te sien wat nou gaan gebeur. Tara pluk die boodskapper aan haar oor by die sitkamer in terwyl mevrou Claerhout sukkel om die regte sleutel in die slot gedruk te kry.

"Dis Kitcat!" fluister Vaseline verbaas vir Puck. "Ek was saam met haar in Snorre se huis."

Kitcat ruk haar los. Haar gesig is rooi vlekke uitgeslaan van kwaadgeit. Met een beweging lig sy 'n stoel onder een van die studiebanke uit en swaai dit na Tara.

Tara swets en duik tussen die meisies in. Net toe sy wil opkom, storm Kitcat nader met die stoel se pote vorentoe asof sy Tara wil deurboor. Die kinders op die bed spat uitmekaar, maar nie voor die stoel vir Tara en Vaseline saam van die bed afgeslinger het nie.

Hulle tref die groot venster gelyk.

Vaseline voel net hoe glas naby haar gesig kraak en die wind wat skielik teen haar waai. Sy voel nie hoe sy die grond tref nie, maar sy hoor dit. 'n Aaklige, krakerige geluid soos wanneer die seuns per ongeluk 'n krieketkolf op die teerblad stukkend slaan.

"Oe, nee tog!" gil mevrou Claerhout, wat saam met die ander kinders geskok deur die venster van die tweede verdieping afkyk.

Almal is meteens tjoepstil. Vaseline hoor die vreemde stilte asof sy skielik doof geraak het en kyk verstar na die huismoeder en die ander kinders wat ver weg en klein lyk deur die gat waar die groot venster nog oomblikke tevore was. Kitcat staan nog net so met die stoel in haar hand.

Die skerp steke in haar sy laat Vaseline besef dat sy op mevrou Hefner se roosboompies geval het. Sy kan nie gedraai kry nie. Oral om haar lê glasstukke gestrooi.

'n Ent weg sien sy vir Tara stokkerig orent kom. Sy hou haar een arm reguit voor haar uit en Vaseline besef nie dadelik dis 'n straal bloed wat uit die hoofmeisie se pols pomp nie. Al wat sy sien, is hoe die gras waarop Tara staan in 'n al groter kring om haar voete verkleur.

"Vaseline, Vas! Dis haar hoofslagaar! Sy gaan haar doodbloei, doen iets!" skree iemand aanhoudend van bo af, maar dit vat 'n rukkie voor Vaseline tot haar sinne kom.

Die kinders op die onderste vloer van die oorkantste huis druk hul gesigte teen die toiletvenstertjies se diefwering om te sien wat aangaan. Een van hulle is Killer en eers toe sy Vaseline se naam gil, begin dié reageer. Vaseline rol kreunend uit die roosboom los, maar haar lyf voel niks pyn nie, asof sy na 'n fliek kyk.

Skielik skree almal gelyk en skrik uit hul skok uit wakker. Puck gooi 'n handdoek van bo af en Vaseline vang dit eers mis, maar raap dit dan met lomp hande op en hardloop na Tara.

Tara is stokstyf en haar oë lyk vreemd. Sy staan net en kyk na haar eie bloed wat met 'n netjiese boog in die lug in spuit. Vaseline druk die handdoek so hard soos sy kan teen Tara se arm vas en kyk desperaat rond vir hulp.

Snorre het haar agterdeur oopgesluit gekry nog voor mevrou Claerhout tot aksie kon kom, en kinders uit haar huis stroom om albei kante van die gebou. Die volgende oomblik is Snorre by hulle en Vaseline is net vaagweg bewus daarvan dat hulle Tara by haar vat.

"Bel die nooddienste!" is die laaste wat sy bo die lawaai hoor voor die wêreld om haar begin draai en die grond skielik na haar toe opspring.

Met die breek van die venster is dit asof 'n damwal meegegee het. Die huismoeders is meer gespanne as wat Vaseline hulle nog ooit gesien het. Hulle gesigte lyk soggens al moeg en geplooi.

Die maatskaplike werkers, wat in elk geval nooit kan voorbly met hulle afsprake nie, deel die kinders in groepe in en sien hulle saam in die eetsaal.

’n Sielkundige word spesiaal deur die regering gestuur om te kom kyk hoekom almal so woes is, en die kinders slaan vuis om ’n afspraak by haar te kry. Hulle wil kla omdat hulle nie genoeg aandag by die maatskaplike werkers kry nie – die regering sê dan self dis hulle human rights.

Tara is terug in die kinderhuis met steke in haar arm, maar Puck sê dis of sy eerder op haar bek geval het, want sy’s heel besadig en praat amper nie ’n woord nie.

Denise Toolo weet nie wat om te maak met die hoofmeisie wat so teruggesak het nie en rafel heel uit. Een aand raak sy sommer op haar eentjie oproerig. Sy kap op haar bank en praat kliphard in studietyd.

“Ek’s seker daar’s ’n union vir child care workers en as ek vir hulle skryf hoe ons hier afgeskeep word, sal hulle for sure hierdie klomp fire, of hulle sue, of boikot!”

Die kinders, wat enigiets sal doen om die studietyd korter te maak, lag vir haar, hoewel Vaseline nie dink sy’s snaaks nie. Denise hou daarvan om politiek te praat en gooi graag woorde soos “boikot” rond. Haar dreigemente om die skool te boikot is al ou nuus.

“Mêmie Winnie! Oooee, my mêmie!” swaai Denise haar vuis in die lug en skud haar borste. Dit laat die meisies kraai van die lag, want dis gewoonlik hoe sy begin as sy mevrou Claerhout wil treiter. Oor die toi-toi-foto waar die huismoeder aan ’n optog deelgeneem het. Dit word een tamaai stryery en mevrou Claerhout begin vir Denise met die straflêer dreig.

Puck fluister onderlangs vir Vaseline dat mevrou Claerhout die foto opgesit het as ’n waarskuwing vir meneer Hefner dat sy PAC-konneksies het en hom sal aangee as hy haar te ver druk. Vaseline knik, sy kan die spanning en verwyt in die kil stemme van die grootmense hoor selfs as hulle oor die interkom afkondig.

Die kinders sê die hoof en sy vrou het ook met mekaar aan die stry geraak. Mevrou Hefner het alleen haar hele roostuintjie gaan uitspit en al die boompies wat oorgebly het na haar eie tuin aan die verste ent van die gronde geskuif.

En toe hulle eendag van die skool af kom, is die groot koelteboom by hulle agterdeur stomp tot op die grond afgekap. "Mevrou Claerhout, wat het van ons boom geword?" wil Vaseline ontsteld saam met die ander kinders weet.

"Gaan vra maar vir die hoof en sy vrou." Mevrou Claerhout trek net haar skouers op.

Vaseline wil sommer huil. Oral is dit net 'n bakleiery, en nou val die son ook nog reg op hulle stukkende, vuil ruite vir almal wat verbyry om te sien. Daardie selfde dag nog merk sy dat iemand met 'n skerp potloodpunt of 'n speld gaatjies gedruk het in die oë van al die foto's wat in die kombuis opgeplak is.

Hoe erger dit by die kinderhuis word, hoe meer begin Vaseline weer aan whallap dink. Later sit sy en Puck en Killer feitlik elke dag by die skool of in die swembad by die kinderhuis daaroor en praat.

"Dit kan nie langer so aangaan nie, julle," kerm Vaseline.

Maar dit doen.

Selfs huismoeders wat Vaseline nog nooit hoor skree of skel het nie, begin crack. Die kinders kom elke week met nuwe stories dat hulle dié of daai tannie agter by die waskamers hoor huil het of vir 'n ander tannie hoor sê het dat dié slegte behandeling net te veel is.

"Snorre het bedank!" wag Pizzaface vir Vaseline en Killer by die eetsaal in. "Net so, nadat sy vanoggend by Meneer se kantoor was. Ek was toevallig in haar huis – toe arme tannie Snorre by die deur inkom, huil sy só dat ons sommer almal aan die tjank geraak het. En julle weet hoe's Albie, toe dié eers begin te skrou, toe's daar geen keer meer aan die saak nie," vertel Pizzaface terwyl die ry stadig vorentoe beweeg.

Toe die ry by tannie Snorre verbykom, sien Vaseline dis waar. Haar ooglede is dik opgeswel en sy kyk nie eens na die kinders van haar eenheid nie.

Dit is asof daar 'n groot brander van hartseer oor die hele kinderhuis spoel.

Die aand help hulle almal om 'n toutjie deur die vensters aan die voorkant van die gebou te span sodat Albie se suster vir haar 'n troosbriefie van die tweede verdieping af tot by haar eenheid onder kan stuur.

Lank ná ligte-uit lê Vaseline en Puck nog wakker. Oral in die ander kamers kan hulle hoor hoe die kinders rusteloos op hulle beddens ronddraai.

"Hoe laat is dit al?" fluister Vaseline vir Puck. Sy en Pizzaface het beddens omgeruil sodat sy en Puck langs mekaar kan wees om saans makliker te lê en gesels. Ná Vaseline daardie keer vir Pizzaface opgekom het, sal dié enige guns vir haar doen.

"Amper middernag," antwoord Puck. "Hoor jy dit?" vra sy toe 'n stem skielik saggies in die gang begin praat.

"Dis iemand wat op die interkom se telefoon bel," fluister Vaseline terug.

"Asseblief, tannie, ek smeek tannie, moet ons nie alleen hier agter los nie! Wat sal ek sonder tannie maak?" snik die stem. "Tannie is al ma wat ek nog ooit geken het . . ."

"Dis Denise Toolo en sy tjank!" Puck het tot by die deur gekruip en sluip terug na haar bed.

Vaseline kry 'n knop in haar keel. As die tawwe ou Denise eers so smeek, is daar nie meer hoop nie. Denise is een van die kinders wat al van nappy-tyd af hier opgesluit is.

Teen die einde van die maand, op presies die dag dat 'n meubellorrie Snorre se paar besittinkies kom laai, whallap vyf hoërskoolseuns. Toe die kleintjies dit die volgende oggend agterkom en besef hulle het niemand om hulle teen die dorpsboelies te beskerm nie, vat hulle ook tweede pouse die pad.

"Varkit, nou sal jy sien, Vas," sug Killer. "As die seuns eers so klompe-klompe begin whallap, hou dit sommer vir weke aan. Hulle laat hulle nie so maklik vang soos ons nie en hulle worry nie of die polisie hulle rondklap nie."

Vaseline voel die hele tyd bang, want elke dag word dinge net slegter en goorder. Soveel kinders loop weg dat die kinderhuis onder noodmaatreëls gesit word wat nog strenger is as voorheen. Die huisma's moet elke halfuur op patrollie buite op die gronde wees en mekaar aflos. Die deel waarop die kinders mag rondbeweeg, word nog kleiner gemaak en sy kan nie eens meer by die swembad uitkom nie. Snags hoor sy kinders in hulle slaap kerm en vloek van nagmerries kry.

Al wat goed is van die weglopery, is dat daar effens meer kos is, maar as die whallapers nie binne 'n paar dae gekry word nie, word die kos minder gemaak om by die nuwe getal kinders te pas.

"As als nie so depro was nie, kon dit nogal lekker gewees het met soveel minder kinders," gesels Killer terwyl sy vir haar en Vaseline koffie maak in Snorre se ou huis. "Kyk hier, die koffie hou nie net vir die eerste vier dae van die week soos gewoonlik nie."

Net toe storm Pizzaface by Killer se huis in sonder om te klop. "Het julle gesien hoe lyk ou Hefner? Hy't sy hare als borselkop gesny, daai kartelkuifie van hom is heel weg!" vertel sy opgewonde.

Asof sy nuwe weermaghaarstyl iets daarmee te doen het, begin die hoof al vreemder optree. Die nuus versprei vinnig dat hy snags suutjies met sy loper in die eenhede inkom en by die slapende kinders se kamers inloer. Sy spore word selfs in die badkamers gekry, waar die kinders babapoeier strooi om te kyk of die stories waar is. Partykeer kom hy saans net ná ligte-uit by die huise om. Die kinders se hande moet almal bo hulle duvets wees, anders trek hy hulle beddegoed af.

Die stories oor die hoof en wat als by die kinderhuis aangaan, word net al meer en lê later die hele dorp vol. Vaseline hoor selfs dat die seuns beplan om vir meneer Hefner in die nag in te wag en hom onkapabel te foeter en dan te maak of hulle gedink het dis 'n inbreker.

Keer op keer dink Vaseline daaraan om huis toe te bel om vir haar ouma-hulle te vertel van al die nare goed wat aan die gang is. Maar met al die bellery ná haar val deur die venster moet sy eers vir 'n rukkie ophou bel sodat hulle die telefoonrekening kan bybring.

Aan die een kant wil sy hê haar oupa en ouma moet van al haar ellendes hoor sodat hulle kan sleg voel dat sy in hierdie skomgatplek vasgekeer is en haar hier sal kom uithaal. Aan die ander kant weet sy dis dinge uit 'n wêreld wat hulle nie sal verstaan nie, en wat help dit tog om hulle net meer skuldig te laat voel? Sy weet mos hulle kry klaar bitterlik swaar oor sy uit die huis gestuur moes word.

Dis asof haar kneusings van die val soos padtekens wys hoe ver sy al gekom het vandat sy doerietyd saam met Oupa op die trein geklim het. Daar is net nie woorde om vir hulle te verduidelik wat met haar gebeur en wat sy ervaar nie. Baie aande sit sy by haar studiebank en begin vir hulle 'n brief skryf, maar ná die eerste paar sinne frommel sy dit op. Die Vaseline van vroeër se woorde het soos water in 'n lekpyp als weggesyfer.

4

Die week voor die skool sluit, klim Vaseline en Puck op 'n trein Jo'burg toe. Vaseline het al haar orige geld uit haar poskantoorspaarboekie getrek en Puck het onderlangs 'n aardige versameling make-up en klere verkoop.

Op die dag van hul fyn beplande whallap kry hulle mekaar onder die bome aan die verste kant van die kinderhuisgronde. Vaseline se hart klop pynlik vinnig – dit voel vir haar almal by wie sy in die gange verbygeloop het, het dadelik agtergekom iets skort.

Die oomblik toe sy veilig onder die skaduwees van die bome is en Puck ook van agter 'n stam te voorskyn kom, besef hulle iemand het haar agtervolg. Vaseline skrik so groot sy dink sy gaan haar natmaak.

"Yo, bitch, dis vir jou."

Sy staan gevries. Die laaste persoon wat sy nou wil sien, is Denise Toolo, maar Denise hou net 'n koevert na haar toe uit. Vaseline kyk agterdogtig na haar en dan na Puck sonder om te weet wat om te doen. Het die groot dag van weerwraak uiteindelik aangebreek?

Denise se gesig verklap niks. Sy knik net met haar kop in die rigting van die kinderhuis, en Vaseline en Puck kyk albei om. By een van die boonste gangvensters staan iemand na hulle en afkyk. Dis Tara Papadopoulos se fucked-up Cindy Crawford-gesig, geraam deur die gordyne en lyne van die venster. Sy waai nie.

Vaseline vat die koevert en Denise maak haar uit die voete sonder 'n verdere woord.

In die koevert is 'n velletjie loveletterpapier met 'n prentjie van 'n ou en 'n meisie wat omhels. In 'n netjiese handskrif staan daar in kleurkoki geskryf: WE WILL MISS YOU GUYS. TAKE CARE. En 'n pienk vyftigrandnoot.

Vaseline raak nie moeg om na Puck se stadstories te luister nie. "Hete, Puck, hoe weet jy al dié goed, hè?" vra sy verbaas as Puck met nóg 'n vertelling vorendag kom. Puck weet presies waar die toilette in die yslike Johannesburgse stasie is en hoe om altyd saam met 'n groep mense te loop sodat die polisie dink dat dit jou familie is en jy nie hulle aandag trek nie. Sy weet selfs hoe om by die taxi-rank 'n bestuurder te soek wat hulle reguit Hillbrow toe sal vat.

Toe die trein vertrek, het hulle aan mekaar geklou en geskroulag van blyheid dat hulle dit so ver gemaak het. Eers het Puck aanmekaar vertel van wat mens als in die stad kan doen en waarvoor Vaseline moet pasop, maar hoe nader hulle aan Jo'burg gekom het, hoe stiller het sy geword.

Op die stasie het hulle dadelik 'n taxi gekry. Al is Vaseline skrikkerig vir al die swartmense, voel sy so groot soos 'n matriekmeisie. Die taxi ry deur besige strate waar daar meer karre en mense is as wat Vaseline nog op die hele Upington saam gesien het.

"Puck, hier's dan nie huise nie?" sê sy toe die taxi hulle aflaai en Puck na haar kyk om die man te betaal. Dis 'n nou straat vol meestal swartmense wat rondstaan en goed verkoop en heen en weer vir mekaar skree.

Puck antwoord nie. Met haar gebreide mus laag oor haar oë getrek, loop sy so vinnig vooruit dat Vaseline glads ekstra treë moet gee om by te hou.

"Jy, wag 'n bietjie!" roep sy tergerig, maar Puck kyk nie om nie.

"Ek het nie gesê ons het 'n huis nie, idiot. In die stad bly die mense nie in huise nie, almal het flats," sê sy net oor haar skouer.

"Dit stink darem erg hier," kan Vaseline nie anders as om op te merk nie terwyl hulle tussen die toeterende taxi's en karre deurhardloop en mooi moet kyk om nie raakgery te word nie.

Puck hardloop by 'n vuil woonstelgebou in en teen 'n donker trap op waarvan die mure vol graffiti gespuitverf is. "Sit hier," beduie sy kortaf toe hulle halfpad teen die trappe uit is en die lawaai effens minder word. Vir die eerste keer merk Vaseline op dat Puck se naels tot in die lewe afgekou is.

"Maak hulle reg om 'n vandisie te hê daar onder of wat?" vra

Vaseline, wat nie kan ophou kyk na die gewoel onder in die straat nie.

Puck sug en klik haar tong. "N-e-e, Vaseline, dis die gewone stadslewe vir fokken eens en altyd. Dit lyk elke dag so, every fuckin' day, kapisch?"

Vaseline voel seergemaak oor Puck se houding. Puck weet mos sy was nog nooit in Jo'burg nie, hoe moet sy al dié goed weet? Sy besluit om nie weer met Puck te praat nie en stilstuipe te kry. Daarom vra sy nie hoekom hulle op die trap moet sit en nie na haar ma se flat kan gaan nie.

Vir 'n lang tyd sit hulle daar. Hulle staan net een keer op toe twee boemelaars met vuil hare en bloedbelope oë hoesend by hulle verbyskuur.

"Got a light, girls?" vra die een man, maar Vaseline druk net haar rug styf teen die muur vas om uit sy pad te kom. Puck hou ewe vir hulle 'n lighter uit.

"Waar kry jy dit?" vra Vaseline verbaas toe die boemelaars weg is. Puck gee haar 'n o-jy-het-toe-al-die-tyd-nog-'n-tong-kyk en haal 'n sigaret onder haar mus uit. Sy steek dit aan en hou die entjie vir Vaseline om te vat. Hulle praat nie met mekaar nie en gee net die sigaret heen en weer aan. Hierdie keer hoes Vaseline skaars, en sy kry so 'n lekker harregatgevoel in haar boude, al word haar tande skurf en smaak haar mond aaklig.

Verder af in die gang hoor Vaseline 'n vrou hard lag. Hulle sien 'n man by 'n deur uitkom, die gang afstap en by die trappe aan die ander kant verdwyn.

"Kom." Puck druk die sigaretstompie onder haar nagemaakte leersteweltjie se hak dood.

Puck lyk nie gelukkig om by die huis te wees nie, dink Vaseline toe hulle voor die deur gaan staan. Sy bly haar gesig trek soos sy maak as sy gespanne is voor 'n groot uitskel. Sy lui die deurklokkie een-twee-drie keer en dan weer presies so.

"Piss off, I'm busy!" skel 'n vrouestem binne. Dan klink dit asof die persoon in 'n hoesbui verstik en spoeg.

"Maud! Maak oop die deur. Dis ek, Lolita," probeer Puck weer.

"What do you want?" Ná 'n hele ruk gaan die deur op 'n skrefie oop.

Die vrou dra 'n sweetpak wat te klein vir haar is en Vaseline kan duidelik sien dat sy nie onderklere aanhet nie. Haar tieties hang laag en pap, nes die sigaret in haar mond. Haar dowwe hare was eens blond gekleur, maar is nou uitgegroei en in 'n poniestert vasgemaak. Sy nooi hulle nie in nie en eers toe 'n baba begin huil, draai sy weg uit die deur.

"As ons vannag hier kan slaap, sal ons vir jou na die kind kyk. Please man, Maud?" Puck stoot versigtig die deur verder oop en wys Vaseline moet haar volg. Die klein sitkamertjie kyk uit op 'n balkon waarop 'n droograk vir wasgoed staan. Dis vol doeke.

"Solank jy net onthou dis nie 'n fokken hotel hierdie nie. As julle bly, moet julle werk," skel Maud terwyl Puck hulle goed in die slaapkamer aan die regterkant gaan neersit.

Vaseline kan nie dink dat dié vrou Puck se ma is nie, maar sy wil nie uitvra nie, want Puck kyk nie een keer na haar nie en byt net haar naels. Sy gaan staan op die balkon met 'n nuwe sigaret wat sy uit 'n pakkie op 'n lae tafeltjie in die sitkamer gehaal het. Haar gesig is effens weggedraai, maar Vaseline weet haar oë het al weer daai aaklige dooie kyk wat haar soms so bang gemaak het in die kinderhuis.

"En moenie dink jy gat my siggies hier kom oprook nie, missus." Maud haal self ook een uit die pakkie terwyl sy Vaseline op en af bekyk. Sy hou nogtans die pakkie na haar uit.

"Nogal 'n mooi enetjie. Soek jy werk?" vra sy en hoes weer.

"Los haar, ek sal eerste wees. Gee haar so 'n paar dae kans, sy ken nog nie van nie. Sy was nog nooit eens in 'n stad nie," antwoord Puck.

Vaseline weet nie wat om te sê nie. Sy kyk verby Maud na die sitkamermuur waarop twee van dieselfde posters van Hansie Cronjé geplak is. Sy ken die poster, want Pizzaface het net so een bo haar bed. "By die koshuis mag ons nie eens Prestik gebruik nie, want dit maak vlekke en trek die verf van die mure los," maak sy geselskap en wys na Hansie.

Sy voel hoe sy bloos toe Maud en Puck haar al twee aankyk of daar 'n snollie aan haar neus hang. Maud begin lag en raak só aan die hoes dat sy vooroor moet hang om nie te verstik nie.

"Jissis, Lolita, wat het jy hier aangebring? Moenie vir my sê een van my kinders het haar breins by 'n weeshuis gat stat en verloor nie?" lag sy dat haar sigaretas op haar knie val en 'n dowwe kol op haar sweetpakbroek los.

Die aand slaap Vaseline en Puck op 'n matras op die vloer langs die baba se kot. Puck gesels vir die eerste keer weer met haar en vertel dat Maud nog baie jonk was toe sy haar gehad het. En dat sy, Lolita Havenga, eintlik een van sewe kinders is wat almal verskillende vanne het.

"Hoekom?"

"Omdat ons almal ander pa's het, simpel." Puck draai op haar elmboog. "My ouer suster is dood. Haar naam was eerste Lolita Delores en toe kry ek dit ná haar. Dis hoekom ek nie laaik om my naam te gebruik nie. Soos second-hand clothes." Vaseline kan hoor dat Puck 'n bietjie witvoetjie soek omdat sy vroeër so ongeskik was.

Puck steek weer 'n sigaret op. Vaseline kan nie haar gesig sien nie, net die kooltjie wanneer sy aan die sigaret suig.

"Ons kinders is almal deur die Welsyn afgevat. Maud sê as Madiba haar wil help kinders grootmaak nadat sy hulle gepop het, is hy baie welkom. One man she can always count on," lag Puck, maar vir Vaseline klink dit glad nie snaaks nie.

"Maar waar's jou boeties en sussies dan?"

"Ag, sommer oralster," sug Puck in die donker. "My oudste broer is al so lank in die tronk dat ek nie eens kan onthou of ek hom al ooit gesien het nie. Twee van my ander boeties is kleurlinge en Maud het hulle deur hotnos laat aanneem."

Vaseline se gedagtes maal. Sy weet nie of sy dit alles moet glo en of Puck haar net probeer uitlok nie. In die kot langs die matras skop 'n paar beentjies teen die reling vas. "Sy naam is Cyril Pong," wys Puck met haar sigaretkooltjie na die kot.

Vaseline staan stilletjies op en loer na die slapende bondeltjie. Sy sal dit nie hardop sê nie, maar sy kan skaars glo dat 'n lelike tannie soos Maud so 'n pragtige baba kan hê.

"Hy's een van daai," wys Puck met haar oë platgetrek. "'n Chinaman met chingchong-ogies, ha!"

Die volgende oggend sien Vaseline dat Cyril se hare blinkswart soos Puck s'n is, maar sy gesig is koeëlrond en vet soos die maan.

Maar die oomblik as hy vir Maud sien, begin hy huil. Dan moet Vaseline-hulle hom in die kamer hou, want Maud raak baie kwaad as die baba haar gaste pla. Hulle mag ook nie uitkom voor die kuiermense nie weg is nie, hulle mag nie eens toilet toe gaan nie.

"Jy sal maar moet leer knyp, doll," is al wat Puck sê toe Vaseline die eerste keer vra of sy nie net gou kan gaan pieps nie.

Wanneer Maud in die dag uitgaan of lê en slaap en haar kamerdeur is toe, maak hulle vinnig die res van die woonstel aan die kant. Vaseline hou daarvan om van die balkon af ondertoe te kyk, omdat sy nog nooit voorheen so hoog was nie.

Een aand los een van die gaste vir hulle almal Kentucky. "Sjoe, dis soveel lekkerder as die kos by die kinderhuis, hè?" Vaseline kou haar hoenderbeentjies dat daar amper niks oorbly nie.

"Lolita, aangesien julle bokkies hier rondhang asof dit vakansie is, dink ek dis tyd dat jy môre vir jou 'n outfit uit my kas bymekaarsit. Dis sulke tyd vir jou, pet!" sê Maud waar sy in haar kamerdeur teen die kosyn leun. Sy het 'n glas in die een hand en 'n hoenderboudjie in die ander.

"Wat bedoel jou ma met *sulke tyd*?" wil Vaseline later die aand weet, maar Puck draai van haar af weg en wil nie gesels nie.

Die volgende oggend is Maud reeds uit toe hulle versigtig uit die kamer kom.

"Daar's nie meer doeke in die sak onder Cyril se kot nie," wys Vaseline vir Puck terwyl sy die laaste vuil doek in die drom gooi.

"Vat sommer 'n handdoek," beduie Puck, maar sy wys nie vir Vaseline waar om dit te kry nie. Sy verdwyn in Maud se kamer in.

Ná Vaseline vir Cyril drooggemaak het, volg sy met hom op die heup. "Wow, maar dis darem mooi! Hoekom het jy my nie . . . ?" maar sy bly stil toe sy Puck se gesig sien. "Ek het nog nooit so 'n kamer gesien nie," probeer sy aan iets nice dink om te sê. "Kyk net al die blink materiale, dis amper soos 'n koeliewinkel, hè?"

Puck glimlag skielik breed. "Tjek hierdie!" Sy val agteroor op die dubbelbed. "Dis 'n waterbed! Weet jy ooit wat 'n waterbed is, hè?"

Vaseline sit vir Cyril op die vloer neer en voel met verwondering aan die skommelende bed. Al Puck se norsheid is vergete en hulle tel vir Cyril ook op om hom op die bed te laat wip.

Aan elke kant van die bed is 'n lanternlampie op 'n tafeltjie waarop verskillende groottes kerse staan. Teen die een muur is stapels tydskrifte en bo-op elke stapel staan 'n paar van die modste en hoogste spike-heeled shoes wat Vaseline nog ooit gesien het. "Nes die pop stars in die musiekvideo's!" sê sy verwonderd.

Puck maak die ingeboude kas oop en begin hangers wegskuif sodat sy die klere kan sien. "Try dit," gee sy goed vir Vaseline aan.

Die res van die middag speel hulle model-model en Puck grimeer Vaseline se gesig. Hulle sit vir Cyril in sy speelraam en oefen om met Maud se skoene al om die speelraam te loop. "Dis een van die lekkerste dae van my lewe," lag Vaseline.

Maar dit bly nie lekker nie. Toe Maud terugkom, skel sy oor haar kas wat omgekrap is, jaag hulle uit en klap die kamerdeur hard agter haar toe.

Puck speel of lag nie weer saam met Vaseline nie. Vir lang rukke hou sy heeltemal op om met haar te praat. Sy maak ook nie meer vir hulle koffie of sê Vaseline moet gou-gou skelm saam met haar op die balkon rook as Maud weg is nie.

Partykeer as Vaseline Cyril se magie kielie tot hy lag, tel Puck sommer die baba op en gaan sit hom in sy kot. "Los die blerrie kind uit. Dis nie jou boetie nie."

Van die dag dat hulle die klere aangepas het, moet Vaseline saans alleen met Cyril in die kamer bly.

Puck se mond raak net so hard soos haar ma s'n. Bedags slaap sy al hoe meer en wanneer sy wakker word, wil sy nie saam met Vaseline toast eet nie, maar gaan bad alleen en lê lank in die water en rook.

Vaseline raak elke dag eensamer. Een aand sit sy uit pure verveeldheid met haar oor teen die kamerdeur terwyl Cyril al slaap. Sy hoor duidelik 'n vreemde manstem.

"Wat mag ek als met haar doen?"

"Whatever," hoor sy Maud met 'n laggie antwoord.

Vyf

1

"Helena, dis jou besluit. Wil jy iets van jou lewe maak of nie? Jou jaarpunt vir graad 7 is goed genoeg dat die hoërskool bereid is om jou te aanvaar. Ons kan nie keer dat jy wegloop nie, maar jy het nou 'n bietjie gesien hoe lyk die wêreld daar buite. En dis rof, my kindjie. Baie rof. Nie 'n plek vir 'n dogtertjie van twaalf om alleen aan te durf nie."

Meneer Kedibone sit nie agter sy lessenaar soos gewoonlik nie. Hy het omgeloop en sit in 'n stoel oorkant Vaseline. Sy merk vir die eerste keer dat hy grys hare by sy slape het.

"Helena, jy móét vir my vertel wat in Johannesburg gebeur het."

Sy swaar ooglede laat haar aan Cyril dink. Cyril met sy ronde gesiggie en vet beentjies. Sy probeer om nét daaraan te dink en aan niks anders wat in Hillbrow gebeur het nie.

Daai gil.

Dís wat sy nie wil onthou nie. Daar was 'n geskree daardie aand in die woonstel. Nie Maud se kwaai skelskree nie, maar 'n hoë skree-kerm wat sy uiteindelik as Puck herken het, Puck wat glad nie soos haarself geklink het nie.

Ná die gil was die skoot. Sy was bang Cyril word wakker, maar hy het nie geroer nie.

"Die polisie het vir Maud en Puck weggevat," sê sy sonder om op te kyk. "Hulle moes die kamer se deur afbreek, want iemand het my saam met die baba van buite af ingesluit. Toe't hy verskriklik begin huil en ek kon hom nie weer rustig kry nie . . ."

Meneer Kedibone por haar nie aan nie. Sy voel skuldig dat hy nog steeds so gaaf en geduldig met haar is ná als wat sy aangevang het. Haar gedagtes is deurmekaar oor wat verder gebeur het. Die polisie het Cyril by haar gevat. Dis toe hulle haar uit die woonstel lei, dat sy die donker streep op die sitkamermat gesien het.

Sy word bewus van die kinderhuisgeluide om haar, name wat oor die interkom geroep word, radio's wat musiek maak, stemme wat buite lag en skree, die kraak van die geroeste swaai buite in die vierkant.

"Is dit regtig só erg hier?" lees meneer Kedibone haar gedagtes.

Sy vat 'n lang ruk voor sy antwoord, maar toe sy dit sê, bedoel sy dit: "Nee, oom."

Die kinderhuislewe van sirenes, wasgoednommers, pligte en haar ou studiebank is tog dinge wat sy ken. Hier is sy omring deur maats wat deur presies dieselfde soort dae en bestaan as sy moet worstel.

"Ek wil graag verder skoolgaan," hoor sy haarself sê. Meneer Kedibone hou 'n karton snesies na haar toe uit, want al vee sy haar trane af, kom daar aanhoudend nog by.

Mevrou Claerhout gee Vaseline se Bybel vir haar terug. Sy het dit onder Vaseline se studiebank uitgehaal en veilig in die stoorkamertjie toegesluit.

"Anders rol jou vrinne dalk zolle van die blaaie en rook die hele Nuwe Testament vol gate," praat sy op haar gewone streng manier, maar vir Vaseline is dit soveel beter as Maud se geskel dat sy vir die tannie glimlag en mooi dankie sê.

Mevrou Claerhout het skoon beddegoed uitgehaal met haar ou nommer op. Vaseline maak haar bed aspris stadig op sodat sy die vars linnereuk kan ruik.

Sy verlang na haar ouma en oupa. Wat moes hulle gedink het toe hulle hoor sy's al weer weg? Sy mis dit skielik verskriklik om saam met oupa Simon op die plankbankie langs die agterdeur te sit en sommer net te kyk hoe die hoenders skrop. Haar lewe saam met hulle voel baie, baie ver weg. Asof dit 'n droom was wat sy hier in die kinderhuis kom opmaak het om haar deur die eensame dae te dra. Sal sy ooit weer by daardie rustige prentjie kan inpas?

Al is dit 'n nuwe jaar, is sy direk terug na mevrou Claerhout se eenheid toe. Sy's nie eens na 'n nuwe kamer of bed geskuif nie, al sou sy dit eintlik verkies het omdat haar ou kamer haar die hele tyd aan Puck herinner.

Eers gaan vra sy amper elke dag by die kantoor of hulle nog nie iets van Puck gehoor het nie. Later vra sy minder, net af en toe.

Ná 'n paar maande begin dit vir haar voel of sy die hele Jo'burg-storie ook net gedroom het. Niks voel meer regtig nie en die prentjies in haar kop is deurmekaar en vaag, soos iets wat sy self uitgedink het.

2

Soos gewoonlik is Pizzaface weer eerste met die nuus. "Weet julle wat's Hefner se nuutste mission?" Sy kom hang opgewonde in die sitkamer se deur waar almal TV kyk. "Sy vrou moet nou al die kinderhuisseuns se hare poenskop soos sy eie skeer!"

"Ag strooi, man!"

"True as Bob, wat sal ek nou so 'n storie opmaak? Julle weet mos die man se dae as recce het hom 'n kopfok-case gemaak," hou Pizzaface voet by stuk.

Vir 'n week of wat is die seuns in opstand. Party sit hulle teë deur volstrek te weier, ander baklei en vloek en dreig om goed te breek, maar uiteindelik moet hulle tog maar ingee. Vaseline kry hulle jammer, maar net so van ver af, as sy sien hoe die dorpskinders hulle oral spot en gat maak.

Die Donderdagmiddag kom Killer se huis laaste in die eetsaal in. Die kinders hoor hoe die huismoeder gal afgaan oor iets in die gang buite die eetsaal. Die oomblik wat Killer instap, verstaan almal waaroor die bohaai gaan. Hulle sit omgedraai in hul stoele en dis so stil dat 'n mens 'n weeluis kan hoor skarrel.

Vaseline se oë skiet vol trane. Dis die aakligste wat sy haar pel nog ooit sien lyk het. Killer se lieflike bos dik wit hare is 'n nommereen-borselkop geskeer. Haar ore en neus lyk skielik te groot vir haar maer nek en skraal skouers. Vaseline kan sien Killer weet presies hoe doos sy lyk, maar sy gaan sit met 'n regop rug in haar stoel. Trots. Soos een wat vas besluit het om 'n standpunt in te neem.

Die stilte hang kliphard in die lug. Nie 'n ertjie rol nie. Toe stoot die matriekseuns een vir een hulle borde van hulle af weg. Die Peppies staan soos een man op en loop by die eetsaal uit sonder om te eet.

Hulle loop egter 'n ompad. Elkeen kom tussen die tafels deur en loop agter Killer verby. Emosie loop soos 'n onsigbare vla tussen die tafels en stoele deur. Vaseline moet hard sluk om nie te huil nie. Soos elke Peppie verbykom, raak iedere een liggies aan Killer se skouer, van die grootste vuilbek tot die laagste skom. Nie een kyk na haar nie.

Vir 'n oomblik ná die laaste Peppie by die saal uit is, sit almal sonder om te weet wat om te doen. Dan begin die ander eenhede stadig, eers onseker, met net 'n kind hier en daar, die Peppies se voorbeeld volg.

Nie een van die huisma's kan hulle keer nie en selfs tannie S'laki se oë blink, sien Vaseline toe dit haar beurt is. Toe sy aan Killer se skouer raak, sien sy die kuiltjies van Killer se skouerbene is nat soos die trane van haar brawe vriendin se gesig tot in haar nek afrol.

Die volgende dag wil die skoolhoof 'n koronêr skiet toe die een poensgeskeerde kinderhuismeisie ná die ander by die skoolhek inkom.

Dis Brutus Ithuba, 'n sterk geboude swart seun van die strate van Pietermaritzburg, wat Killer se kop agter die kinderhuis se garages geskeer het. (Brutus is die naam wat hy vir homself gekies het, en Ithuba is sy bynaam omdat hy gedurig krap.)

Brutus is 'n netjiese skeerder en veral in die vakansies betaal die kinders hom dikwels om vir hulle tattoos te sny of met 'n lemmetjie logo's in hulle hare te skeer. Veral met die Nike-teken is hy baie goed. Hy kan dit ook op goedkoop tekkies inteken dat dit nes die regtes lyk. En onnies se handtekeninge namaak – alles teen 'n prys, natuurlik.

Met eerste pouse kondig die skoolhoof af dat al die kinderhuiskinders onmiddellik saal toe moet kom.

"Wat op dees aarde gaan hier aan? Is julle nou almal van julle sinne beroof?" bulder hy terwyl hy heen en weer tussen die rye stap.

Niemand sê iets nie. Niemand kyk op nie.

"Ek soek geen, maar G-E-E-N verdere rebelse gedrag van enige van julle nie, verstaan ons mekaar? Julle steek julleself en ons skool in die skande. My magtag, mense, kyk net hoe lyk julle! Van vandag af sal ek persoonlik seker maak dat julle die skoolreëls nes die res van die leerlinge hier nakom, en met die volgende astrante dame of meneertjie wat my gesag verontagsaam, sal ek seker maak dat daardie persoon deur sekuriteit na die buitenste hek van die skoolgrond vergesel word. Nog één misstap deur 'n matriekkandidaat en ek belowe jou, in mý skool sal jy nie jou eindeksamen skryf nie! Is dit kristalhelder vir almal?" skree hy. Dit lyk of die stoom enige oomblik by sy ore gaan uitkom.

"Kyk hoe smile Pizzaface," mompel Killer onderlangs vir Vaseline. "Selfs skel is vir haar lekker, solank sy net aandag kry."

Vaseline het dit ook al agtergekom, hoe graag party kinders aandag wil hê. Selfs as iemand hulle vloek, kry hulle sulke vreemde smiles, kompleet asof die persoon allerhande liefdevolle goed vir hulle sê, net oor hulle so 'n bietjie tussen al die ander raakgesien word.

Vaseline voel lekker om langs Killer te staan. Sy's trots om Killer se beste pel te wees – almal weet hoe heilig Killer op haar hare was. Sover Vaseline kan onthou, het niemand voor Killer nog ooit die skomgat-Peppies se kant in enigiets gekies nie.

En sy's trots op haarself ook dat sy gewillig was om dieselfde prys as Killer te betaal.

Toe hulle gister met hulle honger mae uit die eetsaal stap, was sy eers te chicken om haar hare ook te laat afskeer. Hoewel sy al baie goed in haar lewe toegesnou is, is om lelik te wees nie een daarvan nie. Sy wat nog nooit in haar lewe eens kort hare gehad het nie. Toe dink sy daaraan dat oupa Simon altyd sê hoe groter die waarde van die ding wat jy opgee, hoe soeter is die beloning.

"Ek het nog nooit regtig ingepas nie. Nog nooit regtig-egtig deel van 'n groep gewees nie. Op my eie dorp was ek te lig en hier is ek weer te baster. Stupid ek. Nazrene was reg. Dog ewe as ek anders leer praat, sal ek ook in kan wees. Gmf, lekker grappie, Helena Bosman," het sy met haarself gepraat. Sy kry nou nog diep seer as sy daaraan dink hoe al haar getry hierdie kant toe en daai kant toe niks gehelp het nie. Sy is klaar saam met die ander Peppies deur die wêreld gebrandmerk.

Toe Brutus die knipper deur haar hare stoot en sy die goedkeuring in Killer se oë sien, was dit of 'n groot verligting oor haar kom.

"Ek het nie net my hare agter jou aan of vir die Peppies laat skeer nie, Killer," het sy agterna vir haar vriendin gesê. "Ek het dit vir myself ook gedoen. En dis die eerste sterk ding wat ek nog in my lewe gedoen het. Om vir die banggat, dowwe Vaseline van vroeër te sê ek gaan nie meer worry of ek nou bruin of baster of wit is met lang, kort of geen hare nie. Hulle almal se hol, ek is net ek!"

"Ja, girlfriend, ek is nou nie altyd so mal oor die Peppies nie, maar hulle is ons ouens en ons kinderhuisrotte moet saamstaan," was al wat Killer op haar droë manier gesê het.

Al is Vaseline nog skrikkerig vir die hoof se woede, is dit vir haar vreemd lekker om saam met almal in 'n groep skel te kry.

Asof sy deel is van die groep.

Asof sy uiteindelik ook iewers behoort.

Van gister af is dinge skielik heel anders tussen die kinderhuiskinders. Daar is iets in die lug, 'n warm gevoel wat agter aan Vaseline se kraag raak. Asof die Peppies skielik nader aan die meisies staan en hulle almal saam een groep hegte tjoms is. Asof hulle vir mekaar sal opkom en fight as dit moet.

Toe Vaseline oor haar skouer loer terwyl die hoof nog lug hap, sien sy sy oë op haar: die Peppie wat daardie dag lank gelede vir haar die entjie op die skoolgrond aangebied het.

3

So word haar graad 8-jaar die beste wat Vaseline nog in die kinderhuis gehad het. Teen die tyd dat die laaste kwartaal uiteindelik aanbreek, is almal se hare darem weer uitgegroei.

"Julle ouens gaan my nie fokkieng glo nie!" Pizzaface kom met lang kameelperdtreë oor die gronde aangestorm. Vaseline en Killer sit saam met 'n paar ander met hul voete in die leivoor wat na die Hefners se tuin loop. Dis streng verbode om binne 'n kilometer van die leivoor te kom, maar dis een van die kinders se geliefkoosde sitplekke op 'n warm dag.

"Whazzup?"

"Ons gaan uit hierdie hool ontsnap! Een of ander klomp charity-mense is mal genoeg om ons rivier toe te vat vir 'n piekniek! En Hefner het jou wragtag ingestem! Is dit nie befok nie?" Pizzaface hardloop amper bo-oor Vaseline.

Almal spring gelyk op en bestook Pizzaface met vrae.

"Sê wie?"

"Ja, wat is die blooming kans?"

"Pizzaface, moet net nie weer 'n storie deur jou hol ryg nie. Ek waarsku jou, as dit nie die reine waarheid is nie, bliksem ek jou silly," dreig Killer.

Pizzaface sit haar hande kamma vies op haar heupe en rol haar oë.

"My goeie, liewe fok. Hoe ken julle my? Kyk net bietjie hoe gaan die kinders daar anderkant aan, huh? Lyk dit vir julle normaal?" beduie sy terug na die gebou waar kinders gillend op en af spring en bollemakiesie slaan. Sommige hang by die vensters uit en waai met stukke klere.

"Sien? Maar julle dames sit mos hier agter waar julle in elk geval nie mag wees nie, anders sou julle ook die afkondiging gehoor het wat Janneman self oor die interkom gemaak het en sou ek nie my gat hoef los te hardloop agter julle klomp dowe klotte aan nie!"

Op die Saterdag van die piekniek word elke eenheid ná ontbyt in 'n rekordtyd opgeruim. Selfs Albie, vertel Killer later vir Vaseline, was vir eens betyds vir inspeksie. Gelukkig is mevrou Claerhout se eenheid eerste gereed van die dogtershuise, en hulle word met 'n groot lawaai by die agterdeur se traliehek losgelaat om reguit bus toe te nael om die beste sitplekke te kry.

"Deps daai vir jou en Killer!" skree iemand van agter af terwyl Vaseline met die paadjie af sukkel. Sy kyk nie na die Peppies nie, wat klaar die agterste lang sitplek en die banke aan weerskante vir hulle gevat het. Dieselfde skom wat by die saalbyeenkoms vir haar gekyk het, sit ook tussen hulle en hou haar dop.

Vaseline bloos. Sy weet al is hy net 'n graad bo haar, is hy deel van die in-crowd, anders sal hy nooit agter in die bus mag sit nie. Sy't eers die dag van die harepetalje uitgevind wat sy naam is: Texan Kirby. Sy weet ook hy's in die lekkerste eenheid, die een met die gawe huismoeder, tannie Hildegard.

Texan is een van die kinderhuislatte waarvoor die dorpseuns baie versigtig is. As die Peppies teen die township se tsotsi's of die ryk dorpskinders in die toilette of onder die verste paviljoen vir geld fight, is hy meestal een van die wenners. Glo een van daai outjies wat al jare lank in die kinderhuis is. Van die dae toe dit nog 'n weeshuis genoem is en daar nog net seuns was en hulle vreeslik pak gekry het en snags deur perverts bevoel is.

Texan is nie juis lank of groot gebou nie, maar hy kan street-fight, vertel die kinders. Dis nie die size van die vuis wat tel nie, brêgh die Peppies altyd, maar die wil wat die vuis dryf wat saak maak.

Vaseline kyk aspris nie weer een keer agtertoe nie.

By die rivier aangekom, peul die kinders met 'n groot lawaai uit die bus. Die meeste vaar onmiddellik die water in. 'n Groep van die ouer seuns, wat te cool is om ooit haastig of opgewonde oor enigiets te lyk, pak tydsaam hulle krieketgoed uit en soek 'n geskikte plek om die paaltjies in te druk.

"Julle gedra julle vandag soos dames, gehoor?" waarsku mevrou Claerhout terwyl die meisies haar help om komberse vir die tannies op die gras langs die rivier oop te gooi.

"Sjoe, ek wens darem die rivier was in die kinderhuis se agterplaas, dan sou ek wraggies nooit gekla het nie." Vaseline verkyk haar aan die kronkelende groenbruin water wat vrolik teen die wal kabbel. Sy is bly om te sien dat die tannies ontspanne lyk en nie so frons soos gewoonlik nie.

"Bart!" roep Vaseline na een van die seuns wat touchies gaan speel. Dis dieselfde rooikop-outjie wat sy agter die gordyn sien sit en huil het daai eerste aand toe sy in die kinderhuis aangekom het.

"Tjy!" lag hy vir haar sonder om op te hou hardloop en lig sy T-hemp se mou in die verbygaan dat Vaseline sy spierbolletjie kan sien. "Tjek my muis!"

Soos met die meeste kinderhuiskinders is Bart 'n bynaam – sy regte naam is eintlik Gideon. Maar omdat sy kop so lank is met sulke klossies hare bo-op, sê die kinders hy lyk soos Bart Simpson.

Hy is een van die eerste kinders in die kinderhuis met wie Vaseline vriende gemaak het. Partykeer het sy hom soggens vroeg gehelp om sy natgepiede matras uit te dra tot agter die garages. Dan rook hulle vinnig 'n o.p.s. saam. "Other people's stompies, my bra!" Dit het gelyk asof Bart sommer 'n paar sentimeter langer word omdat hy iets vir 'n ouer meisie moet verduidelik. "Ek rook al vanlat ek sewe is en dit staan so in my lêer as jy my nie wil glo nie," het hy trots vir Vaseline vertel.

Hy is in die spesiale klas in die laerskool. "Die donnerse lettertjies loop rond as ek wil lees," het hy in trane gesê toe sy hom eenkeer op die skoolgrond gekry het waar hy vir die ander seuns wegkruip.

Vaseline wil net lekker begin lag vir Bart-hulle wat met hulle nat lywe touchies speel en glad nie luister as die tannies agter hulle aan roep om nie so woes te wees nie, toe kom sit Colin Prop langs haar.

"Jy't gehoor wat jou ma gesê het: jy kan net saamkom solank

daar geen lawwegeite is nie. Wat wil jy in elk geval hê, huh?" Sy skuif haar bene effens weg van die orige vent.

"Ek's oud genoeg om jou ou te wees, jy hou jou verniet so snotty."

"Ja, ja, ons het nou al almal gehoor jy moes eintlik al in graad 10 gewees het, maar het graad 9 gepluk omdat jy 'n moroon is."

Vaseline maak nie 'n geheim daarvan dat sy nie van die seunskind hou nie. Selfs Pizzaface, wat nie die verskil tussen gross en kotsend gross ken nie, is dit eens dat hy 'n vieslike bliksem is.

Colin steur hom min aan haar beledigings. Hy skuif net nader en lê agteroor op sy elmboog. Partymaal, as sy ma in 'n vergadering is, trek hy sy broek af en moon die meisies. Of hy trek sy kortbroek laag af met 'n lang T-hemp wat daaroor hang. Dan laat hy sy goeters oor sy kortbroek uithang en flash vir die meisies as hy 'n Mexican wave gooi.

Die eerste keer het Vaseline haar rooi in die gesig geskrik, maar ná twee jaar in mevrou Claerhout se eenheid het sy Colin se ding al soveel maal gesien dat dit net sowel sy middelvinger kon gewees het.

"Sit soontoe," stamp Vaseline hom van haar af weg. "Ek was eerste hier en ek wil die touchies kyk. Kry rigting!"

Colin is 'n aantreklike ou en hy weet dit. Hy krap kamstig lui oor sy maag sodat Vaseline sy sixpack moet sien. "Wat's jy so moody?"

Vaseline ignoreer hom, maar sy wil sommer giggel as sy dink aan Albie en haar ouer suster, Marietjie, wat albei graag Colin se ding wil sien, maar Marietjie is bang Albie begin weer skrou of iets. Hulle het nie 'n boetie nie en die enigste tollie wat hulle nog in hulle familie gesien het, was 'n oom wat sy broek afgetrek en in hulle tuin gepie het by 'n braai toe hy dronk was. "Dit was in Danville," het Marietjie vertel, "die mense trek baiekeer hulle broeke by braais af." Albie het gekla dit tel nie, want sy was te klein om dit te kan onthou.

Colin dink Vaseline glimlag vir hom en maak of hy hom uitstrek, maar skuif weer tot teen haar.

"Sies!" Vaseline stamp sy been weg wat na haar toe wil oorvou. Sy's bang hy kan sien waaraan sy dink.

"Wil jy nie sien wat ek het nie?" vra Colin en gee een van sy yucky smiles.

"Nee dankie, ek het dit al te veel gesien. Nog een keer en ek barf dalk bo-op jou." Sy kyk nie af na sy hand wat op sy gulp rus nie.

"Nee, man, moe' nou nie vir jou jags hou nie. Ek het dié," beduie hy na 'n pakkie sigarette in sy broeksak. Mevrou Claerhout kla altyd dat die meisies skelm rook en haar woonstel laat stink, maar sy wil nie glo dat haar lieflingseun self stook nie. "Wat sê jy ons gaan maak gou 'n dampie hier agter?"

Al kan sy nie vir Colin Prop verdra nie, laaik sy van hoe rook haar laat voel. Dis ten minste iets om te doen wanneer als so vervelig is. Sy hou ook van die plannemakery wat dit vat om skelm te gaan rook en om eers 'n lighter in die hande te moet kry en om te sorg dat jy nie betrap word nie.

"Orraait, maar kom ons vat vir Bart saam," dink sy vinnig. Voor Colin iets kan sê, spring sy op en skree vir Bart, maar hoe harder sy agter hom aan gil, hoe vinniger hardloop hy met die bal.

"Los daai tatie, hy kan jou nie hoor nie en jy gaan maak dat ons net 'n klomp spongers lok," sê Colin en verdwyn met sy windgatstappie agter 'n ry woonwaens. "Hier's niemand hier nie, ek't klaar getjek," beduie hy terwyl hy agter die naaste woonwa hurk.

Vaseline loer oor haar skouer waar mevrou Claerhout is voor sy ook agter die woonwa verdwyn. Die tannies staan met hulle voete in die vlak water om 'n ogie te hou oor dié wat swem.

"Vat," hou Colin vir haar 'n sigaret uit. Sy's bly hy probeer nie een met haar deel nie.

"Sjoe," suig Vaseline die rook in. Sy sit kruisbeen en kyk nie na

Colin nie. "Dis nice om almal vir 'n slag so happy te sien, nè?" probeer sy geselsies maak. Hulle rook in stilte en luister na die gelag by die waterkant.

Toe Vaseline afkyk om haar stompie teen die woonwa se trappie dood te druk, duik Colin haar kamstig spelerig om, maar toe sy spartel, druk hy haar hard op die grond vas. Laggend pen hy haar arms vas en druk sy been tussen haar bene in.

"Is jy mal? Klim van my af! Ek sweer, Colin, ek gaan vir jou ma en vir Meneer sê!" probeer sy nog maak asof dit net 'n slegte grap is, maar sy hand is al klaar op haar kortbroek se zip. Hy leun vorentoe oor haar en druk sy gesig teen hare.

"Fokkof, Colin! Los my! Nee!" Sy veg woes, maar hy's te sterk vir haar. Die oomblik as sy dit regkry om sy hand van haar zip af weg te kry, druk hy sy tong in haar mond. Sy begin paniekerig word. Sê nou iemand sien hom so bo-op haar en dink sy laat hom toe om haar oulik te maak?

"Jy maak my seer! Ek sweer, Colin Claerhout, as jy my zip aftrek, gaan ek jou byt dat die bloed loop!" hyg sy terwyl sy haar met alle mag van hom probeer wegdraai.

Net toe sy besluit om kliphard vir hulp te begin gil, voel sy hoe die swaar lyf skielik van haar afgepluk word.

"Paartie julle dan alleen?" Texan stamp Colin se gesig teen die kant van die woonwa vas en met sy ander hand gryp hy hom tussen die bene. Vaseline kruip 'n entjie weg, trek haar hemp reg en haar zip op.

Die manier waarop Texan vir Colin vashou, laat dit lyk asof hulle sommer net daar saam hurk om te gesels, maar elke keer as Colin homself probeer loswikkel, verstel Texan sy greep net so effens, sonder dat dit eens lyk of dit hom stres.

Ná 'n rukkie vat hy sy hand oor Colin se gesig weg sodat dié sy mond behoorlik kan toemaak. Vaseline gril vir die bloederige spoeg wat teen Colin se ken afloop.

"Los my uit, jou naai!" kreun hy ná 'n rukkie. Dit lyk vir haar kompleet of hy wil huil, maar hy kyk glad nie na haar kant toe nie.

"Lekker piekniek, hè?" stamp Texan vir Colin met een hou van hom af weg.

Colin loop krom-krom met sy hande tussen sy bene weg. "Poester!" skree hy oor sy skouer vir Vaseline.

Texan staan op. Vir 'n oomblik kyk hy stip na Vaseline. Vaseline wil tjank. Sy wil albei hierdie mislike skomgatte met haar vuiste in die grond in foeter.

"Jy stink na rook," is al wat Texan sê voor hy omdraai en wegloop.

4

Oupa het geld vir 'n buskaartjie gestuur! juig dit oor en oor in Vaseline se kop. Sy kan dit ná al die vakansies wat al gekom en gegaan het net nie glo nie. 'n Paar van die gemeentemense het ook 'n bydrae gemaak, lees die kort briefie wat sy saam met meneer Kedibone bestudeer.

Sy voel hoe haar keel styftrek van wil huil en lag en bang wees alles in een. "Meneer," snik sy, "dis nie dat ek nie wil gaan nie. Ek wil so graag gaan, maar wat sal my oumagoete sê as hulle sien hoe ek nou lyk?"

"Jou hare het mos al 'n bietjie teruggegroei, dis mos nie meer poenskop nie?" Meneer Kedibone sit sy groot hand op Vaseline se skouer. "Vaseline, jy bly jou oupa en ouma se kind. Altyd. Al word jy hoe groot en al lyk jy ook hoe anders as toe hulle jou laas gesien het."

As grootmense praat, dink Vaseline, laat hulle dit klink asof dinge als net maklik is, maar later vind 'n mens uit dit is nie. Goed is meestal moeilik en deurmekaar.

Sy voel in twee geskeur, want al wil sy graagter huis toe gaan as wat sy vir iemand in woorde kan laat verstaan, is sy bang. Bang hulle ken haar nie meer nie. Bang Oumie sal regdeur haar kyk en al die aaklige goed sien wat met haar gebeur het en wat sy self ook gedoen het. Gaan sy skel kry oor die whallapery?

Voor sy by die deur uitloop, draai sy terug na meneer Kedibone. "Oom Issaskar, is dit erg om 'n swart man te wees?"

Hy kyk haar vir 'n lang oomblik aan en skud dan stadig sy kop. "Dis moeilik om enigiemand te wees as jy nie weet wie jý is nie omdat jy nie weet wie jou vader is nie."

Sy gaap hom verbaas aan. "En weet oom dan nie wie oom se pa is nie?"

"O ja, ek weet. Dis God."

"Kinderhuisreël nommer driehonderd-en-sewe: MOET NOOIT NA ENIGIETS UITSIEN NIE!" is wat Killer altyd sê.

"Hoe kop mens dit, hè?" gesels Vaseline saggies met haarself terwyl sy uitgestrek op haar kooi in haar ouma-hulle se huis lê. Sy staar na haar gesig in 'n klein ronde spieëltjie wat Albie uit haar juffrou by die skool se budgie-hokkie gegaps het. Ná 'n paar dae het Albie moeg geraak om daarmee rond te loop en dit sommer in die tiekieboks gelos. Toe bring Pizzaface dit vir Vaseline as 'n geskenk net voor sy op die bus klim.

Die spieëltjie is so klein dat sy net haar een oog en 'n deel van haar neus op dieselfde tyd kan sien.

"As 'n mens op die een plek is, dan tjank jy om op die ander plek te wees. Maar as jy eers daar kom, is dit glad nie soos jy gedink het dit gaan wees nie."

Sy sit die spieëltjie op haar maag neer. Dit lyk of haar oog wil huil en sy wil dit nie sien nie. Sy kan nie verstaan hoekom sy aakliger as aaklig voel nie. Hier lê sy dan. Op haar eie-eie kooi. In haar eie kamer, in haar eie huis. Dis dan haar droom! Hoeveel keer het sy nie dié prentjie soos 'n fliek in haar kop laat speel sonder om daarvoor moeg te raak nie?

En nou voel dit glad nie soos dit moet voel nie.

Alles om haar moet mos nou lekker en tevrede wees, maar sy kon net sowel in nóg 'n vreemde bed in ander mense se huis gewees het. Sy voel nie meer welkom in haar eie droomprentjie nie.

Sy draai die spieëltjie in die rondte en dink weer aan haar aankoms.

Hoe erg dit was.

Hoe dit sommer heeltemal verkeerd was teen wat sy haar nog al die jare voorgestel het.

Hulle het almal gehuil toe sy van die Mainliner afklim. Oupa Simon het daar op die sypaadjie gestaan met sy hoed in sy hand. Hy was baie korter en gryser as wat sy hom onthou. In plaas daarvan dat hy vorentoe kom en haar teen hom vasdruk, het hy eenkant bly staan met sy hoed net so opgefrommel. Toe gaan die bakkie se deur oop en haar ouma sukkel-sukkel uit, haar kuite dik opgeswel en met artritis-sokkies aan. Eers toe Ouma haar omhels, het Oupa ook skaam-skaam nader gekom. Vaseline begin sommer van voor af huil as sy net aan dié prentjie dink.

Min het sy toe besef dit sou net die begin wees. As 'n vakansie so afskop, asof mens skielik op die maan geland het, dan kan daar net nóg trane vir jou voorlê.

Maak nie saak wat Ouma-hulle gesels het nie en hoeveel sy probeer vertel en verduidelik het nie, sy kon die hele tyd iets in hulle gesigte sien. Reg daar, in hulle oë as hulle na haar kyk. Veral in Oupa s'n. So 'n verleë, effens ongemaklike kyk. Oral waar hulle gegaan het, by die winkels, die kerk of om te gaan tee drink by die bure, kon Vaseline daai vreemde kyk by die mense sien. Dit het haar laat voel om te huil. Om onder haar beddegoed te gaan wegkruip of om in die toilet te gaan sit en net daar te bly tot die hele demmitse ou vakansie oor is.

"Wat gaap die mense my so aan, hè, Oumie?"

"Jy't maa' net groot geraak, Stukkie. En jou mooie hare is als af. Lat hulle maa' kyk, wat worry ons?"

Ouma probeer hard om als reg te laat lyk en voel, maar dit wil net nie. Soms dink Vaseline dis beter om net stil te bly, en ander tye dink sy weer as sy aanhou vertel van hoe dit in die kinderhuis is, sal almal begin te verstaan. Maar haar ouma-hulle raak kriewelrig op hulle stoele as sy party soorte goed van die kinderhuis vertel.

"My goeiste, ka' dit waa' wies?" het Ouma keer op keer gevra, tot Vaseline naderhand niks meer van die ongeskikte goed vertel het nie.

Een oggend vroeg het sy by Oupa op hulle plankbankie by die agterdeur gaan sit. Hulle het nog nie een keer regtig gesels nie, al was sy al amper 'n week by die huis.

"Ja-nee-a, dis vir jou 'n affêre, nè?" sug Oupa.

Vaseline kan hoor hy weet nie wat om met haar te gesels nie en dat hy ongemaklik voel.

"So is dit da' maar. Hoe mee' dae, hoe mee' dinge," sug hy weer. Ná 'n rukkie staan hy op en maak kastig of hy die hoenders moet gaan voer.

Dit was die laaste keer wat Vaseline probeer het om dinge te laat regkom. Sy't na haar kamer gegaan en toe maar die meeste van die tyd net daar gebly. Wie sou ooit kon raai dat die plek waar sy die eensaamste sou voel haar eie huis sou wees?

Partykeer het sy net in haar kamer gesit en kyk na alles. Dit was asof sy die spook van haar ou self nog in die huis kon voel. 'n Spookdogtertjie met lang boktails wat die hele gang vol pophuis bou en haar maaltafels in die stoom op die badkamerteëls oefen. 'n Dogtertjie wat geskreelag het as sy haar oupa skrikmaak en op sy rug spring, wat liedjies oefen terwyl sy op die lavvie sit en lees.

Maar dit alles was nie meer sy nie. Dit was net die spook van iemand wat lank, lank gelede bestaan het en wat nie nou meer daar was om die prentjie vol te maak nie.

Saans aan tafel praat Ouma onnodig baie soos wanneer sy gespanne is oor iets en dit probeer wegsteek. Ouma vra ook kort-kort uit oor haar hare en dan antwoord Vaseline van voor af, maar sy kan sien Ouma hoor nie haar antwoorde nie. Ouma se oë is effens toegetrek soos iemand wat fyn luister na 'n antwoord wat nie in die woorde is nie.

"Wonne waa's daai baste'meisiekind wat haa' vabeel sy hoort hie' by die kleurlinge?" hoor Vaseline van haar ou skoolmaats buite in die straat aspris hard praat terwyl hulle verbydrentel. Vaseline hoor hoe trek haar ouma, wat hulle ook moes gehoor het, die gordyne toe in die voorkamer wat op die straat uitkyk.

Die dag voor Vaseline weer op die bus moet klim terug kinderhuis toe, sit sy saggies op haar vensterbank en huil. Sy kan die snikke net nie meer keer nie. Ouma kom in, maar sy kom gee haar nie 'n troosdrukkie nie. Sy gaan sit aan die ander kant van die bed en haal haar sakdoekie uit haar mou. Sy huil so hee-hee-huk soos wat Vaseline altyd die ou tannies op begrafnisse hoor huil het.

"Moenie huil nie, Oumie," probeer Vaseline tussen haar eie snikke deur troos, maar nie een van hulle kan ophou nie. Hulle kan nie vir mekaar sê hoekom hulle huil nie, want daar is nie woorde voor nie. Vaseline weet nie hoekom nie, maar hierdie keer bring haar seer haar nie nader aan haar ouma nie, dit laat haar eerder nog verder van haar af voel.

Ses

1

Waar sy voor die bord met die lyste vir die nuwe jaar staan, gee Albie 'n kekkellaggie en knipoog vir Vaseline.

"Kyk net bietjie hier." Sy tik met 'n vinger waarvan die nael stomp afgekou is op een van die lyste. Dis haar suster se naam, Marietjie Lottering. Hulle is nou al twee saam met Vaseline in mevrou Claerhout se huis ingedeel. "Nou's die drol in die wolkombers!" lag Albie.

By die kleuterafdeling is 'n naam wat Vaseline dadelik met 'n steek in haar hart herken. Pong, Cyril.

Sy stap buitentoe. Dit voel asof sy nie 'n ruggraat het nie en van jellie gemaak is. Sy plak haar op 'n flenterswaai neer en sleep haar voete heen en weer totdat dit 'n groef in die sand maak. "Nog twee dae voor die skool begin," praat sy met haar plakkies.

Gelukkig pla niemand haar nie, want die meeste kinders staan in groepies by die parkeerterrein en wag vir die busse om in te kom. Sy's bly sy't vroeër ingekom as die ander vakansiekinders, want sy's die enigste een van die Noord-Kaap af. Sy's tog nie lus om met vrolike kinders te gesels wat jou allerhande vrae vra nie.

"Ek haat dit nie meer in die kinderhuis nie, Puck, maar ek mis jou baie," praat Vaseline met haar voete. "Waar is jy, hè? Wat het van jou geword? Al is dit nie lekker in die kinderhuis nie, is dit tog orraait om hier te wees. Ten minste kyk niemand jou weird aan nie. En almal hier is op 'n manier dieselfde. Hierso verstaan almal hoe dit is om oor jou mense te sit en droom, en om dan as jy huis toe gaan bitterlik teleurgesteld te wees."

Sy buig haar plakkies se voorpunte om sonder om te traak of die straps losskeur. Sy het lank laas aan die dinge in Hillbrow gedink.

"Ek's klaar met snot en trane, Puck. Jy sal my skaars herken. Hierdie jaar is daar niks meer gekerm of gehuil vir my nie. Dit help tog fokkolo."

Vaseline kry toestemming om na Cyril in die kleuterafdeling te gaan. Die kleuters is in 'n aparte gebou met 'n groot sitkamer en speelarea waarvan die dak vol gebreide poppe hang.

Partymaal daag die huishulpe nie op nie, dan het sy en Killer al gaan help om die kleintjies te voer. "Hoekom bly hulle so baie van die werk af weg?" wou Vaseline eendag by Killer weet. "Daar's dan soveel babas om na te kyk, en die tannies kan onmoontlik als gedoen kry."

"Ag, Vas, as jy jou oë oopmaak, skakel tog net jou brein ook aan. Dink jy hulle traak oor die kinders? Dis vir hulle maar net nog 'n jop, en as hulle nie vals siektesertifikate kry om naweke se roes af te slaap nie, dan toi-toi hulle met plakkate in die parkeerterrein terwyl die kleintjies daaronder moet ly." Killer het haar skouers opgetrek op 'n manier wat Vaseline al leer ken het. Sy weet: Eintlik praat Killer nou oor goed wat haar omkrap; sy maak maar net of dit haar nie skeel nie.

Vaseline hou van die tannies by die kleuterafdeling. Hulle is meestal toegewyd, en hulle werksure is selfs langer as die tannies by die grootkindereenhede s'n. Maar sy kan nie help om sleg te voel oor die kleintjies wat elke dag vir ure tjoepstil op 'n mat voor die televisie moet sit nie.

Dit pla haar ook erg dat die kleintjies almal bang vir diere is.

Sy was toevallig eendag by toe iemand 'n babahondjie vir die kleuters kom wys het. Eers was hulle verskrik en het aan die tannies geklou, maar toe twee ná 'n ruk oor hul vrees kom, het hulle die hondjie begin slaan en aan sy kop en pote gepluk. Sy was so kwaad vir hulle, sy wou hulle sommer foeter, toe sê die een tannie vir haar dis omdat die kleintjies net van slat en afknou ken en dan aap hulle daardie selfde gedrag na.

Wanneer die huishulpe nie opdaag nie en die kleuterafdeling mal raak met kinders wat oral skree, pie, skyt en kots, laat vra die kleutertannies partykeer oor die interkom of van die groter kinders gewillig is om te kom help. Dis gewoonlik oor naweke met etenstye en wanneer die outjies saans gebad moet word. Die meeste meisies is baie gretig om te gaan help, want in al die vaal dae en weke wat presies dieselfde verloop, is dit ten minste iets anders. Dit laat Vaseline ook voel asof sy iets goeds doen, asof sy darem vir iemand iets beteken, as sy help doeke omruil, bottels gee of speelgoed terug in die kaste pak.

Sommige van die huismoeders hou egter nie daarvan dat kinders uit hul eenhede by die kleuterafdeling gaan help nie, want hulle is bang siektes versprei. "En moenie eens vir my kom vra nie, Helena, want jy weet net so goed soos ek dat die government nie vir ons sê watter kinders reeds besmet is nie," is mevrou Claerhout se antwoord gewoonlik. Maar van tyd tot tyd kry Vaseline dit tog reg om weg te glip.

Sy steek in die deur vas toe sy Cyril vir die eerste keer sien. Hy sit en wieg homself liggies vorentoe en agtertoe sonder om na iets of iemand te kyk. Sy ogies knip amper nie en toe Vaseline afbuk en met hom praat, draai hy glad nie sy kop nie. Sy swart haartjies is yl met kaal kolle en daar is rooi omlope om sy mond en neus. Op sy een oor is 'n harde kors en daar's kneusmerke aan sy armpies en bene. Al langs sy binnebene af is 'n uitslag met bloederige rowe.

Vaseline is amper te bang om aan hom te vat. "Tannie, wat gaan aan met hierdie baba? Hoekom lyk hy so?" Haar oë skiet vol trane.

Die huismoeder, wat besig is om 'n kleintjie oor haar skouer te wieg terwyl drie ander om haar bene hang, skuifel nader. "Ja, dis tragies, nè?" Sy buk af om Cyril van nader te bekyk. Sy kom orent en ruil kleintjies om. Die een wat sy neersit, begin onmiddellik huil.

"Die Welsyn het hom in die vakansie by pleegouers weggeneem. Dit lyk maar na die gewone, nè?" Sy knik met haar kop na van die ander kleintjies. Vaseline weet daar is nog kinders met daai verlate, hol uitdrukkings op hulle gesigte. Die tannies mag nie daaroor praat nie, maar Vaseline het al gehoor babas en kleuters raak soms só dat hulle niks meer raaksien nie wanneer hulle lank verwaarloos of mishandel word. Sy voel naar. Sy sal vir arme Cyril liefde gee tot hy weer gesond word, besluit sy.

Die volgende paar weke glip sy soveel moontlik weg om vir hom te gaan kuier. Dit lyk of hy stadigaan weer aan haar gewoond raak, en hy begin opkyk as sy by die kleuterafdeling se deur inkom.

"Vaseline, moet hom nie te veel optel nie, hoor!" waarsku die een tannie. "Anders raak hy bederf en ons het eenvoudig nie genoeg hande en heupe om almal die hele tyd op te tel as hulle eers daaraan gewoond geraak het nie."

"Bosman vir pos! Bosman vir pos!" weergalm die afkondiging deur die gange. Vaseline draai in haar spore om en swaai by die maatskaplike werker se kantoor in. Sy strek haar hand uit bo-oor die koppe van die malende massa raserige kinders wat om meneer Kedibone se lessenaar saamdrom.

Hy is besig op die telefoon en wys vir haar sy kan maar die brief vat en op haar eie gaan oopmaak. Die koevert is liggeel, soos ouma Kitta se koeverte altyd is. Maar die briefie binne-in is nie van haar ouma nie, dis van hulle predikant.

BESTE GEMEENTEDOGTER,

JOU OUMA HET MY GEVRA OM VIR JOU TE SKRYF OMDAT SY OP DIE OOMBLIK NIE KANS SIEN OM SELF DIE NUUS AAN JOU OOR TE DRA NIE. JOU OUPA IS ONVERWAGS IN DIE HOS-PITAAL OPGENEEM MET ANGINA. JOU OUMA EN OUPA WIL NIE HÊ DAT JY BEKOMMERD MOET WEES NIE EN SAL SPOEDIG WEER VIR JOU NUUS AANSTUUR.

SEËNWENSE,

DS. EDDIE KOORTZEN

Sy stap in 'n dwaal terug na meneer Kedibone se kantoor met die brief nog net so in haar hand. Daar is skielik 'n skerp brandpyn op haar maag en sy bring die geel blaadjie tot voor haar gesig om dit nogmaals te lees.

"Wat's angina?" vra sy en hou die briefie na meneer Kedibone uit. Hy boender die ander kinders by die kantoor uit en maak die deur agter hom toe. Hy sit sy bril op sy neus en lees dit.

"Oom Issaskar, sal my oupa doodgaan?" vra sy terwyl haar hart in haar bors hamer.

Meneer Kedibone bel haar ouma-hulle se huisnommer. Hy praat 'n paar sinne met iemand aan die ander kant en vra ook die hospitaal se nommer. Vaseline wil sommer begin huil van ontsteld wees.

"Dit was 'n mevrou Koortzen wat geantwoord het, sy sê jou ouma rus 'n bietjie. Hulle bly glo by jou ouma terwyl jou oupa nie daar is nie."

Hy moet 'n paar keer skakel voor iemand by die hospitaal optel. Ná nog 'n oor en weer geskakel word hy uiteindelik na die regte saal deurgesit. Hy gee die gehoorbuis vir Vaseline aan.

"Dadda?" vra Vaseline hees van wil huil.

"Haai, hene! Kyk nou net hoe verras Oupa se kind hom vandag oopmond!"

Vaseline begin snik. Sy kan nie haar woorde uitkry nie. Dis só wonderlik om te hoor hoe opreg bly haar oupagoete is om haar stem te hoor. Hy klink weer soos haar ou oupa toe sy nog klein was.

"Wat gaan aan, Dadda? Wat makeer?" Meneer Kedibone tik op sy horlosie om te wys Vaseline moet gou praat.

"Ag, Oupa se darling, dis somme' niks, dis net die ou hart wat 'n bietjie krampe gegee het. Oupa laaik die bederf en almal dra heeltyd vir Oupa kos en tee aan. Moenie jy vir jou worry nie, Oupa het klaar 'n geldjie begin wegsit vir volgende keer se buskaartjie, hoo' nou! Belowe net vir Dadda jy laat nie wee' jou hare so stomp afknip nie, nè? Dit betaam nie 'n dame nie. Verder moet Oupa se kind nie bekomme' nie, Oupa is somme' nou-nou weer piekfyn."

2

Woensdae mag die kinderhuiskinders wat nie gehok is nie, dorp toe gaan. Soms stap 'n tannie saam met hulle biblioteek toe om te kyk dat die seuntjies nie uitrafel nie, want hulle kan so opgewerk raak van bly wees om uit te kom dat hulle almal in die oë sit en maak dat die groter kinders nie saam met die groep gesien wil word nie.

Vaseline kom agter hoe die dorpskinders wat buite op die kafee se stoep rondhang of by die Wimpy sit van hulle skinder. Nazrene Diergaardt loop gewoonlik rond met die kortste van oorvourompies aan en met 'n oop maag. Sy skree vir hulle goed oor die straat, want sy is so ongemanierd dat sy nie eens bang of skaam is vir die kinderhuistannies nie.

"Ek's lus en klap daai klimmeid se smile reg van haar bakkies af," grom Killer, wat met haar hande in haar weermagbroek se sakke loop.

Vaseline het altyd van haar tuisdorp se biblioteek gehou, maar hier is dit aaklig om biblioteek toe te gaan. Nog voor hulle by die deur inkom, sien sy al hoe die hele biblioteek tot stilstand kom en almal vir hulle deur die glasmuur beloer asof hulle melaats is.

As sy boonop hoor hoe die biblioteektannies vir Bart en die ander kinderhuiskinders in die leeshoekie uitsonder om stil te maak, kook haar bloed sommer. 'n Vrou met 'n skreerooi hemp wat twee nommers te klein is, maak haar brose spruitjies bymekaar tussen die kinderhuiskinders uit. Maar nie voor Vaseline gesien het hoe sy en die bibliotekaresse vir mekaar oë rol nie.

"Seker bang haar kindertjies tel kieme, luise, mislike houdings, toorwoorde, satanistiese onderstebokruis-hangertjies, James Smallnaeltjietattoos, toonringe, gomwalms, daggablare, 'n jeugdige sekslewe, hoersiek of skomgewoontes op," brom Killer onderlangs met haar dooie uitdrukking op haar gesig.

"Vaaaas, help my, toe!" soebat Bart en trek vir Vaseline na die laerskooldeel. Hy soek goed oor insekte en wil hê Vaseline moet vir hom lees wat onder die prentjies staan, maar sy mag dit nie voor die ander kinders doen nie. Net in die verste hoek waar niemand hulle kan sien nie.

"Julle sit verniet hier in die hoek. Ek weet jy kan nie lees nie," sê Albie en kom tussen die rakke uit.

Bart spring van sy stoel af op. "Ek moer jou nou!" skree hy en Vaseline moet hom aan sy hemp terugpluk.

Albie gaan staan by die toonbank. "Ek beat die groot kinders met skaak, antie, ek soek asseblief 'n boek met nuwe moves," vertel sy trots, maar die vrou kyk nie eens op nie en kap net al hoe harder met haar stempel.

Vaseline staan nader. "Sy's 'n boffin met skaak, tannie," probeer sy ook die bibliotekaresse se aandag trek, maar sy bly hulle ignoreer. Vaseline voel hoe haar gesig warm word. "Ek wil hierdie skaakboek uitneem," sê sy met 'n kwaai genoeg stem dat die vrou agter die toonbank opkyk, 'n lang sug gee en met 'n nors lip die boek stempel.

"Julle sorg dat daai boek betyds terug is, anders betaal julle boete, hoor julle? Dis nie die kinderhuis hierdie waar julle alles deur julle alies kan trek nie."

"Mevrou meen seker ons holle wat net so pienk soos mevrou s'n is?" snip Killer in die verbygaan, maar sy's uit by die deur voor die bibliotekaresse kan seker maak of sy reg gehoor het.

Albie vat die boek en loop giggelend agter Killer aan by die deur uit.

Dwa! Kabam! Spat!

Al die gesigte draai na buite.

"Wat nou?" Die kinderhuistannie storm agter Vaseline aan by die deur uit.

Vaseline weet nie of sy wil lag of kwaad wees nie. Voor iemand kon sien of keer, het Albie en Marietjie mekaar getakel. Hulle het mekaar aan die hare beetgekry en in die gestoei het albei susters binne-in die visdammetjie beland.

"Wat het ek julle gesê?" hoor Vaseline hoe die bibliotekaresse vir die ander vrouens in die biblioteek sê.

Albie en Marietjie word deur die seuns uit die water getrek maar is nog nie uitgewoed nie. Marietjie pluk die skaakboek onder die druppende en kliphard snikkende Albie se arm uit en smyt dit terug in die water. Albie ruk los van die huismoeder en plons agter die boek aan dat die waterlelies so spat.

"Jou nageboorte!" skel sy.

Al is Vaseline vies oor die boete wat sy nou sal moet opdok vir Albie se part, kan sy nie help om saam met die ander kinders te lag nie. Albie probeer orent kom, maar die slikkerige bodem van die dam is so glad dat sy weer agteroor val en van voor af in die waterplante verstrengel raak.

"Help, help!" gil sy met haar toiletborselhaartjies wat vasgeplak teen haar kop lê.

Bart trippel om die wal en maak asof hy wil help, maar eintlik lag hy net.

Die ander kinders skree heen en weer terwyl die huismoeder twee kleintjies aan die hand gryp en met mening begin wegstap. "Vaseline, kry daai kind daar uit en maak haar stil! Dis laaste, maar laaste, wat ek julle ooit weer inbring biblioteek toe," sis sy oor haar skouer.

"Liewe jissis, kyk hoe lyk jy," is al wat Marietjie sê toe Albie uiteindelik vol slykstringe uit die visdammetjie getrek word. "Wat sal Ma-hulle van jou sê?" Nogtans tel sy vir Albie op haar rug en abba haar daar weg.

3

Die res van Vaseline se graad 9-jaar glip verby. In September kry sy 'n briefie van haar ouma om te sê haar oupa het goed herstel van sy hartprobleme. Hy moet net elke dag 'n hartpilletjie drink, maar verder is die dokter tevrede met sy gesondheid. Wat die Desembervakansie betref, is dit weer slegte nuus: Weens haar oupa se siekte sal hulle nie 'n buskaartjie vir Vaseline kan bekostig nie.

Toe daar een middag in die laaste kwartaal afgekondig word dat die President of iemand belangriks op TV gesê het elke kinderhuis in die land moet in die Desembervakansie 'n kans kry om by 'n strandhuis by die see te gaan kuier, bars daar pandemonium los.

"Flippit, meeste van die kinders was nog nooit eens buite 'n squatter camp gewees nie, wat nog van die see gesien," is Killer se opmerking van agter haar Danielle Steele-boek uit.

"Shut jou trap, man. Jy's net suurgat omdat jy klaar vir die vakansie uitgeboek is en nie kan saamgaan nie," kap iemand terug.

Vaseline is soos gewoonlik te bang om na enigiets uit te sien, maar dis al waaroor almal praat en die kleintjies gaan só aan dat dit moeilik is om nie aangesteek te word nie.

"Dink julle regtig-egtig dis waar? Belowe?" vra Vaseline aanhoudend.

"Maggies, Vas, het jy gesien hoe lyk die linnekamer? Dis net een warboel klere en beddegoed wat tot teen die dak gestapel is soos daar slaapsakke en swemklere vir almal gesoek word! Dit lyk soos Albie se kas daar onder, man! Gaan kyk self as jy my nie wil glo nie!" verseker Pizzaface haar.

Soos die vakansie nader kom, bars die kinders al meer uit hulle nate. In die gange, op die gronde en selfs by die skool kan niemand met hulle vrolikheid huishou nie. Almal word oornag fluks en 'n huismoeder hoef skaars haar stem dik te maak of 'n plig is klaar gedoen. Niemand wil gestraf word deur die vakansie by die see mis te loop nie.

"Het jy hulle al ooit so verlig sien lyk?" vra Vaseline terwyl sy deur die bus se ruit na meneer Hefner en sy vrou kyk.

Eindelik is die bus gelaai en die hordes in. Moeë huismoeders staan vir oulaas in die parkeerterrein om die kinders af te sien. Die Voordewinds, 'n Hollandse oom en tannie wat vir Vaseline tog te snaaks praat, waai tot heel laaste. Hulle bly in 'n woonstel op die kinderhuisgronde en het ingestem om toesig te hou tydens die vakansie, maar hulle gaan met hulle motor Kaap toe ry.

Die bus se agterwiele is nog skaars by die parkeerterrein uit of daar is 'n geritsel van papier soos almal hul kospakkies oopmaak. Vaseline sit en kyk tot sy die letters op die REG TOT TOEGANG VOORBEHOU-bord nie meer kan sien nie voor sy haar kospakkie oopmaak om te sien wat ou S'laki vir hulle ingepak het.

Almal eet dat hulle kieste bol staan en van die jonger kinders sing liedjies tot hulle gô uit is of hulle deur 'n ouer kind oor die kop geskuinsklap word.

"Ooooeps, uugh," gooi Albie met een stadige vooroorbeweging in Marietjie langs haar se skoot op.

"Liewejissisfok, Albie!" Marietjie vlie uit haar sitplek dat die braaksel tot op die stewig geboude meisie spat wat skuins voor hulle sit. Die meisie, wie se regte naam Vaseline nog nooit gehoor het nie, maar wat sy weet Loeloe Komdoedoe genoem word, gil en mik 'n woeste klap na Albie en Marietjie.

Soos die meeste van die kinders in die kinderhuis het Loeloe se bynaam met 'n storie of 'n skande begin. Die storie oor Loeloe is dat sy ses was toe sy ingekom het, maar omdat haar pa haar gemolest het, gryp sy toe vir meneer Hefner aan sy family jewels toe hy haar wil dwing om uit die Welsynmotor te klim.

"Gross!" Loeloe begin die gemors van haar afvee.

"Nee, man!" Vaseline draai haar kop weg toe Loeloe ook naar word en die hele paadjie in 'n gemors verander. Ander kinders dreig om naar te word en Vaseline druk haar kop by die venster uit om te keer dat sy een van hulle is.

Eers ná 'n hele ruk trek die bus by 'n Shell Ultra City in. Almal sorg net dat hulle so gou moontlik uitkom. Die seuns klouter sommer by die vensters uit. Albie skrou soos 'n vark wat geslag word toe die tannie sê dié wat vir die aanvanklike moles verantwoordelik was, moet in die bus agterbly om skoon te maak.

Bart bring 'n besem wat hy by die petroljoggies geleen het, maar gee eers vir Albie 'n veeg deur die gesig. Albie slat op die agterste bank neer en begin skree, terwyl Marietjie maar die besem vat en saam met Loeloe begin skoonmaak.

Uiteindelik is die bus weer padwaardig, maar die reuk hang nog sterk tussen die banke. Een van die meisies haal haar onderarmspuitgoed uit en spuit soveel dat Vaseline begin te proes en die tannie voor uit die bus roep: "Raait, raait, dis genoeg!"

Heel agter in die bus is Brutus Ithuba besig om iets aan Texan se hare te doen, maar Vaseline wil nie omdraai en kyk nie. Sy voel elke keer so 'n snaakse warm gevoel as iemand net van Texan praat, maar sy kyk nooit self na hom nie, net so onderlangs af en toe.

"Hoe's die tannie?" vra sy vir Pizzaface wat oorkant die paadjie sit.

"Dis tannie Hilde, sy's mos by die seunseenhede, maar sy's die beste-beste huismoeder van die lot. En dis ons greatste luck ooit dat sy die een is wat ingewillig het om saam te gaan. Jy gaan haar laaik, jy sal sien. Almal dig haar moerse."

Die huismoeder, wat vir 'n rukkie op die agterste sitplek by die groot seuns gesit het, skuif verby na die kleintjies voor in die bus. Vaseline bekyk haar nuuskierig. Al wat sy van die tannie ken, is haar lag. Sy lag partykeer so hard in die koshuis dat die ander tannies nors van agter hulle gordyne na haar loer.

Die tannie sit met 'n blikke Coke in haar hand met die busbestuurder en praat, maar voor die blikkie heeltemal leeg is, gee sy dit vir Bart aan.

"Daai tannie is blerrie sterk," sê Pizzaface toe sy sien Vaseline hou die huismoeder dop. "Selfs Texan-hulle kry op hulle moses by haar as hulle armdruk. Hulle sê sy was vroeër 'n driekampatleet."

Vaseline kyk hoe die tannie met 'n gespierde, bruin gebrande arm aan die reling teen die dak vashou. Die kinders om haar lag oor iets wat sy vertel. Vaseline wil nie, maar as sy die tannie hoor lag, kan sy nie help om te glimlag nie.

Vir starters lyk die tannie nie soos die ander huismoeders nie. Sy't 'n lang hippierige romp, 'n Billabong T-hemp en ooptoonsandale aan. Sy lyk nie baie ouer as die matriekmeisies nie, eerder soos iemand se ouer suster, en het geen grimering aan nie. Haar bos lang krulhare is sommer losweg in 'n bolla gedraai en met 'n Chinese stokkie vasgesteek.

Vaseline sit terug in die bank en trek haar voete op om teen die leuning voor haar vas te trap. Sy mis skielik vir Killer.

In die bank voor haar het Marietjie vir Albie uitgeskop en sy deel nou 'n sitplek met Loeloe. Al twee se gesigte het blink strepe op asof 'n slak oor hulle geloop het. "Dis Vicks, hoe anders moet ons dit uithou met hierdie stank?" sê Marietjie met oë wat traan.

Dit voel later vir Vaseline of die bus al 'n week lank ry, al weet sy dis eintlik net van die een middag tot die volgende oggend, maar sy gee nie om nie. Toe dit donker word, begin die groter kinders in groepies rondkuier en die jonger outjies lê oral uitgestrek aan die slaap. Hier en daar sit iemand alleen met 'n Walkman op die ore na musiek en luister.

"Genade, ek moes my zip se boonste knoop al losmaak, so staan my pens van al die gevreet op hierdie trip," kla Pizzaface, wat plat uitgestrek lê op 'n sitplek met haar lang bene oor die paadjie tot op die volgende bank.

Vaseline sit met haar rug teen die venster en laat rus haar kop teen haar kussing. "Ek hik," sê sy.

"Solank jy net nie na my kant toe poep nie, het ek peace met jou," kreun Pizzaface.

"Jy weet, daardie psycho's wat tannie Hilde by die strandhuis met toesig gaan help – meneer en mevrou Voordewind? Eerder agter die klip, as jy my vra."

"Hulle lyk nogal baie na mekaar," sê Vaseline.

"Bloedskande, ek gee jou 'n briefie daarvoor," giggel Pizzaface.

"Hoor wie praat!" kom Marietjie se stem van iewers. Vaseline kan haar nie sien nie, dus lê sy seker ook iewers opgekrul.

'n Knor van Pizzaface se kant af maak dat Vaseline vinnig regop sit en die venster wawyd oop skuif. "Sies, jou vark!"

Pizzaface lag hard. "Die Voordewinds laat my altyd dink aan sulke yslike alien stokinsekte wat met krom nekke moet afbuk om met Hefner te praat."

"Come to think of it, Pizzaface, die Voordewinds lyk nogal of hulle jou pa en ma kon gewees het . . . "

Vaseline hou asem op om te sien of Pizzaface orent gaan kom om vir Marietjie te kapaiing, maar Pizzaface los net nog 'n harde knal.

"As jy nie ophou nie, gaan ek op die ander plek sit!" Vaseline druk haar kussing voor haar neus.

"Chill, man. Ek sê jou mos my maag is seer. A man must do what a man must do."

"Partykeer skel meneer Voordewind en sy vrou op mekaar in 'n ander taal – soos koekerige Afrikaans. Ek kraam my 'n papie elke keer as ek dit hoor," praat Marietjie uit die donker.

Pizzaface gaan so aan die lag dat sy sommer 'n klomp winde los.

"Varksig!" Vaseline spring op en maak al die vensters wat sy kan bykom oop. Sy gooi Pizzaface met haar kussing.

Van agter af sê een van die Peppies dat die Voordewinds van Nederland af kom en dus Hollands praat.

Toe lag Pizzaface eers. Vaseline het al 'n prentjie van Holland gesien – so 'n plat plek met tulpe en arm mense wat gate in boomstompe moet kerf vir skoene.

"O wag, laat ek liewers regop sit voor ek heeltemal oorkook." Pizzaface trek haar bene terug en kom stadig orent. Haar gulp is heeltemal oop en Vaseline kan die bokant van haar ondies sien uitsteek, maar Pizzaface is min gepla.

Dis nice so in die donker, dink Vaseline. Almal se gesigte lyk vriendelik in die sagte straatligte wat daarop val wanneer hulle nou en dan deur 'n dorp ry. As dit lig word, het tannie Hilde gesê, is hulle in die Kaap en baie, baie naby aan die see.

Als voel sommer perfek. Vaseline sou net graag wou gehad het Killer of Puck moes by gewees het vir die sports.

Iewers in die vroeë oggendure moet Vaseline ingesluimer het, want sy skrik skielik wakker. Van 'n reuk! Iets anders as wat sy nog ooit geruik het, en niemand hoef vir haar te sê wat dit is nie. "Dis die see!" wil sy kliphard skree, maar om haar is die meeste kinders nog vas aan die slaap. Tannie Hilde sien dat sy wakker is en gee vir haar 'n is-jy-okay-teken oor die slapende koppe heen.

Toe hulle by die kusdorpie inry, verkyk Vaseline haar aan die huisies met die witgekalkte mure en skoorstene, die klein venstertjies en strooidakke. Dit lyk nes die prente op 'n kalender. Hier en daar waai bont wasgoed vrolik en langs party van die huisies lê skuite opgetrek.

Die vakansiehuis is letterlik op die see gebou. Van die oomblik dat die bus by die tweespoorpaadjie ingedraai het, kan Vaseline haar oë nie wegskeur van die water nie. Sy hoor of sien niks anders nie. Net 'n bewegende blou sagtheid so ver as wat haar oë kan kyk.

Die vakansiehuis is 'n ou vierkantige gebou. Die een deel bestaan uit twee lang slaapvertrekke en aan die oorkant is 'n oopplankombuis wat met 'n toonbank van die sitkamergedeelte geskei is.

"Dis die greatste, die heel greatste!" skree Bart, wat met 'n spoed verbykom en op elke liewe stoel in die sitkamer spring voor hy 'n laaste duik op die ingeduikte rusbank vat. Die jonger kinders hardloop soos weeluise heen en weer en rapporteer in die verbyhol aan die groter kinders wat hulle alles gesien het.

Texan en van die ander groot seuns staan aan die duskant van die gebou sodat hulle nie hoef te help afdra nie, maar tannie Hilde vang hulle gou uit. "Hei, julle ouks!" roep sy. "Hoe vinniger ons afdra, hoe vinniger kry julle ontbyt!"

"Waar aa die nie-blankes? Ek het 'n grote wat ek moet gaan wurg," probeer Brutus aspris by die meisies reaksie uitlok.

"Moenie jou bosvarkmaniere hier kom uithaal nie, jy weet nie eens waar's A in die alfabet nie," sê Pizzaface en klap hom speels teen die kop. "Die toilets is buite in die agterplaas, anderkant die wasgoedlyn."

Vaseline gaan staan kort-kort buitekant die voordeur op die stoep. Reg om die stoep loop drie groot trappe wat op die sand eindig, en net 'n paar treë verder begin die rotse.

"Tannie Hilde gaan lekker in die dogterskant by ons slaap," kom rapporteer Albie. "Ek het gesien hoe sy vir haar 'n afskorting met lakens in ons kamer maak."

Die Voordewind-egpaar, wat kort ná die bus by die strandhuis stilgehou het, bly in 'n aparte buitekamer langs die strandhuis. Terwyl die kinders nes skrop, raak hulle in die kombuis doenig.

"Lieflik, nè?" Tannie Hilde sit skielik haar arm om Vaseline se skouers en kyk saam met haar oor die see uit. "Hoekom stap jy nie 'n bietjie af rotse toe nie? Ek sal skree as die kos reg is."

Vaseline sweef by die trappe af. Sy probeer dit wat sy voor haar sien, las by al die prentjies in haar kop van hoe sy gedink het die see gaan lyk, maar dis baie mooier as wat sy ooit kon dink. Sy gaan sit vlak langs die water op 'n houtbankie.

Is hoe sy nou oor die see voel hoe dit voel as 'n mens God probeer verduidelik? wonder sy. Sy het lank laas aan God gedink, maar nou laat die grootheid van die water wat die hele horison vol vloei haar skielik aan Hom dink. Omdat Hy nog baie groter as die see is en nie in 'n prentjie inpas nie.

Sy weet skielik hierdie dag is 'n belangrike dag in haar lewe, en nie net omdat sy vir die eerste keer die see sien nie. Dis asof haar hele wêreld saam met die blou water voor haar besig is om te rek en te groei na alle kante. Dit voel lekker. Sy voel sterk en slim en sy wens iemand het 'n kamera gehad om haar hier so naby aan die reuse-oseaan af te neem.

Kan oom Issaskar reg wees? dink sy. Dat al weet 'n mens nie wie jou bloedma of bloedpa is nie, kan jy weet God is jou regte-egte Vader?

Haar kop voel helder, asof die water en die vreemde, heerlike reuk haar ou gedagtes skoongespoel het.

'n Rukkie later stap almal saam met tannie Hilde af na die hawetjie. Vissersbote wieg in die water en pelikane en duikers sit op die kante hulle vlerke en droogmaak. Aan die verste punt van die kaai is 'n vuurtoring waar Bart-hulle wil gaan hengel. Die meisies wil egter nie op die rotse sit nie, want als ruik die ene aas en vrot vis en jy moet mooi uitkyk vir die geroeste vishoeke wat oral rondlê.

"Komaan! Ek dare julle! Wie gaan saam met my van die jetty af induik?" daag tannie Hilde die kinders uit. Dit het liggies begin reën, maar dis heeltemal anders as die reën wat Vaseline ken. Die reën laat die water blougroen lyk, turkoois en deurskynend.

Nog voor iemand die dare kan aanvaar, pluk die tannie haar strandplakkies uit en duik in. "Met kortbroek en hemp en al!" lag Vaseline.

Toe is dit net gille soos bene en arms by haar verbymaal en almal in die deurskynende deining inspring.

"Jou chicken shit," hyg Pizzaface toe sy opkom en Vaseline nog steeds besluiteloos op die kaai rondtrippel. "Spring, magtag!"

Vaseline wil nog sê sy ken net van plaasdamswem en dat dit te diep is en dat sy bang is vir haaie en seekatte met lang suiers, toe gryp een van die seuns haar van agter af.

"Neeee!" hoor sy haarself onder die water aanhou skree, en toe sy opkom, gryp tannie Hilde haar gelukkig aan die arm en lig haar vinnig tot op die kaai.

"Dis okay, jy's veilig," troos die tannie terwyl die seuns om hulle hul knieë optrek en bomme maak dat die water spat.

Vaseline hou haar dikbek, maar eintlik voel dit so lekker om deel van die sports te wees dat sy nie lank vies bly nie. Sy weet nie eens wie haar ingestamp het nie en sy kyk rond of sy nie daai Texan-ou sien nie.

"Kyk, Vas," fluister Pizzaface aspris hard sodat almal kan hoor, "nou't ek jou wrintie 'n nipplestand."

Vaseline vererg haar so dat sy amper vir Pizzaface terug in die water stamp. Netnou dink Texan dat sy ook sulke orige praatjies maak.

"Sjoe-la-la, maar daai Texan het darem 'n lyf aan hom wat my hart baie seer maak, eina toggie," beduie Pizzaface na Texan, wat saam met Brutus op 'n reusetjoep probeer balanseer. Texan se hemp lê op die kaai en sy jeans kleef aan sy gespierde lyf.

"Ag, hy?" trek Vaseline haar mond asof sy nie klaar opgelet het nie. Sy kyk kamstig by hom verby na Brutus wat 'n straal water soos 'n fonteintjie uit sy mond spoeg.

Die aand neem tannie Hilde vir hulle die Jaws-video uit en die groot kinders kyk dit saam met haar toe die kleintjies gaan slaap en die Hollanders al in hulle woonstel is. Vaseline, Marietjie en Loeloe sit in hulle slaapsakke op die mat voor die bank waar Pizzaface en Brutus die beste plekke gedeps het.

Later kom Texan in. Hy stamp Brutus se been eenkant toe en maak hom feitlik reg agter Vaseline tuis. Sy kan sy bene teen haar rug voel druk en dit laat haar so 'n vreemde gevoel kry dat sy amper nie op die fliek kan konsentreer nie. Asof daar 'n onsigbare kragstraal tussen hulle vloei.

Van hulle by die strandhuis aangekom het, kan Vaseline nie anders as om die hele tyd van Texan bewus te wees nie. Sy weet nie of sy haar dit verbeel nie, maar dis asof Texan, wat gewoonlik 'n stil en bebliksemde ou is, ook meer ontdooi het. Sy sien hom grappe maak en hoor hom lag, en hy kammastoei selfs met Bart en Diesel Magotsi en die ander kleintjies.

Elke keer as dit net lyk of hy in haar rigting kyk, doen haar hart 'n handstand, maar dit maak ook seer. Om nie regtig seker te wees of hy haar ook raaksien nie, en of hy net met haar ghaai trek soos hy met die meeste meisies maak.

Maar dis nog steeds die lekkerste seer wat Vaseline al ooit gevoel het.

4

Die volgende oggend kom haal 'n klomp studente wat stranddienste hou die laerskoolkinders vir speletjies.

"Dankie tog daarvoor," mompel Marietjie en skop 'n bondel klere onder haar suster se bed in.

"Aikôna, haal uit," beduie tannie Hilde, wat saam met die meisies besig is om hulle slaapvertrek op te ruim.

"Ma' tannie," kerm Marietjie, "hoekom moet ek altyd haar goed optel?"

Vaseline hou daarvan om oor die skewe houtplanke te vee. Dit laat haar aan haar ouma se huis dink.

Die res van die dag help die groot meisies vir tannie Hilde om die huis skoon en netjies te kry. Die Voordewinds het die seuns op 'n uitstappie geneem en die meisies begin om vetkoeke vir aandete te maak. Niemand gee om vir die werk nie, want alles geskied rustig en tussenin kry hulle boonop Oros.

Tannie Hilde het haar draagbare CD-radio saamgebring en hulle sit dit sommer lekker hard aan.

"Let's twist again, like we did last summer," wikkel Pizzaface in haar eina-kortbroekie rond terwyl Marietjie saam met Loeloe by die stoof vetkoekdeeg van 'n houtlepel in die olie laat gly.

Vaseline glip uit om toilet toe te gaan en loop aspris voor om die huis om nog 'n slag na die see te kyk. Sy merk dadelik die motor met donker ruite en 'n CA-registrasienommer op wat stadig met die tweespoorpaadjie aangery kom. Net daar helder oordag kry sy 'n aardige gevoel op haar maag.

Die motor stop en die ruit aan haar kant word afgedraai. Dis 'n ou en hy eye haar. Sy hou niks van hoe hy na haar kyk nie.

Hy wink haar nader. "Hei, girlie, ons soek iemand."

G'n hallo of ekskuus nie. Vaseline besluit om die ongeskikte vent te ignoreer en net verby te loop. Sy kan net die voorste twee ouens uitmaak, maar sy kan nie mooi agterkom watse nasie hulle is nie. Hulle lyk coloured, maar nie soos die plattelandse bruinmense wat sy ken nie. Die een naaste aan haar se hare is pikswart en glad, maar die bestuurder se kop is heeltemal kaal geskeer.

"Ek sê, meisie, hoe lykit? Jy hoor mos ek praat moet jou! Gat jy hier kom of moet ek my eers strip en jou ko' haal?"

Sy skrik vir sy openlik dreigende houding en gaan staan liewer. "Wie soek julle? Die mense wat hier bly, is almal kinderhuiskinders."

"Hmm, kinders, huh? En is hulle almal so oulik uitgedraai soos jy? Jy lyk soos 'n cherry wat al goed ryp is." Die man hou haar stip dop terwyl hy aan 'n tandestokkie kou.

Vaseline voel die warmte in haar nek opslaan. Sy moet padgee hier, dié manne is moeilikheid. Sy meet haar treë verby die kar terug na die voordeur en wens dat tannie Hilde of iemand net op die stoep wil uitkom.

Die kar ruk vorentoe, tussen haar en die stoep in. "Texan, waar's hy?" vra 'n man agter uit die kar. Hy draai sy venster stadig verder af. Vaseline kyk vas in 'n duur sonbril, dun snorretjie en netjies geskeerde bokbaardjie. Hy glimlag nie.

Sy hop om die kar se neus en begin met groot treë wegstap. Sy wil nie openlik hol nie, maar sy's bang dis skollies vir wie Texan-hulle geld skuld.

Die kar rev en ry so vinnig langs haar in dat dit sand opskop. 'n Deur gaan oop en voor sy kan wegspring, gryp 'n hand haar arm vas.

"Luister, bitch, ek soek daai homie soos in yesterday. Get sharp en ko' saam met my in die huis lat ons hom gaan uithaal. En moenie enige tricks met my try nie." Die man spoeg sy stukkend gekoude tandestokkie uit.

"Eina, jy maak my seer," kerm sy terwyl hy haar met een beweging teen die trappe oplig. Agter hulle trek die kar nog nader en sy hoor deure oopgaan, maar die enjin bly loop.

Die man stamp Vaseline voor hom by die deur in. Sy gil en smyt met die vooroor val 'n wasgoedmandjie wat net binne die deur op 'n tafel staan na agter toe om. Die man val nie heeltemal nie, maar sy kry dit reg om los te ruk in die oomblik dat hy van balans is.

"Pasop! Diewens!" skree sy en hardloop na die kombuisdeur. Agter haar hoor sy hoe nog voete by die trappe opgehardloop kom.

Loeloe kom van voor af en haar oë rek soos pierings. "Rape! Rape!" gil sy en hulle laat spaander kombuis toe. Hulle maak nie heeltemal die draai verby die toonbank nie en tannie Hilde trek hulle bo-oor terwyl die ander meisies skreeuend by die agterdeur uitpeul.

"By die toilets in!" skree tannie Hilde vir die meisies wat paniekerig tussen die wasgoedlyne deur hardloop. Tannie Hilde is heel laaste. Net toe sy die badkamerdeur haal, is die voorste ou op haar. Vaseline gryp tannie Hilde aan haar jeans se belt en pluk so hard soos sy kan. Tannie Hilde ruk vorentoe en die man verloor sy greep op haar.

"Kom help die deur toedruk, Loeloeeee! Pizzaface!" skree tannie Hilde uitasem. Vaseline voel sy kan die deur se slot met haar tande toebyt, so bang is sy, maar gelukkig kry die tannie die slot ingeskuif. Die mans hamer aan die deur, maar tannie Hilde wys met 'n vinger voor haar mond almal moet doodstil bly. Vaseline sien hoe tannie Hilde se hande bewe.

Die meeste van die meisies staan ingebondel in die storte. "Hulle gaan ons oor en oor verkrag, ek weet dit," snik Pizzaface.

"Hou jou mond," sis die tannie. Vaseline volg haar blik na die ry klein venstertjies wat langs die storte afloop.

Marietjie haal hortend asem. "My asmapompie," sê sy en hou haar hand oor haar bors. Sy los sagte windjies, maar niemand sê iets nie, want haar oë staan stokstyf geskrik in haar kop.

Tannie Hilde beduie vir Vaseline en Pizzaface om ook in 'n storthokkie te klim, weg van die deur af. Sy wys hulle moet hurk en skuif dan voor hulle in. "Shit," vloek sy sonder om dit eens agter te kom, "my selfoon lê op die kombuistafel, anders kon ons nou iemand gebel het. Wie is hierdie arseholes? Vaseline, ken jy hulle?"

Voor Vaseline terug kan fluister, is daar 'n klop aan die ruit. Sy byt op haar hand om nie te skree nie.

"Yo, julle tewe daar binne, ons is nog lank nie klaar met julle saligheid nie. You mess with the wrong guys. E' jy, swartkoppie, jy's gemerk. Onthou dit. Julle kan nou maar relax, but we'll be back. E' next time vat ons jou saam om daai itch vir jou te scratch, hoo' bokkie?"

Vir 'n lang ruk laat tannie Hilde hulle net so sit, al het hulle die skollies se kar hoor ry. Met elke geluid skrik almal van voor af en Loeloe kruip aanhoudend toilet toe om haar blaas te verlig.

"Watsit daai?" fluister Pizzaface hard en dan sug almal van verligting. Dis die Hollanders se stemme wat van hulle woonstel af nader kom. Toe die Voordewinds die bleek groepie uit die badkamer sien kom, steek hulle verbaas vas.

Almal praat gelyk en party van die meisies begin sommer van voor af huil. Tannie Hilde stuur die hele bondel kombuis toe, loop vinnig deur die huis en sluit al die deure. "Vas en Pizzaface, maak vir ons almal sterk tee met baie suiker in," steek sy hulle in die werk.

Pizzaface, wat snikkend op die sitkamerbank gaan neerval het, roer nie en Loeloe kom nader. "Miss Drama Queen Deluxe," sê sy en rol haar oë terwyl sy Vaseline help koppies uitpak. Hulle giggel albei omdat hulle hande nie wil ophou bewe nie.

Tannie Hilde praat saggies met die Voordewinds in die klein stoorkamertjie wat uit die kombuis loop. Vaseline kry haar jammer, want sy kan aan die tannie se stem hoor dat sy baie groot geskrik het.

"Hier's die selfoon, hulle het dit gelukkig nie gejippo nie," kry Pizzaface lewe. Sy begin sommer nommers intik.

"Gee dit hier, jy kan nie op die tannie se foun uitbel nie!" Marietjie probeer dit by haar afvat.

"Ek bel die blitspatrollie, jou poepende chicken shit. Ons was amper gerape, maar nee, jy het mos nog by all accounts jou virgin, so dis nie asof jy seker eens sal weet wat dit beteken nie, hè?"

Teen die tyd dat die polisie opdaag, is die Voordewinds terug na hulle woonstel, want mevrou Voordewind het 'n skeelhoofpyn van die skok.

Almal hoor dadelik toe die seuns, wat die Voordewinds op hulle terugpad by die hawe afgelaai het, aan die voordeur begin hamer. "Watsit met julle? Maak oop!"

Maar toe die Peppies die sitkamer binnekom en almal se gesigte sien, hou hulle dadelik op met grappe maak. Texan bly eenkant by die deur staan met sy hande in sy broeksakke. Hy en Brutus kyk vinnig na mekaar. Vaseline wonder vererg of hulle weer 'n dobbel-game iewers in die township gaan optel het en nou vir almal moeilikheid gemaak het.

"Orige werfetters wat altyd almal se vakansie moet opmors," brom sy onderlangs vir Loeloe.

Die twee polisiemanne lyk meer geïnteresseerd om die seuns te ondervra as die meisies wat by die gebeurtenis was. Pizzaface antwoord egter aanhoudend vir almal, totdat tannie Hilde haar eenkant toe roep en verseker dat sy ook 'n kans sal kry om ondervra te word.

"Ouens, weet een van julle iets hiervan?" vra tannie Hilde terwyl sy stadig van die een gesig na die ander kyk.

"Die tannie behoort die spul tog goed genoeg te ken om te weet hulle sal never as te nooit iets voor die gereg laat val nie, selfs al weet hulle," fluister Loeloe vir Vaseline.

Texan se wangspier gee sulke klein springetjies van spanning, maar die twee jong polisiemanne druk hom nie vir inligting nie, hulle hamer eerder op Brutus Ithuba wat met sy arms agter sy kop gevou by die kombuistafel sit.

Brutus se onderlip staan doer en hy praat al harder. Dis die eerste keer dat Vaseline hom sien moeilik raak, en sy vervies haar vir die polieste wat hom tart op elke antwoord wat hy gee.

Gelukkig kom tannie Hilde tussenbeide. "Menere, dankie, dis nou eers genoeg. Ek dink ons is nou van die spoor af. Hy is nie een van die kinders wat by die voorval betrokke was nie. Dit was hierdie meisie, Helena Bosman, vir wie hulle eerste probeer intimideer het," sê sy en wys na Vaseline.

Vaseline wonder of sy moet noem dat die mans spesifiek vir Texan gesoek het, maar een kyk na sy kil gesig en sy weet dis beter om tjoepstil te bly. Sy hou haar oë op die vloerplanke terwyl sy vinnig die polisieman se vrae beantwoord. Sy's bly dat hulle reeds verveeld met die storie klink, en ná 'n paar aantekeninge groet hulle en ry.

Vaseline voel hom voor sy hom sien. Haar vel prikkel van sy nabyheid in die skemer stoorkamertjie waar sy tannie Hilde se medisynetassie moes kom uithaal.

"Wat het daai ouens als vir jou gesê?" fluister hy dringend teen haar gesig.

"Man, Texan, jy't my laat skrik! Wat maak jy hier binne?"

Sy staan met die medisynetassie in haar arms, maar die kamertjie is so nou dat sy nie kan uitkom sonder om verby hom te skuur nie.

Hy vra haar haarfyn uit. Hoeveel ouens, wie bestuur het, hoe hulle gelyk het en elke woord wat hulle kwytgeraak het. Alles. Toe vat hy die medisynetassie by haar aan. Vir 'n oomblik is sy hande oor hare, maar hy glimlag nie en sy oë bly bot.

5

Sy moes geweet het die gelukkigheid gaan nie hou nie, dink Vaseline. Nes Killer haar altyd waarsku. Die hele vakansie-atmosfeer is daarmee heen. Almal is stil en al die deure is gesluit. Niemand mag meer nêrens heen gaan nie.

Alles wat gebeur het, bly maal deur haar kop. "Hoe ken die skollies dan jou naam?" wou sy in die stoorkamertjie by Texan weet, maar hy't haar nie geantwoord nie. Voor sy gevra het, het sy eintlik al geweet sy moes nie. Texan is nie die tipe ou vir wie 'n mens vrae vra nie. Hy sal net praat as en wanneer hy wil.

"Ek sal moet spat, en jy ook," was sy enigste reaksie. "Daai tjarras gaan vir seker terugkom en as hulle sê jy's gemerk, kan jy maar weet jy's gemerk. Ons sal vannag moet padgee. Jy kan saam met my tot by die grootpad loop, dan split ons daar." Dit was duidelik dat hy nie van die idee hou dat sy met hom moet saampiekel nie.

"Dis jou choice," het hy net gesê toe sy teëstribbel. "Maar as jy bly, moet jy weet daar's 'n goeie kans dat die ander ook gaan seerkry. Daai latte sal nie traak om jou uit die dogterskamer te kom haal nie. Hulle worry nie oor kinders nie."

Vaseline kon aan die een kant nie glo wat aan 't gebeur was nie, maar terselfdertyd het dit ook gevoel asof sy nog altyd geweet het hierdie dag sou nog kom.

Texan het haar antwoord in haar oë gelees. "Kry net jou goed reg en maak verdomp seker dat niemand jou sien nie."

Dinge was te goed om te hou, kerm haar gedagtes. Sy was net té gelukkig die laaste tyd. Nes dit beter gaan met haar, kan sy maar weet, dan sny iets haar geluk af. Dis nou maar eenmaal haar lot. Die vakansie, die see, is verby vir haar.

Iewers in die nag skrik sy wakker en wil net begin spartel onder die hand wat haar mond toedruk toe sy besef dis Texan wat langs haar bed hurk. Hy wag tot sy behoorlik wakker is voor hy sy hand wegvat. Sonder 'n woord beduie hy deur toe en loop uit.

Sy voel 'n ou naarheid van bang wees en opgewonde wees tegelyk in haar keel opstoot. Sy wens tannie Hilde wil wakker word en haar keer. Dis beter dat sy nie na die slapende gesigte van haar vriende kyk nie, want netnou verloor sy moed. Sê nou maar sy loop weer weg na 'n lewe van niks? Maar Texan het nie geghaai nie, dit weet sy. Sy kon sien hy weet iets wat sy nie weet nie, en as hý vir daai ouens weghardloop, is dit beslis nie 'n grap nie.

Sy sluk hard aan die bang gevoel in haar keel en soos 'n goed geleerde kinderhuis-brat gebruik sy haar kussing om haar beddegoed op te stop sodat dit lyk asof daar nog steeds iemand lê en slaap.

Hoewel die agterdeur gesluit word, word die sleutel in die deur gelos vir wanneer die kinders snags toilet toe wil gaan. Toe sy die deurknop draai, gaan dit oop, wat beteken Texan is klaar buite.

"Psst!" Voor sy nog behoorlik kan skrik, trek iemand haar agter die vol wasgoedlyn in. "Moenie stres nie, dis net ek," sê 'n klein stemmetjie. Dis Bart met 'n kombers om sy skouers.

"Is jy kêns om my so te laat skrik! Wat maak jy hier? Het jy al weer afgeluister?" Sy kyk benoud terug na die agterdeur en dan na die badkamers. Daar's geen teken van Texan nie.

"Hy's klaar oor die muur," lees Bart haar gedagtes. "Ek's mos nie toe nie, ek't geweet julle gaan whallap. Vat my saam, Vassie, assamblief, vat my saam?"

Die huil in sy stem maak die bang en die hartseer in haar los. Sy trek sy skraal lyf nader en gee hom 'n stywe druk. "Ek kan nie, Bart. Ons kan nie nou hier staan en tjank nie, netnou loop Texan sonder my."

Sy vee haar trane af en snuif hard terwyl sy hom styf aan die arms vasvat. "Bart, jy moenie op ons snitch nie, hoor jy? Daai ouens wat gister hier was, is tsotsi's. As ek en Texan nie padgee nie, gaan hulle almal hier kom seermaak. Jy weet mos self hoe sulke ouens met gunne is?"

Bart se skouertjies hang, maar hy knik sy kop. Hy vroetel in sy broeksak en hou sy hand na Vaseline uit. "Vat dit saam, dis my beste een. Sodat jy my nie sal vergeet nie."

Vaseline klim met 'n gesukkel oor die muur, want sy probeer dit mooi doen sodat Texan nie dalk in haar boude vaskyk nie. Sy kan nie help om nog steeds baie selfbewus te wees wanneer hy naby is nie.

As een van die grootmense tog net wil wakker word en hulle uitvang! Kan sy nie maar net omdraai en weer in haar slaapsak gaan kruip en maak of al hierdie goed net 'n aaklige droom was nie?

"Wat draai jy so? Ons moet fokkof!"

Sy kan nie Texan se gesig in die donker sien nie, maar hy klink ongeduldig met haar. Hy begin aanstap sonder om te kyk of sy hom volg. Vaseline voel skielik sy wil toilet toe gaan, maar dis te laat. Sy weet as sy nou terugklim oor daardie muur, sal Texan net verdwyn en sy sal hom nie weer kan inhaal nie.

Sy moet oorslaan na 'n drafstappie om by te hou by hom. Al wat sy hoor, is hulle voetstappe en die geritsel van die seilstof van sy windbreaker.

Dis snaaks hoe sy skielik so duidelik weet wat sy wil hê. Duidelik soos daglig weet sy dat sy nie weer op straat wil wees in vreemde plekke waar wrede en aaklige goed enige oomblik kan gebeur nie. Sy wil graad 10 en graad 11 maak, en vir die eerste keer in 'n baie lang tyd weet sy sonder twyfel dat sy matriek wil skryf om skool soos 'n ordentlike mens klaar te maak.

Sy wil probeer.

Sy wil nie 'n loser wees wat uitgechicken het voor sy nog eens geprobeer het nie. Nie vir ander mense nie, maar vir haarsélf wil sy dit maak. As laaities soos Bart en Diesel op hulle eie moet aanhou, wat nog te sê van iemand soos sy wat 'n ouma en 'n oupa het wat vir haar lief is?

Sy voel in twee geskeur, maar dis nou te laat om om te draai. Voor haar hoor sy Texan snuif. Hy praat nie 'n dooie woord nie en bly die hele tyd 'n paar treë vooruit. Sy wonder of sy hom moet vra watter kant toe sy moet gaan as hulle by die grootpad kom, maar ná 'n ruk traak sy ook nie meer nie.

Niks maak tog meer saak nie.

Hulle is vlugtelinge. Van die skollies, van die kinderhuis, van die regering, en van enige hoop om matriek te maak en eendag 'n normale lewe te lei.

Hulle hét niemand nie en hulle ís niemand nie.

Vaseline en Texan klouter oor leë vakansiehuise se tuinmure, stap 'n rukkie langs die see en draai uit die dorp uit verby die laaste woonwapark. Sonder om te praat.

Verlangs kan Vaseline die hawe vir 'n laaste keer sien. Die staalhake waaraan die vissermanne hulle vangste weeg, kap teen mekaar in die wind en maak hol geluide. Soos onheilsklokke, hoor Vaseline haar oumie se stem in haar gedagtes, en 'n rilling gaan deur haar lyf.

Dis goed dat hulle aanhou beweeg, want as hulle moet stop, weet sy nie of sy weer sal kan begin stap nie. Of haar voete nie vanself sal omdraai en so vinnig soos sy kan terughardloop na haar bed nie.

Die huise raak al minder en net hier en daar brand 'n stoeplig of blaf 'n hond. Vaseline begin mettertyd ontspan. Noudat sy klaar in die ding is en nie nog heeltyd moet wroeg oor wat om te doen nie, nou's dit om 't ewe. Wat moet kom, moet maar kom, dis nou te laat om die saak te probeer red.

Ten minste is sy by Texan. Sy kyk na sy breë skouers. Vir lang rukke hou sy net die beweging agter op sy baadjie dop. Dis een van daai homeboy vaalrooi opgepofte Amerikaanse voetbalbaadjies. Nifty. Dit gee haar 'n nice gevoel om hom dop te hou soos hy stap. Dis 'n in-your-face harregatstappie wat hy aan hom het, sou Killer sê. Dis die loop van iemand wat nou-nou gaan omspring en sy tande gaan wys. Nie 'n bang loop nie, maar 'n slim loop. Iemand wat wake-up deur die lewe gaan. Iemand wat aanhou en nie ophou nie, al is daar fokkol om voor te hoop.

Dit laat Vaseline trots voel. Sal so 'n ou ooit vir haar gaan? Die blote gedagte dat hy darem besorg genoeg oor haar was om haar saam te vra, laat haar binneste sommer warm voel. As hulle kys, sal sy op koue dae vir hom vra of sy sy baadjie mag leen en dan sal al die ander meisies onmiddellik sien aan wie sy behoort.

Vaseline is nog besig om diep muisneste te skrop, toe verblind 'n lig hulle skielik soos 'n kar reg op hulle afpyl. Die volgende oomblik is dit net remme wat skree en deure wat oopmaak.

Texan skree vir haar om te hol, maar sy staan versteen en kyk hoe twee ouens uitspring en hom vasgryp. Sy hoor houe klap en hoe sy vloeke waterig raak. Dis 'n klank wat 'n mens gou in die kinderhuis leer ken – wanneer daar te veel bloed in iemand se mond is.

Sy spring wild weg en wil agter die bossies langs die teerpad probeer wegkom, maar dan tref sy die grond met 'n hik.

"Lyk my dis time dat ons ge-introduce raak!" hyg 'n uitasem stem bokant haar oor terwyl 'n dooie gewig haar platlê. Dis dieselfde vent wat haar gistermiddag ook gegryp het. Sy hoes in die sand en begin kerm van die pyn, want dit voel of hy haar ribbes gebreek het.

Die man lig homself van haar af en pluk haar hardhandig om. "Ek's Rashad Big Boy e' vanaand het jy die lotto gewen, want jy ga' uitvind hoeko' hulle my so noem," sê hy met 'n vieslike glimlag terwyl hy die sand van sy klere afstof.

Hy ruk haar soos niks op haar voete en draai haar arm agter haar rug in.

"Eina! Jy gaan my skouer breek," kerm Vaseline. Sy wil opgooi van die bang. Sy sien nie vir Texan nie en wonder benoud of hulle hom klaar doodgeslaan het.

"Waar's Texan? Wat het julle met hom gemaak? Ek gaan nie son- . . ." snikskree sy, maar iemand klap haar hard by die kar se oop agterdeur in. Haar gesig brand soos die hand haar voluit getref het en pyn skiet vonke in haar wangbeen in.

"Hou jou bek, teef! Da' sal tyd genoeg wees vir skrou vannag," dreig 'n stem langs haar. Sy herken die ou as die cool dude met die strepiesbaard. Hy't nog steeds dieselfde sonbril op. Langs haar skuif 'n bloedjong outjie in wat lyk of hy nog op skool kan wees.

Sy voel asof haar kop in twee gesplits het. Die een helfte huil saggies en die ander helfte sien alles raak sonder om enigiets te voel.

"Zippit, bitch!" sis die outjie en Vaseline kan hoor dat sy stem oud is. Streetwise en gehard.

Sy bly huil, maar sy maak nie 'n geluid nie. Die voorste kardeur word toegeklap en eers toe hulle wegtrek, besef sy waarop sy trap.

Dis Texan wat vasgemaak onder op die vloer van die kar lê!

Die mans lag toe sy haar asem geskok intrek en die strepiesbaard trap met sy skoen op Texan se kop. Texan kreun en Vaseline voel asof sy hardop kan lag van verligting. Hy lewe!

"Jy wiet seker ons is die Bad News Boyz, huh?" Die bestuurder kyk in sy spieëltjie na haar. Dis die oorgewig een met die pankop.

Rashad beduie watter afdraaipaadjie hulle moet vat om van die hoofpad af weg te kom. Vaseline skuif so ver moontlik weg van die strepiesbaard, want al is dit die jong outjie wat haar so hard geslaan het, is daar iets weirds aan dié stil ou wie se oë sy nog nie een keer gesien het nie.

Sy probeer aan ander goed as haar seer lyf dink. Sy verwonder haar aan die pankop se een bakoor – of miskien is die ander een net so platgedruk van baie op 'n selfoon praat. Hulle ry seker nie meer as twintig minute nie, maar vir Vaseline voel dit soos die hele nag.

In die donker kry sy dit reg om haar een sandaal uit te trek en met haar kaal voet aan Texan se rug te voel. Sy probeer met haar tone klein beweginkies op sy vel vryf in die hoop dat hy sal weet dis sy. 'n Ruk lank oorweeg sy dit om 'n hartjie met haar toon te trek, maar los dit dan. Netnou vererg Texan hom vir haar ligsinnigheid.

Maar sy verbeel haar tog dat sy na aan hom is. Dat hy weet sy wil vir hom sê hy moet net uithou, want hulle is saam in hierdie storie en hulle sal dit maak. Eenkeer voel dit vir haar asof Texan die spiere in sy rug saamtrek en weer verslap asof hy vir haar 'n teken wil gee.

Die pankop stuur die kar van die pad af en die musiek wat heeltyd nog hard speel, word skielik afgesit. Niemand praat nie. Hy knik in die truspieëltjie vir die strepiesbaard, wie se sonbril die kooltjie van Rashad se sigaret soos 'n duiwelsoog weerkaats.

Op 'n paadjie wat tussen bosse doodloop, stop hulle. Vaseline wonder paniekerig hoe lank hulle lyke hier sal lê voor iemand dit kry.

Die pankop en Rashad Big Boy klim uit. Eers toe die jongetjie ook uitklim, sien Vaseline dat sy kroeskop geel geperoxied is. Twee van sy voortande is uit en die uitdrukking op sy gesig is onnosel maar gevaarlik. Rashad help hom om vir Texan uit te sleep.

"Maak hom los," beveel die strepiesbaard, wat in die kar bly sit. Vaseline se trane loop van voor af toe sy sien Texan is by sy positiewe.

"Hey, Juice! Jy brêgh mos altyd jy's die main man met die Midas touch, lat ons bietjie sien of jy die lady kan laat sing?" Die pankop buk by die venster in en slaan hard op die kar se dak.

Juice. So dis sy naam. Aan die manier waarop die ander die hele tyd na hom toe terugdraai voor hulle iets doen, neem Vaseline aan hy's die leier van die groep. Die man laat haar eienaardig voel. Dis asof sy hom net-net wil aantreklik vind, en tog is hy terselfdertyd vir haar totaal en al afstootlik. Meer as afstootlik, eintlik haatlik. Dis die geheimsinnigheid en die klein glimlaggie, terwyl sy nie sy oë kan sien nie. Vir die geringste beweging van sy kant af trek sy haar asem in.

Sy let vir die eerste maal die keep in sy wenkbrou op. Feitlik identies aan die een wat Texan het. Sy't altyd gedink Texan het dit in rugby gekry, maar noudat sy Juice s'n sien, weet sy skielik dis 'n tuisgemaakte snit, een wat opsetlik oor die oogbank gemaak is.

Die volgende oomblik ruk die kar soos Texan se lyf die bonnet tref. "Stoppit!" skree Vaseline voor sy haarself kan keer. Die ander mans lag, maar Juice tik net liggies met sy vingerpunte teen mekaar.

"Juice, seblief, laat my uitklim! Ek wil na hom toe gaan, seblief?" draai sy smekend na hom.

Die volgende oomblik kom hy so vinnig vorentoe dat Vaseline instinktief koes. Gaan hy haar deur die gesig slaan of gaan hy sy tong in haar mond steek?

Hy vryf stadig oor haar wang en vou sy hand agter om haar nek sodat sy vorentoe móét leun en hulle neuse omtrent teen mekaar is. So naby dat sy sy naskeermiddel kan ruik.

Met een beweging maak Juice die deur agter haar oop en stamp haar van hom af weg. Sy val hard agteroor en land kreunend op een skouer. Hy klim bo-oor haar uit en maak die kattebak oop.

Vaseline trek haar bene onder haar in en probeer haar voorberei op wat kom. Sy sien Juice se duur skoene onder die kar deur. In teenstelling met die ander s'n lyk sy klere duur en fyn uitgekies. Iemand wat baie bewus is van sy image. 'n Sharp dresser, sou Killer hom genoem het.

Vaseline blaas haar opgehoue asem uit toe Juice 'n sixpack uithaal en op die kar se dak neersit. Texan is nog steeds langs die kar se voorwiel waar hy afgesak het. Hy lê half inmekaar gekrul, sy gesig weggedraai van hulle.

Vaseline weet nie of sy na hom moet kyk nie. Vir 'n Peppie sal dit 'n groot skande wees as 'n meisie hom só moet sien. As iemand by die kinderhuis in 'n geveg lights out geslat word, dan pie die ander op hom. Ook sy eie makkers.

Big Boy Rashad en die ander twee staan nader en vat elkeen 'n bier. Juice beduie met 'n knik van sy kop hulle moet Texan van die grond af optel.

Rashad maak Texan teen die kar staan, maar dit vat 'n hele rukkie voor Texan dit regkry om op sy voete te bly. Sy knieë gee heeltyd onder hom mee en sy kop val slap vorentoe. Elke keer as dit lyk of hy vooroor gaan val, skaterlag die ander en kyk vir Juice om sy reaksie te sien.

Vaseline wil naar word toe sy besef die donkerte op Texan se gesig is als bloed. Al is dit 'n helder maanlignag, kan sy nie uitmaak of sy oë oop is of nie. Albei sy oogbanke is dik geswel en sy neus lyk soos 'n stuk klei wat iemand skeef op sy gesig vasgedruk het.

Juice loop met stadig afgemete treë tot reg voor Texan. Met die houding van iemand wat weet dat al die aandag op hom gefokus is, haal hy sy sonbril af en haak dit deur 'n knoopsgat van sy snyersbaadjie.

Vaseline pyn om te sien hoe Texan sy kop probeer oplig, dit lyk jou wraggies of hy vir Juice wil face! Juice tip sy bierbottel bo Texan se kop en laat die drank oor Texan se bloedbelope gesig uitloop. Texan skud homself 'n paar maal en probeer lomp sy gesig afvee met dit wat van sy hemp oor is.

"So, whitey, howzit met jou?"

Juice se stem is sag, sy uitspraak afgemete, maar daar flikker iets gevaarliks in die stiltes tussen sy woorde. Hy beweeg selfversekerd en presies, nes die lyne van sy gesig en lyf, dink Vaseline. Nogals soos Texan ook.

"Jy ken die reëls, whitey, you either choose or you lose, huh?"

Die pankop trek sy gulp oop en pie so naby Vaseline dat dit op haar spat. Sy draai haar kop weg.

"Is jy da' bang die slang ga' jou vang?" tart hy.

"Jissis, Pensvrag, jy gat haar scare nog voor sy die tools behoorlik gesien het," lag die peroxiedkop. Hy pie ook, maar hy mik darem in die bosse in. Agterop sy hemp staan *Aids Kills*.

"Julle los haar uit!" Texan praat diktong en hy wankel soos hy vorentoe probeer kom.

Juice draai so vinnig op sy hak om dat hy Vaseline aan haar hare beethet nog voor sy weet wat kom. Hy ruk haar regop, maar die oomblik wat sy op haar voete is, ruk hy haar weer grond toe. Sy skree.

"So, dis jou stukkie dié, huh?" spoegfluister Juice deur geklemde kake in Texan se gesig. Hy laat Vaseline los en sy kruip huilend op haar knieë van hom af weg.

Rashad steek twee sigarette gelyk in sy mond op en hou een na Juice uit. Juice trek diep aan die sigaret met sy kop agteroor asof hy na die maan kyk. Dan gaan hy weer voor Texan staan.

"En wat laat jou dink jy kan 'n blanke vir 'n bitch kry? Sê my, houtkophotnot, want ek sal bitterlik graag wil weet wat jou soveel van jouself laat dink?"

Vaseline kyk verbaas op na Texan, maar sy blik bly op die grond voor hom. Juice suig weer lank aan sy sigaret. Die kooltjie brand helder oranje in die nag. Hy skud sy kop terwyl hy die stompie tydsaam uittrap. "Wel, strip my moer blou en olie my hol met batterysuur," lag hy en hou 'n bier uit die pak na Texan uit.

Vaseline wag vir die hou wat gaan val, maar met 'n onderlangse kyk vat Texan die bier. Hulle staan langs mekaar teen die kar en iets aan Juice wil-wil weer vir Vaseline bekend lyk.

"Sien?" wys Juice spottend vir Vaseline. Hy sit sy arm om Texan se skouers. Texan spoeg bloed en draai hom effens weg.

"Hierdie white boitjie van jou is glad nie so wit soos jy dink nie. In fact," rek Juice die woorde uit, "dis my baby half-brother dié en ons is very, very close. Vra hom maa'?"

Die gangsters lag en stamp aan mekaar. Vaseline kyk verdwaas na Texan met die bier in sy hand, dan na Juice en die ander. Dit kan nie waar wees nie!

Juice kap met sy kneukel op Texan se kop. "One true houtkop. Het hy dan nie vir jou gesê nie, sweetheart? Onse ma is 'n kleurling. 'n Genuine be-dien-de. 'n Meid wat haar hande aan haar apron moet afvee voor sy die merrim se tee mag skink. Maar toe het sy en die baas te veel affirmative action gehad en daar pop onse whitey uit!"

"Fok jou!" draai Texan na Juice.

Soos 'n slang wat pik, gryp Juice Texan voor die bors vas. Hy lyk skielik berserk van woede.

"Te lig in die vel en te lig in die broek! Jy dink mos oor jy soos een van hulle lyk, is jy bieter as ons, hè? Kan jy weghol en vir jou 'n kamstige education loop kry? Dat jou skandelike geheimpie jou nooit sal inhaal nie, hè? Sorry to say, my bra, but once a hotnot, always a hotnot," sis hy deur sy tande.

Die bitterheid kook oor in Juice se stem. Vaseline se keel trek toe van paniek. Hier kom dit nou!

Texan sit sy bier op die bonnet agter hom neer sonder om sy blik een oomblik van Juice af te haal. Juice laat hom los en staan 'n paar treë terug. Hy trek sy baadjie uit en gee dit vir die peroxiedkop aan.

Vir 'n oomblik vang die maan Juice se oë en kan Vaseline die kleur daarvan sien. Dis die kleur van suur druiwe.

Vaseline wil gil hulle moet stop, maar sy kan nie 'n geluid uitkry nie.

Juice sluk die laaste van sy bier asof hy skielik haastig word en gooi die bottel oor sy skouer. Dan beduie hy met sy kop na Vaseline sonder om self na haar te kyk.

Rashad tel haar aan haar skouers op en begin haar wegsleep van die motor af, die bosse in.

"Nee, los my! Los my!" probeer sy benoud losruk.

Texan spring vorentoe, maar dis duidelik net waarvoor Juice gewag het. Soos Vaseline haar probeer losdraai, sien sy hoe Juice inlê. Hy pot vir Texan so hard met 'n vleishou van onder af dat Texan se lyf vir 'n oomblik in die lug hang voor dit agtertoe val, verby die kar se bonnet.

"Jou bastard! Jou vark!" gil Vaseline onbeheers, maar die volgende oomblik voel dit of Rashad haar gesig met sy een hand opfrommel. Sy ignoreer die pyn en stoei en skop so hard as wat sy kan.

Pensvrag kom nader gedraf en gryp haar een been. Hy knyp haar voet in 'n ystergreep vas.

"As jy nie nou ophou nie, breek ek jou fokken enkel, het jy dit?" Hy draai haar voet dat sy skree van die pyn terwyl Rashad haar grond toe druk.

"Los! Ek het haar," wys hy vir Pensvrag en begin haar hande en voete vasmaak. Vaseline probeer haar lyf slap hou, maar dis só seer dat sy heen en weer wriemel van die pyn. Sy huil kliphard.

Rashad buk oor haar. "Easy now, Sally." Hy lek sy duim af en vryf dit hard oor haar mond. Dan druk hy sy duim in haar mond in en begin dit ooprek. Vaseline dwing haarself om te kalmeer en op te hou huil.

"Slap de bitch when you get da itch," rap-koggel Rashad en begin met sy nat duim oor haar nek vryf, af na haar borste.

"Jy! Is jy lekker goofy? Lat Juice eerste. Hy laaik nie spoiled goods nie." Pensvrag pluk hom van Vaseline af weg, maar terwyl hy dit sê, laat gly hy self sy hand hoog teen haar binnebeen op. Sy ruk haar lyf en gil soos 'n besetene.

Rashad lag, staan op en stap weg, met Pensvrag agterna.

Vaseline wil opgooi. Haar hele lyf ruk asof haar maag weier om langer in haar lyf te bly. Sy hoor stemme wat opgewonde aanmoedig. Hoor houe val en iemand wat hard vloek.

Ná 'n rukkie kom Juice alleen met die paadjie af. Hy sleep iets agter hom aan.

Texan. Dié se kop hang pap agteroor en sy gesig is een onherkenbare, nat massa.

"Texaaaan?" huil Vaseline pleitend.

Juice ignoreer haar terwyl hy Texan se hande agter sy rug vasmaak. Dan hurk hy by Texan se kop. Hy haal 'n sigaret uit sy hempsak en steek dit aan.

Sy hare, wat vroeër netjies platgejel was, staan punte en daar is bloedspatsels op sy hemp. Vaseline kan duidelik sien hoe sy hele lyf liggies bewe en hoe die spiere op sy haarlose borskas spring, want sy hemp hang oop.

Juice blaas skielik die rook in haar rigting en haar maag kramp van vrees.

"Wat gaan jy maak as al jou pikkies eendag chocolate mousse met kroeskoppies uitkom, huh? Hoe sterk gaan jou liefde dan wees, prinses?" Sy hoor weer die bitterheid in sy stem.

Tog wil sy hom ook jammer kry, want die seer daar kan sy net so duidelik hoor. Sy hou hom dop soos 'n vasgekeerde dier wat wag vir die genadeslag. Toe hy opstaan, koes sy en trek vinnig haar bene op. Juice lag. Hy geniet elke stukkie bang in haar.

'n Skielike weerkaatsing blits in Juice se hand toe hy met een rats beweging afbuk na Texan se gesig.

"Neeee, moenie! Dis jou broer, moenie, ek smeek jou, moenie!" gil Vaseline met 'n stem wat vreemd klink in haar eie ore.

Vir 'n oomblik staan Juice langs Texan se uitgestrekte liggaam. Hy kyk nie na Vaseline nie.

"Ja, bloed is seker dikker as water, nè?" is al wat Juice met 'n sagte hees stem sê terwyl hy sy hand aan 'n bossie afvee. Dan draai hy om en stap die nag in.

Die laaste geluide wat Vaseline hoor, is van 'n bierbottel wat weggesmyt word en die kar wat in sy spore terug reverse. Sy weet nie of sy huil en of sy net droom dat sy huil nie.

Texan lê roerloos. Die maan is reg bo hulle en sy kan duidelik die stuk verkleurde sand onder sy gesig en nek sien. Hy lê effens op sy sy en sy T-hemp het tot onder sy arms opgeskuif. Sy maag is kaal en sy lyf vol skrape, met stukkies bos en sand wat aan sy vel vassit.

Dis soos 'n horror movie, dink Vaseline. Iets te erg om rêrig waar te wees. Die stil, vernielde liggaam langs haar is nie die Texan wat gister nog saam met sy pels by die strandhuis gelag en gejoke het nie. Is dit hoe 'n mens lyk as jou keel afgesny is?

Haar gedagtes loop deurmekaar. Soms is dit asof sy wakker skrik en wil koes, maar dan besef sy kan nie, want sy's vasgemaak. Moegheid en skok is besig om die oorhand te kry.

"Oumie? Oumieeee?" roep sy. "Oumie, ek kan nie meer nie! Ek's jammer oor als, ek . . ."

Sy moet aan die slaap geraak het, want haar kop het skielik ophou maal en sy voel heelwat beter.

'n Helder beeld flits in haar gedagtes: hoe sy haar ou Bybel, die een wat sy destyds by haar ouma gekry het toe sy kinderhuis toe gekom het, onder haar studiebank uithaal. 'n Briefie val daaruit, sy tel dit op en vou dit oop. Sy sien die woorde duidelik, asof dit in goue letters gegraveer is:

Hebreërs 13:5
Ek sal jou nooit begewe en jou nooit verlaat nie.

'n Teenwoordigheid. Só sterk dat sy om haar kyk, maar daar's net die maanlig se saggrys om haar.

Tog voel sy getroos, gerusgestel. Is ek dalk die kluts kwyt? wonder sy. Maar sy is te moeg om teen die gevoel te stry.

Die oomblik wat sy ophou wonder, word dit sterker. Asof 'n sirkel van lig en vrede haar omvou.

Meteens onthou sy van Bart se geskenk in haar broeksak!

Deur haar rond te wurm tot sy skuins gedraai is, kry sy dit uiteindelik reg om haar hande by haar sak te bring en twee vingers daarin te steek. Sy trek die vishoekie uit.

Sy besef nou eers hoe styf en seer sy is. Die een kant van haar gesig steek en klop aanhoudend.

Ná 'n lang gesukkel waarin sy die vishoekie 'n paar keer amper laat val, kry sy die nylonstraps om haar hande genoeg deurgesny om die res los te wikkel. Die straps om haar enkels gaan vinniger.

Sy kruip tot styf teen Texan, wat nog steeds roerloos lê. Sy weet nie waar om aan hom te vat nie, te bang om hom om te rol vir wat sy dalk mag sien. Sy begin amper van blyheid huil toe sy haar vingers teen sy keel hou en besef dit is nie waar Juice hom gesny het nie. Sy skud liggies en dan al harder aan hom.

Eers is daar geen teken van lewe in hom nie, al kan sy voel dat hy asemhaal. Uiteindelik kry sy hom op sy sy gerol sodat sy sy hande kan bykom om dit los te sny.

Texan roggel. Sy vingers probeer pap om hare vou. Sy begin snik. Hy lewe. Dankie, dankie, Here!

Op daardie oomblik weet sy skielik, so helder soos die sonskyn wat ná 'n hewige storm deurbreek, dat iets besig is om tussen hulle te gebeur. Iets sterker en groter as twee skoolkinders wat 'n crush op mekaar het.

Meteens word sy ook bewus van branders wat teen die kus slaan.

Die see! Water!

Sy lig Texan se kop effens op en sit bossies daaronder om dit so te hou. "Texan, ek's nou-nou terug. Ek gaan net kyk watter kant die see is dat ons hier kan uitkom, hoor jy? Ek sal jou nie los nie."

Hulle moet van die grootpad af see se kant toe ingedraai het, besef sy toe sy ná 'n klompie treë die see skielik duidelik hoor. Met die radio se lawaai en als wat aangegaan het, het sy gedink hulle is verder weg van die kus.

Sy loop aan, tot sy die ruisende see voor haar sien uitstrek. Dit moet al amper oggend wees, want sy kan taamlik goed sien. In die vlak branders sak sy op haar knieë neer en laat die koel water oor haar bene en geswelde enkel spoel. Sy het al vergeet dat sy ooit vir die see bang was.

Sy trek haar hemp vinnig uit. Dis al wat sy het om nat te maak en dis in elk geval so geskeur dat sy dit sal moet weggooi as hulle eers veilig is. Die koue water prik haar gekneusde vel toe sy haar gesig was, maar dit laat haar baie beter voel.

Met die nat hemp strompel sy terug na waar sy Texan gelos het. Sy tel sy kop op haar skoot en vir 'n lang ruk vee sy net saggies en baie versigtig oor sy gesig om die ergste sand en bloed af te kry.

Sy sal vir Texan moet bykry dat hulle kan beweeg, want hy's te swaar vir haar om te probeer sleep. Sy klap liggies teen sy wange tot sy oë oopfladder. "Hei, Texan, jy moet opstaan. Ons moet spat voor Juice-hulle terugkom."

Hy kreun net, maar sy trek hom stadig regop. Hulle val 'n paar keer amper om, want hy is onvas op sy voete en leun swaar op haar.

Ná elke paar treë moet hulle eers stop. Partymaal hyg Texan so erg na sy asem dat Vaseline dink hulle gaan dit nooit tot by die water maak nie. Sy kyk nie na sy gesig nie, want sy's bang sy sien dalk dat hy van die pyn huil. Hy spoeg 'n paar maal bloed.

Uiteindelik vorder hulle tot by die oop sand, maar Vaseline wil nog nie hê hulle moet daar stop nie, omdat hulle te maklik gesien kan word. Met Texan wat op haar leun, loop hulle in die vlak water sodat daar geen spore kan agterbly nie.

Texan se asem raak rasperig. "Los my, ek kan nie verder nie." Hy val hande-viervoet in die water neer.

Sy gryp hom van agter om sy middel en beur om hom uit die water te kry, want as sy los, weet sy gaan hy net daar lê en versuip.

"Ek gaan jou nie los nie! Nog net 'n klein entjie, dan kan jy rus, orraait?" smeek sy.

"Belowe?" probeer hy braaf glimlag.

Die eerste blou van die nuwe dag begin net-net aan die horison raak toe Vaseline ver voor hulle 'n woonwapark sien. Sy help Texan tot teen die naaste sandrandjie, waar hulle albei stokflou neersak.

So moeg is sy dat sy nie meer traak wie op hulle afkom nie. Sy dink nie eens sy sal wakker skrik nie.

Texan leun agteroor teen die helling en strek sy hand uit om haar nader te trek. Vaseline skuif tot teen hom en voel 'n vreemde teerheid in haar opskiet vir hierdie nuwe Texan met die voos geneukte gesig. Daar is geen ongemak meer tussen hulle nie.

Sy laat haar kop stadig en versigtig teen sy borskas sak. Sy is oormoeg, maar 'n deel van haar brein neem glashelder waar. Dit voel vir haar asof haar gees buite haar lyf staan en kyk hoe die son oor die see opkom. Die oranje en pienk vlieswolkies wat goud gekleur word deur die son se strale, is die mooiste iets wat sy nog in haar lewe gesien het.

Ek is veertien en ek kan nog iets met my lewe maak, vorm dit in haar gedagtes. *Ek is sterker as wat ek ooit gedink het en* EK IS NIE ALLEEN NIE. *Daar is 'n God en Hy is ook my en Texan se Vader, nes Hy ouma Kitta en oupa Simon en meneer Kedibone s'n is, en ek het Hom lief en Hy het my lief. Daar is 'n plan vir my lewe.*

Toe sy wakker word, is Texan klaar wakker, al lê hy nog in dieselfde posisie met haar teen hom opgekrul. Sy skuif haar kop versigtig hoër op teen sy bors tot by sy armholte. Sy kyk op na hom.

"Hm?" glimlag hy skaam, terwyl sy een hand hare oor sy

maag vashou. Sy gesig is pimpel en pers, sy oë feitlik onder die swelsel weggesteek. Sy neus lyk asof dit gebreek is.

Vaseline vat sy hand styf vas. "Texan, ek gee nie om oor als wat Juice gesê het nie."

Hy antwoord nie, maar sy kan sy adamsappel sien beweeg soos hy sluk. Sy wonder of sy hom van háár agtergrond moet vertel. Dat hy kan weet sy verstaan regtig. Sy kan vir hom sê dat sy geheim regtig-egtig veilig is by haar. En dat dit wat Juice gesê het haar nie afgesit het nie, dit het haar eerder nader aan hom gebring, so asof sy en hy gemaak is om by mekaar te pas. Maar dit voel nie nou na die regte tyd om sulke lang stories te praat nie.

Sy lê en kyk na die see met haar vingers verstrengel in syne. Saggies, baie saggies, streel sy die binnekant van sy handpalm. Dan langs sy oor en wang af waar sy stoppelbaard begin, tot in sy nek. Oor sy borskas tot weer terug by sy hand. Vingerpunt teen vingerpunt.

Sy hoor hom harder asemhaal. Hy maak sy hand hard toe oor hare, draai op sy sy en bring vir 'n oomblik sy kop na haar mond toe af.

Sewe

1

Met die begin van haar graad 10-jaar is dit vir Vaseline of iemand 'n lig in haar wêreld aangeskakel het. Vir die eerste keer vandat sy by die huis weg is, voel dit asof sy dinge weer in kleur ervaar, eerder as in die wit en swart en grys van haar hartseer en alleenheid.

Dit wat met die Kaapse vakansie gebeur het, het nie net vir haar verander nie, maar ook vir Texan. Van die oomblik dat hulle weer met die ander kinderhuiskinders verenig was, kon almal sien dat daar iets tussen hulle gebeur het.

Iets spesiaals.

Maar nie sy of Texan het vir enigiemand, selfs nie vir tannie Hilde of oom Issaskar, vertel wat als daardie nag by die see gebeur het nie.

Vaseline onthou net vaagweg hoe hulle hinkepink tot by die woonwapark gesukkel het, en dat die opsigter hulle in sy bakkie teruggevat het na die strandhuis. Al wat sy duidelik onthou, is tannie Hilde wat met rukkende skouers begin huil het, haar hand oor haar mond gedruk, toe sy hulle die eerste keer sien.

Bart en Diesel het saam met Loeloe en Pizzaface-hulle aan die skrou gegaan, en selfs Brutus het hulle met nat oë kom omhels.

Vir dae en weke daarna het die meisies vir Vaseline met lekkergoed probeer omkoop om te vertel wat presies gebeur het, maar sy't nooit uitgepraat nie. Net vir Killer van die soen vertel toe Killer terugkom van haar vakansie. En hoe dit vir haar voel of sy in haar gedagtes *pause* kan druk om daardie oomblik van gelukkig wees vir altyd te vries.

Die res is haar en Texan se geheim. Hy het op die bus op pad terug vir haar vertel hoe sy ma hom deur die Welsyn uit die Kaap laat wegstuur het sodat hy nie ook 'n gangster word soos Juice nie.

Maar soos hy ouer geword het, het hy tog maar elke vakansie in Athlone met sy broer en dié se gompelle rondgehang. Saam met hulle leer baklei, inbrake gedoen en al met die Liesbeeckrivier se kanaal langs crack gesmokkel. Dit was eers aan die einde van graad 8, toe sy beste tjommie in die Bad News Boyz doodgeskiet is, dat hy besluit het om te split.

"Dis ek wat so 'n fool was om ewe vir my broer te laat weet ek kom Kaap toe en dat ons mekaar weer moet tjek. Gedink Juice sal bly wees om my te sien. Maar ek was stupid om te dink iemand soos hy sal nie die kans gebruik om my goed oor te fok nie. Jy split nie uit 'n gang nie, dis die law."

Hy't met sy linkerhand beduie na die pleister bo sy oog, sy regterarm en -pols in 'n verband soos hulle hom by die hospitaal opgepatch het. "Dis hoekom hy my geblade het bo my oog, bo-oor my sny van toe ek ingelyf is. Dis 'n gangster-teken om te wys hy't homself van my afgesny. Dit beteken as ek dit ooit weer waag om in hulle territory te kom of as een van hulle my iewers raakloop, sal hulle my as hulle vyand beskou. Ons is nie meer broers nie."

Vaseline wou haar arms om Texan sit vir die seer in sy stem, maar sy weet Peppies hou nie daarvan om jammer gekry te word nie.

Terug in Gauteng het die nuus van wat in die Kaap gebeur het soos 'n veldbrand versprei. Dit het vir Vaseline gevoel of dit al is waaroor die hele kinderhuis én die dorp weke lank gegis het.

Daar was selfs 'n beriggie in die plaaslike koerant wat tannie Hilde uitgeknip en vir hulle gewys het. *Cape Gangsters Attempt to Kidnap Orphans*, was die opskrif.

"Gmf, ek was ook amper onsedelik aangerand, maar daarvan word mos niks gesê nie," kla Pizzaface toe die dominee vir die soveelste keer van die preekstoel af daarna verwys.

". . . dit sny deur die hart van ons land . . . dit tap die bloed van ons jong mense . . . Laat ons saamstaan teen bendegeweld, geliefde broeder en suster!" skud die dominee aan die preekstoel dat die sweet op sy voorkop uitslaan.

"Hou op kerm, Pizzaface. Almal weet hoe score jy uit Vas en Texan se storie," praat Killer onderlangs sodat die tannies nie kan sien watter kind dit durf waag om in die kerkbanke te gesels nie. As die huisma in hulle rigting kyk, moet Killer haar oë wyd oopgesper hou, want sy't glitter eyeshadow van die vakansie af teruggebring, al mag hulle dit nie dra nie.

Vaseline geniet dit om kerk toe te gaan sodat sy al die gemeentemense kan dophou, want die kinderhuiskinders sit op die galery langs die orreliste. Vaseline-hulle sit aspris só dat hulle die seuns-Peppies, wat in die oorkantste vleuel van die galery sit, duidelik kan sien.

Sy en Texan vang aanhoudend mekaar se oog en as hulle net iets oor liefde uit die Gesangeboek sing, voel dit vir Vaseline of daar 'n neonlig met 'n pyltjie bo haar kop flikker so rooi slat sy deur.

"Sjoes!" Albie draai in die ry voor hulle om met 'n kwaai frons tussen die wit strepe waar haar wenkbroue was. Vaseline wonder nog hoe sy al weer iemand se skeermes in die hande gekry het, toe skiet Marietjie, wat in Vaseline-hulle se ry sit, se hand soos blits vorentoe.

Kaplaks! klap sy vir Albie agter die kop.

"Oef!" Die brose Albie gly amper van die bank af en deur die galery se reling tot op die skote van die dierbares wat onder sit. Sy laat haar kollektegeld val en dit rol onder die banke in.

Vir Vaseline weergalm dit asof emmers op die kerktoring se dak reën.

"Sjoes!" beduie die tannies van alle kante af.

Vaseline en Killer begin giggel. "Watch nou!" wys Killer met haar oë. Albie sit vooroor asof sy regmaak om diep seergemaak te begin huil, maar haar huistannie gee haar 'n waarskuwende gluur.

"Bid jy vir my?" Marietjie gooi 'n gekrabbelde boodskappie op die kerkpamflet oor Albie, wat nog steeds vooroor sit, se skouer.

Vaseline wil stik van die lag. Hulle ken Albie se humeur maar te goed. Sy durf nie na Albie kyk nie, maar hoor hoe sy die briefie met mening opfrommel.

Met die volgende gesang staan Albie, skouertjies woedend bymekaargetrek, op om te sing. "Op berg en in dale, julle is terte, julle konte gaan spyt wees . . ."

Vaseline kry lekker net om Texan dop te hou. Selfs om die leë baadjiemou teen sy sy te sien hang omdat sy arm nog in die verband is, laat haar lam in die knieë van trotsheid voel.

Hy's nie 'n banggat nie maar 'n fighter. En hy's hare!

Oral waar Texan gaan, sien Vaseline hoe die kinders hom soos 'n wafferse held behandel. Die groot seuns vorm 'n bewonderende kring om hom, terwyl die laerskooloutjies hom van 'n afstand dophou en volg asof hy hulle nuwe champ is. Selfs van die dorpsouens hang nou pouses saam met Texan en die Peppies uit.

In die eetsaal het Texan se sitplek geskuif tot net langs die hoofseun s'n. Kommen skomgatte, soos Texan en sy pelle bekend staan, word as 'n reël nooit vir prefekte genomineer nie, maar nou sit Texan ewe tussen hulle.

"Shite, ek't nog nooit so iets getjek nie," skud hy net sy kop met 'n skamerige glimlaggie toe Vaseline hom daaroor terg.

Dit voel vir Vaseline vreemd dat elkeen, selfs irriterende ou Pizzaface, deesdae iemand spesiaals in haar lewe is. Op 'n manier kry sy Pizzaface nogal jammer. Sy wat elke jaar nuwe hoogspringrekords vir die skool opstel, maar nêrens 'n borg vir akneemedisyne kan kry sodat sy beter kan lyk op die sportfoto's nie.

Vaseline dink Pizzaface wens dat dit sy was met wie al die nare goed gebeur het en wat nou met Texan Kirby gekys is. As Texan onder in die roostuin vir Vaseline fluit om af te kom, ruk Pizzaface omtrent die gordyne van hulle wieletjies af soos sy vir Vaseline gil. "Vas! Maak gou, dis jou boyfriend!" So word die nuus van venster tot venster aangegee asof Vaseline doof is en dit nie self kan hoor nie.

Killer sê Pizzaface raak in 'n liriese vervoering as sy net van Vas en Texan praat. Sy noem dit die kinderhuis se eerste *real love story*. Pizzaface leef haar só in Vaseline en Texan se verhouding in dat sy selfs Texan se volledige klasrooster soos 'n geskenk vir Vaseline aangedra het.

True love. Die woorde flikker in Vaseline se binneste asof dit met Killer se glitter eyeshadow oor haar hart geskryf is.

Maar party dae is Vaseline weer van voor af bang om té gelukkig te wees.

"Ek's al te veel kere teleurgestel," verduidelik sy vir haar maatskaplike werker wanneer hulle oor haar en Texan praat. Vaseline kan sien oom Issaskar weet goed dat sy nie als van daardie nag vertel het nie, en hoewel hy haar nie regtig druk nie, try hy soms nog sy luck om meer waarheid uit haar te kry.

"Hoe gaan dit met die romanse?" vra oom Issaskar met 'n vriendelike glimlag.

"Al die kinders hou ons die hele tyd dop, oom. Hulle is skoon uitgedraai oor die storie. As ons op die bankie onder by die bome gaan sit, hang hulle soos mak ape in die takke."

Die maatskaplike werker lag en Vaseline lag ook maar saam.

"Dis meestal Bart . . . agge . . . Gideon en Diesel Magotsi wat so orig is. Maar nie net hulle nie, die meisies ook. Texan sê Pizzaface en haar pelle beloer hom by die skool en hou elke beweging dop wat hy maak. Oom weet net nie hoe erg dit is nie, want dan's hy sommer vir mý vies, asof ék die meisies opsteek!"

Oom Issaskar draai in sy stoel en kyk by die venster oor die kinderhuisgronde uit.

"Hmm, van jou Romeo gepraat . . . lyk my hy sit hoeka doer anderkant vir jou en wag. Ek en jy kan mos weer later gesels, of hoe?"

Vaseline probeer aspris op haar tyd by die kantoor uitloop omdat sy nie oorywerig en bakvissierig wil voorkom nie. Sy wil nie hê Texan moet dink sy spin hakkies elke keer as hy op die bankie of by die gebreekte swings vir haar wag nie.

"Laat hom wonder," sê Killer altyd. "Anders dink mans later as hulle hul vingers snep, moet ons aangedraf kom."

Vaseline voel eintlik hoe almal se oë haar oor die gronde volg. Bart en Diesel gooi tol en Brutus lê op sy elmboë tussen 'n klomp meisies in 'n skadukol by die bome. Toe sy by hom kom, sien sy dat Texan met die een voet trap-trap in die sand voor hom. Sy weet hy wil die aapstuipe kry as die kinders hulle so aangaap asof hulle niks gewoond is nie.

Sy gaan staan naby hom, maar wil eers nie op die bankie langs hom gaan sit nie.

"Ek kom nou net van meneer Kedibone af. Hy vra nog steeds uit oor als wat in die Kaap gebeur het. 'n Mens sou dink hulle is teen dié tyd al moeg vir die ou storie."

"En wat sê jy toe?"

Vaseline sien hoe trek Texan sy oë op skrefies.

"Niks nie. Vertrou jy my dan nie?"

Die reuk van die klomp onder die bome wat dampies maak, trek tussen hulle deur. "Stook jy nog?" vra Texan onverwags.

Vaseline het al amper vergeet dat sy ooit gerook het. "Nee, nie dat dit jou besigheid is nie. Maar is dit dan nie hoeka jy wat doerietyd by die skool vir my 'n smoke aangebied het nie? So wie's jy om te praat, hè?"

Texan gryp haar aan die arm en trek haar nader totdat sy tussen sy bene staan.

"Jy was darem harregat verby daai dag! Ek het jou toe al geeyeball, maar al wat wakker skrik, is Helena Bosman. Daai was 'n toets, dit was nie eens my sigaret gewees nie. Dis hoe ek kon sien jy weet nie wie ek is nie, jy's nie soos al daai flerries wat heeltyd agter mens aanloop nie. Almal wat my ken, weet ek verpes rook. My ma en Juice rook albei."

Toe sy niks sê nie, kyk hy net vir haar met 'n klein glimlaggie.

"Watsit?" vra sy.

Hy antwoord nie, maak net die woorde met sy mond: I-love-u.

Sy trek haar lip skeef en kyk weg, maar dit gee haar 'n gevoel wat sy nog nooit voorheen gehad het nie. Al kan sy dit nie nou al regkry om dit vir hom terug te sê nie.

Die sonlig val deur die boom se takke op sy bruin hare. Vaseline hou graag dop hoe sy oë van kleur verander soos die weer verander. Onder die bome is Texan se kykers donkergroen met spikkels boombas in.

"Nazrene was mos al die jare so naar met my. Nou moet jy haar sien! Vandat ek en jy saam is, wil sy ewe vir my plek hou in die rye. Simpel, nè?"

Texan raak vinnig vies as Vaseline van ander meisies praat wat agter hom aan is, veral Nazrene, want almal weet hoe sy hom getjaaf het.

Vaseline gaan sit styf teen hom en laat sak haar kop op sy skouer. "Fight jy nog vir geld in die toilets?" vra sy sag.

"Uh-uh, jy weet mos ek's klaar met daai goed. My hand is anyway nog lekker seer, so waarmee moet ek hulle swing, hè?"

"Brutus sê vir my vandat jy opgehou het om in die toilette en onder die paviljoene te baklei, het die ander ouens ook sommer gestop. Ek's bly, Tex. Dit was nie nice vir ons meisies om altyd ná tweede pouse te sien hoe vol bloedkolle julle is nie."

"Wat traak dit julle anyway?"

"Natuurlik worry ons. Julle is mos óns Peppies, of ons julle kan verdra of nie!" Sy stamp hom speels teen die skouer en hulle wieg saam teen mekaar.

Sy wil graag vir hom vra of dit waar is dat hy nou vir ekstra klasse ná skool bly, maar sy waag dit liewer nie. Sy wil hom nie skaam maak nie. As 'n mens met 'n Peppie gekys is, moet jy hom nooit verneder nie, want die buitemense doen dit genoeg.

"Vassie, ek wil graag graad 11 deurkom, maar dis dônners taf." Sy stem is skielik ernstig. "En ek't besluit dis finaal, ek gaan nie weer af Kaap toe nie. As als uitwerk, kan ek dalk selfs 'n sportbeurs kry en gaan swot, wie weet? Dit sal great wees as ek net my ma ook uit die Kaap kan wegkry," sug hy.

Nog voor Texan heeltemal van al sy wonde en kneusings herstel het, begin hy en die ander Peppies die kleintjies in spanne indeel. Wat Texan deesdae voor lus is om te doen, daarvoor is almal lus.

Hy kan net nie 'n voet voor die kinders verkeerd sit nie, al sou hy ook wil, skryf Vaseline vir haar ouma.

Sy sit feitlik elke dag saam met die ander meisies en kyk hoe die seuns van net ná studie tot net voor badtyd touchies of krieket speel.

"Moet hy saam maak met als?" Vaseline koes elke keer as iemand per ongeluk aan Texan stamp.

"Oe, eina, my moederliefde!" hyg Pizzaface ook ewe na haar asem as Texan weer in 'n tromp-op botsing betrokke is.

"Nee wat, kom ons loop liewer, dit stres my te veel uit om te sien hoe hy te kere gaan," sê Vaseline en staan op. As die seuns so dag vir dag net games speel, voel sy soms afgeskeep, al kyk Texan darem elke nou en dan in haar rigting. "Ek gaan vir my oumie 'n brief skryf, die ouens is sommer boring met hulle ewige touchies-spelery," kla sy soos iemand wat al van oudag af gekys is.

Deesdae is sy weer baie lus vir briewe skryf, soos toe sy eers kinderhuis toe gekom het. Sy skryf sommer twee of drie briewe per week vir ouma Kitta-hulle, en as sy geld het, pos sy dit dadelik.

Sy skryf haar hart uit oor haar gevoelens vir Texan. Dat hy 'n skollie was en dat sy lewe omgedraai het. Dis asof die verandering in een persoon se lewe skielik vir almal moed gegee het vir hulle eie lewens, Oumie, het sy in haar laaste brief geskryf op loveletterpapier met gekleurde hartjies al om die randjies.

"Snaaks, nè?" sê sy vir Pizzaface terwyl hulle wegstap oor die stowwerige rugbyveld. "Voor die Kaap-vakansie het ek nie eintlik meer kontak met my ouma-hulle gehad nie, maar ná alles wat gebeur het, kan ek nie genoeg vir hulle skryf nie. En ok nie soos ek voorheen geskryf het nie. Dis nou straight en eerlik. Ek praat my kop. Hetetjie, my arme oumie moet dink ek het die skoot hoog deur," lag sy. "Ek weet sy lees die briewe vir my oupa voor, so ek skryf die dele wat hy nie mag hoor nie in 'n ander kleur pen."

Pizzaface hou aan Vaseline se skouer vas om duwweltjies uit haar voet te haal.

"My ouma het my vir R35 vir die tuinjong gegee, op ons stoepbank," sê sy sonder om op te kyk.

Vaseline weet nie wat om te sê nie. Pizzaface lieg baie, maar Vaseline weet ook daar het regtig al baie erge goed met haar gebeur.

"Toe koop sy vir my 'n Fanta ná die tyd en sê ek moet met Dettol gaan was. Dit het gebrand."

"Sjoe," is al wat Vaseline kan dink om te antwoord. "My oumahulle is nie so nie. Hulle is nice en hulle klere ruik na Stasoft. Hulle weet nie eens van vloek of niks nie, so nice is hulle."

Die sirene vir badtyd loei.

Brutus hang aan sy arms aan die rugbypale se dwarslat en Vaseline sien in die verbygaan dat sy pajamabroek by sy kortbroek uitsteek. Hy't die oggend weer vergeet om dit uit te trek, of geweier.

2

Waar Vaseline in haar kamer met haar rug teen die muur sit, haar skryfblok op haar skoot, hoor sy hoe Marietjie in die gang gal afgaan. Vaseline kan vaagweg uitmaak dit gaan oor iets wat Albie al weer aangevang het.

Marietjie storm met 'n tas onder die arm by Vaseline se kamer in. Dis nie behoorlik toegemaak nie en klere peul orals uit.

"Vandag is die dag wat ek whallap, so hoor my siel! Ek bly nie 'n uur langer in hierdie plek saam met daai uitwerpsel wat my so in die oë sit nie!" gil Marietjie terwyl sy die tas op 'n bed neersmyt.

Pizzaface sit op die spieëlkas in die hoek met haar lang bene opgetrek sodat 'n mens haar nie in die verbyloop uit die gang kan sien nie. Vaseline weet dis Pizzaface se beurt om telefoondiens vir mevrou Claerhout onder in die koue gang te doen, maar sy sê niks daaroor nie.

"Hoor julle twee my? Ek is gatvol en ek loop nou!" Marietjie kyk van Vaseline na Pizzaface.

"Ag, hou tog op jou lippe flap," sê Pizzaface, wat skaars opkyk van die spieëltjie waarin sy aan haar gesig sit en druk. "Ons worry nie as jy en Albie aanmekaarspring nie, dis omtrent die enigste entertainment wat ons hier rond kry."

Vaseline byt haar onderlip van nie wil lag nie. Hulle weet al almal, teen die tyd dat Marietjie daai groot outydse tas van haar toegesukkel het, is sy uitgewoed. Die verste wat sy nog ooit gekom het, is tot amper onder by die staaltrap.

"Wat het Albie nou weer gedoen?" probeer sy geïnteresseerd klink.

"Jy wil nie weet nie! Oeg! Ek gaan haar wurg tot haar lugpyp by haar ore uitpop en dan gaan ek my tas afsleep stasie toe en dis die laaste wat dié hoerhuis my sal sien."

Op die bed langs Vaseline lê een van die meisies wat destyds saam met haar in Snorre se eenheid was, Sadie Eland. Vaseline wens sy het daardie tyd al met Sadie vriende gemaak, maar Sadie is een van daai stil meisies wat 'n mens eers ná 'n lang ruk agterkom in dieselfde eenheid as jy is. Sadie is laat skool toe en is dus 'n graad agter Vaseline.

"Daai klimmeid het mos 'n hele pak van my pads uit my sportsak gesteel en dit by die laerskool aan ieder en elk uitgedeel. Van die seuns, ook daai sleg etters Bart en Diesel Magotsi, het dit op hulle voorkoppe geplak terwyl hulle ambulansmanne speel," blaas Marietjie.

Vaseline begin hardop lag en kort voor lank skree Sadie en Pizzaface ook van die lag.

"Dissie snaaks nie!" Marietjie kry tog 'n klein glimlaggie om haar mondhoeke.

Net toe begin iemand benoud by die agterdeur gil. "Vaseline, kom gou! Kom dadelik!"

Vaseline se keel trek toe en vir 'n oomblik wonder sy of Juicehulle wragtag tot in Gauteng gery het om vir Texan by te kom.

Almal bondel gelyk in die gang af.

"Watsit? Is Texan okay?"

Loeloe staan by die agterdeur na asem en hyg. Haar ronde wange is rooi en sweet pêrel op haar voorkop, so vinnig soos sy by mevrou Claerhout se trappe opgehardloop het.

Vaseline kan sien Loeloe is so verskrik dat sy nie 'n woord kan uitkry nie, maar terselfdertyd het sy so 'n vreemde glimlag. Dit gee Vaseline rillings, want dis nie 'n gewone glimlag nie, maar daardie aardige siek smile wat kinderhuiskinders kry wanneer iets groots gebeur het, al is dit iets slegs.

"Daai huis," beduie Loeloe woes, "gaan soontoe!" Sy wys na Snorre se ou huis en Vaseline-hulle storm by haar verby.

"Het die nuwe tannie iets oorgekom?" roep Vaseline oor haar skouer, want soms probeer die kinders aspris 'n nuwe kinderversorger verwilder, tot hulle ná net 'n paar dae bedank.

Hulle nael om die gebou en by die eenheid se agterdeur in. "Maak gou," skree Loeloe van agter af. "In die toilets!"

Pizzaface is eerste by die badkamerdeur. Sy steek so vinnig vas dat Vaseline in haar vashardloop.

Killer.

Vaseline sien haar wit hande wat slap langs haar sye swaai voor sy die res van haar liggaam sien.

"Neeeee!" Sy stamp vir Pizzaface weg wat soos 'n soutpilaar in die deur bly staan.

Killer het haarself aan 'n stortkop opgehang. Met 'n skooldas.

"Killer, nee!" Vaseline gryp die stoel wat eenkant toe geval het. Sy klim op die stoel en begin spartel om die das om Killer se nek los te kry.

"Lewe sy nog?" huil Loeloe. Almal kerm en gil.

"Skêr! Verdomp, bring net iets waarmee ek kan sny!" gil Vaseline op die verskrikte klomp wat by die deur saamdrom.

Pizzaface gee 'n skeermes aan waarvan sy die onderste deel uitgebreek het en help Vaseline om die das deur te sny totdat dit onder Killer se gewig skeur.

Killer roggel.

"Fok, gelukkig het die stortkop gebuig, haar tone het nog die grond geraak," hyg Pizzaface langs Vaseline.

"Killer, kan jy my hoor? Sê iets!" huil Vaseline kliphard.

Killer begin kreun en borrelgeluide kom uit haar keel. Vaseline laghuil. "Jou demmitse pes," snik sy en soen Killer se voorkop en wange.

"Wat gaan hier aan? Wat maak julle almal in hierdie eenheid?" klink Missies Frankot se stem in die gang op.

Een kyk na die gebreekte teëls wat uit die muur geval het en die afgesnyde stuk das wat saam met 'n pap Killer in die stort lê, laat besef Missies Frankot wat gebeur het.

"Oh, my Lord! Wanneer het dit gebeur?" is al wat sy met 'n bewerige stemmetjie uitkry. Sy gaan plak haar op die naaste toilet neer.

Loeloe sit soos 'n hen wat haar twee kuikens probeer troos, Vaseline onder die een arm en Killer onder die ander, en albei huil hartverskeurend. Hoe meer hulle huil, hoe meer trek die hartseer almal in, tot die hele vloer vol meisies sit. Selfs in die gangetjie tussen die toilette kom skuif nog kinders in.

Vaseline huil soos sy nog nooit voorheen gehuil het nie. Sy kan haar nie beheer nie, die hartseer in haar is te groot en dit kook oor asof 'n deksel oor haar hart gelig is. Iets in haar het net meegegee.

Sy sien in dit wat Killer gedoen het 'n prentjie van haarself soos sy al was. 'n Moegheid en 'n klaarwees met die wêreld en met hoe erg en stupid die lewe is wanneer niks reg wil uitwerk nie.

Sy hoef nie eens vir Killer te vra hoekom nie. Nie een van hulle hoef te vra nie, want hulle almal ken die gevoel. 'n Verlatenheid wat aan jou binneste vreet tot jy dun geroes is. As die geringste dingetjie dan aan jou stamp, vou jy sommer inmekaar. Daar is niks stry in jou oor nie.

Dis wanneer jy weet dat jou lewe vir niemand iets werd is nie. Ook nie vir jouself nie.

Vaseline huil tot haar ooglede so rou soos haar hart is. Sy's net vaagweg bewus daarvan dat Missies Frankot oor die interkom uitsaai dat die hoof dringend na die eenheid moet kom.

"Lyk my die vrou weet nog nie dis useless om hier vir hulp te vra nie." Pizzaface vee haar gesig aan iemand se handdoek af.

Teen die tyd dat die hoof wel sy verskyning maak, het Vaseline en Loeloe al vir Killer van die vloer af opgehelp. Hy loer bo-oor die kinders by die badkamer in terwyl hy sy bril skoonmaak.

"Sorg dat jy geld by hierdie dogter aftrek vir die skade aan die stort en vir 'n nuwe skooldas, Miss Frankot," is sy enigste reaksie voor hy op sy hak omdraai en loop.

Die volgende dag sit en skryf Vaseline in elke klas aan 'n lang brief vir Killer. Sy wil dit ná skool vir Killer gee, wat vir die dag deur die kinderhuisverpleegster uit die skool gehou is.

Ek's jammer, K, as jy dalk voel ek het jou afgeskeep vandat ek en Texan saam is. Jy ken my, as ek eers my kop verloor op 'n outjie, dan's dit tickets. Dis nie dat ek nie meer jou tjom is nie, dis net dat ek nie by als uitkom nie en met hoe moeilik graad 10 is, is ek skytbang dat ek dalk nie sal deurkom nie, skryf sy met 'n goue pen so netjies soos sy kan. Sy maak al die dotjies oor die i's hartjies of sonnetjies met uitskietstrale sodat Killer kan sien dat sy regtig moeite gedoen het met die brief.

Sodra ek 'n afspraak by meneer Kedibone kan kry, gaan ek hom vra of ek kan terugskuif na Snorre se eenheid toe om by jou te wees, al is ek nou nie mal oor Frankot nie. Dan scheme ek kan ons weer saans tot wie weet hoe laat lê en skinner, orraait?

Sy sit die goue pen saam met die brief in om vir Killer te gee.

Meneer Kedibone kondig af dat Killer na sy kantoor moet kom terwyl Vaseline nog daar sit en wag. Killer klop liggies aan die deur en gaan sit op die verste stoel, nie langs Vaseline nie. Sy kyk nie op nie. Die merke op haar nek is nog steeds sigbaar en haar gesig lyk pofferig, soos dié van iemand wat nou net wakker geword het.

"Ek het Vaseline se versoek om te skuif na die hoof geneem, maar meneer Hefner sê dis nou te laat in die jaar om kinders te laat oortrek van een eenheid na 'n ander. Hy het my wel belowe dat hy julle versoek in konsiderasie sal neem vir volgende jaar se indeling," sê hy. "Laat dit jou darem 'n bietjie beter voel, hè, Killer?" probeer hy 'n reaksie uit haar kry.

Killer sê niks. Trek net haar skouers op.

"Ek moet my kas gaan regpak," sê sy ná 'n lang stilte en loop by die kantoor uit.

"Jammer, oom. Sy's eintlik 'n baie gawe mens, maar sy's nog bietjie weird," sug Vaseline.

Meneer Kedibone knik begrypend. "Jy sal maar 'n ogie oor daai vriendinnetjie van jou moet hou, Helena."

Vaseline volg Killer tot in haar kamer. Missies Frankot keer haar nie, loer net vir haar oor die rand van haar bril.

In Killer se kas is daar 'n foto'tjie van haar ma. Sy haal dit uit sonder om iets te sê en wys dit vir Vaseline, al weet sy Vaseline het dit al hoeveel maal gesien.

Terwyl Vaseline weer na die foto kyk, staan Killer ingedagte en vroetel met die hangertjie wat sy altyd onder haar klere dra. Vaseline weet dis haar ma se trouring wat Killer so om en om in haar vingers draai.

"Sy lyk asof sy lag vir die persoon wat afneem," bestudeer Vaseline die dowwe prentjie van 'n vrou wat teen 'n kar leun. Sy het 'n kort crimplenerokkie aan, 'n pap wyerandhoed en wit dikhakskoene.

"Ek het self hierie ring van haar vinger afgedraai toe sy dood is," sê Killer sag. "Sy was baie lank siek en sy's in die stoepkamer op die bedjie oorlede. Sy wou nie in die kamer gaan lê nie, want my stiefpa wou nie die hond daar hê nie. Die hond moes oral saam, hy't snags by haar op die bed geslaap. Toe die ambulans Mamma se lyk kom haal, toe moes jy daai hond sien grom. Hy wou niemand naby haar toelaat nie."

Vaseline raak sommer van voor af hartseer oor Killer. "Dis so sad. Waar's die hond nou?"

"My stiefpa het hom geskiet. Dis die hond waarvoor my ma so lief was wat se naam ek gevat het. K-i-l-l-e-r," rek sy die woord uit.

Vaseline sê niks. Sy ken Killer al 'n klompie jare en dis die eerste keer dat sy hoor waar haar naam vandaan kom. Sy vra nie uit oor wat verder gebeur het nie, want sy ken die res van die storie. Dat Killer 'n paar maande ná haar ma se dood haar stiefpa se klere aan die brand gesteek het – terwyl hy dit nog aangehad het. Sy was maar in graad 3. Hy was dronk.

"Hoe lyk dit met jou eyeball?" verander Vaseline die onderwerp voor hulle albei weer in snot en trane is.

"Met Wessel?" Killer lyk dadelik meer opgeruimd. Wessel Griesel is 'n dorpsouk vir wie Killer al lank eye.

Sy haal haar skryfblok uit en wys vir Vaseline 'n hele blad waar sy geoefen het om haar naam met sy van te skryf. "Not too shabby, hey, Niles?"

"Haai, Killer, dis mooi name wat jy het – Jessica Ann Griesel. Tonne beter as Helena Bosman Kirby." Vaseline skop haar sandale uit en lê agteroor op die bed.

"Ek gaan nie vir fokken ewig met my stiefpa se van rondloop nie, dit kan ek jou nou al sê. Trust you me," sê Killer terwyl sy 'n netjiese stapel klere nog netjieser pak.

Vaseline dink ook Wessel is 'n gawe ou. Anders as die seuns

wat sy en Killer aan gewoond is. Nie soos die ander snobs op die dorp nie, maar ook nie rof en roadkill soos die Peppies nie.

"Jy kan bly wees jou hare is weer mooi uitgegroei, Wessel lyk maar vir my of hy uit 'n taamlike square familie kom. Haai, wat het geword van daai skoenlapperhaarknippies van jou? Daai's wat jy en Snorre altyd so oor baklei het Sondagoggende voor kerk, ha!"

"Vir Albie gegee, dit wat ek nog oorgehad het. Sy't anyway al die ander gejippo, so sy kon maar net sowel die hele stel hê. Het ek jou al gesê Wessel is 'n enigste kind, nes ek? My stiefpa het nog 'n string kinders die hele Witbank vol, maar ek ken hulle nie en hulle is niks van my nie."

Soos die meeste kinderhuiskinders ken Vaseline Killer se storie amper so goed soos haar eie, maar sy vra nogtans uit. In die kinderhuis is dit so vervelig dat 'n mens later nie omgee om weer en weer oor dieselfde goed te gesels nie.

"Vertel weer hoe julle ontmoet het?"

Killer soen die skryfblokblad vol name voor sy dit versigtig in haar laai wegsit.

"In die kerk, ewe. Hy't so stil en ernstig gelyk, kompleet asof hy na elke liewe woord luister. Ek dog eers dis sy ouma-hulle by wie hy altyd in die kerk is, maar dis toe al die tyd sy ouers. Hulle's net oud, en het hom eers laat gehad." Killer kom sit op die oorkantste bed.

"Praat julle darem al met mekaar of vis jy nog net inligting oor hom by Pizzaface uit? Sy weet mos als van almal."

Killer kliek haar kas se slot oop en toe in haar hand.

"Screw Pizzaface. Hierdie een is myne. Hy's ordentlik, weet jy, Vas? Regtig ordentlik. Daai soort wat ons nie hier in die kinderhuis ken nie. Die Peppies weet nie eens wat die woord beteken nie – ek blameer hulle nie, by wie de hel moet hulle tog maniere leer? Maar dis vir my so wonderlik, hy vloek nie eens nie en hy was nog nooit in 'n fist fight nie. Nie eens een keer nie, en tog is hy saam met Texan-hulle in die eerste rugbyspan."

Sy spring op en begin in haar kas grawe. "Het jy al sy beenspiere getjek? Dis van al die jare se fietsry van die plaas af in dorp toe. Het jy gehoor wat ek met Nazrene gedoen het?" Killer kom van agter die kasdeur te voorskyn.

"Van watter keer praat jy, daar's so baie?"

"Wessel is mos skoolprefek en ons was almal in die rye in die gang voor die wetenskapblok toe hy ons kom stilmaak en wat daai slet toe mooitjies vir hom knipoog. Maar wat die goedkoop floozy nie weet nie, is dat ek toe net agter haar in die ry staan."

Vaseline sit regop. Hierdie een het sy nog nie gehoor nie.

"Toe stamp jy haar?"

"Ag, hemel, Vas, wat sal dit help? Ek wag toe eers tot Wessel weg is, en Nazrene staan nog so en kekkel, toe zap ek haar met die verbykomslag met my passer se punt. One shot in die boud!" lag Killer.

"Nee!"

"Ek sweer. Ek was so vinnig, sy kon nie eens lekker seker weet dis ek nie, maar boeta, sy sal dit nie vergeet nie."

"Yikes, dis grillerig!" Vaseline ril, want sy't al gesien hoe lyk 'n bloederige blou kol wat deur 'n skerp passerpunt gemaak is. Dis so goed soos 'n messteek.

"A, hier's dit," haal Killer die foto uit wat sy gesoek het. "Smart, nè?"

Vaseline se oog soek dadelik vir Texan op die rugbyfoto. Hy sit voor langs meneer Immelman met 'n rugbybal op sy skoot. Laggend, asof hulle nou net 'n grap gehoor het.

Heel agter links staan Wessel, maar hy glimlag nie. Daar is met koki 'n groot hart bo sy kop geteken waarin geskryf staan: LOVE IS YOU.

3

Vaseline is mal oor Kersfees, al het sy al 'n paar maal besluit sy gaan nie meer wees nie. Selfs die vakansies wanneer sy oor Kerstyd moes inbly, kon sy nie help om opgewonde te raak nie, want aan die einde van elke jaar word 'n Kersparty by die kinderhuis gehou.

"Ag, soms is dit cool, maar ander jare baklei die grootmense so onder mekaar dat die borge onttrek en dan eet ons maar net wat ons altyd eet. So, dit hang maar af," het Killer met Vaseline se heel eerste Kersfees al gewaarsku dat sy nie te veel moet uitsien nie.

Vaseline en Killer sit alleen in die eetsaal by die klavier. Hulle mag nie daar wees nie, maar iemand het vergeet om die saaldeur te sluit, dus kruip hulle daar weg van die rumoer af.

"Jy weet ek glo nie daaraan om na enigiets uit te sien nie," beklemtoon Killer, "maar hulle sê hierdie jaar gaan die hoof weg wees vir 'n operasie en tannie Hilde en S'laki gaan die funksie reël. So miskien is daar hoop vir ons almal."

"Watse operasie?"

"Sy balls. Ag, ek weet nie, maar hy haak weer so uit deesdae dat ek hoop hulle oorweeg liewer genadedood."

"Nee, man, Killer, moenie so praat nie. Netnou is die man regtig siek. Jy hoef nie altyd voor te gee om so gevoelloos te wees nie."

Killer trek haar mond. "Ag, wat sal jy vir my kom preek oor Jan-Hendrik Hefner? Jy ken hom nie naby so lank soos ek hom al ken nie. Weet jy byvoorbeeld dat hy nie duiwe kan verdra nie? Behalwe as dit kleiduiwe is wat hy by die klub kan gaan skiet. Dis die stupidste pet hate wat ek nog ooit van gehoor het."

"Ek weet. Brutus het vir my gesê as duiwe op sy vensterbank kom sit, vergeet hy skoon van die kinders en hardloop met sulke stywe boudjies by die kantoor uit om hulle te gaan verwilder."

Killer lag. Sy maak die klavier stadig oop en druk suutjies op die note.

"Weet jy dat hy tannie Hilde eenkeer so bemoerd gehad het dat sy hom amper met die vuis gemoker het?"

"Stront, man!"

"Serious, vra vir Texan. Die seuns het dit natuurlik baie gelaaik en van daai tyd af kan niemand dit waag om iets teen tannie Hilde te sê nie. Wat van die keer toe ons gesien het hoe die hoof agter sy eie tuinheining staan om vir tannie Hilde af te loer waar sy saam met die kleintjies deur die spreiers hardloop, hè?"

Die eetsaal se deur kraak stadig oop. Vaseline en Killer koes gelyk.

"Aitsa! Ek dog mos ek hoor iets hier binne." Dis Brutus wat by die deur inglip. Hy glimlag breed. "Wat skinner julle twee?"

"As jy by ons wil kom sit, moet jy fluister. Vir wat praat jy altyd so dônners hard, hè? Kan julle Zoeloes nie fluister nie?"

Brutus skuif langs Vaseline op die klavierbankie in. "Yeah, baby, you want me. Ek weet," vee Brutus hom aan Killer se aanmerking af.

"Ek's besig om vir Vas van onse Jan-Hendrik te vertel, want sy kies alewig die vent se kant."

Brutus krap met 'n stokkie in sy oor. "Jirre, Vas, jy moet lat ék jou van daai recce vertel!"

So sit en fluister en lag hulle tot die sirene lui vir studietyd.

Ek's net bly dat Killer darem weer byna soos haar ou self is, dink Vaseline toe sy na haar eenheid stap.

Die dag toe die hoof se siekverlof begin, voel dit vir Vaseline of daar sommer 'n donkerte oor die kinderhuis lig. Skielik is die binneste gangdeure van die huise nie net ongesluit nie, hulle staan letterlik oop.

"Kan jy dit glo?" sê Vas vir Marietjie waar hulle saam by hulle kamervenster staan en uitkyk. "Ek sien die tannies kuier ewe oor en weer by mekaar en drink tee."

Albie kom staan onderkant die venster waar die roostuin was. "Ek dink nie Missies Frankot gaan lank hou nie," fluisterpraat sy op na hulle toe.

"Hoekom nie?"

"Sy't begin huil toe sy my kas sien," spot Albie en flash vir hulle haar top.

Marietjie klim byna deur die tralies. "Dis mý bra wat jy daar aanhet, liewe jissis! Jy't nog nie eens tepels nie en jy steel al klaar my onderklere!"

Vaseline lag, wat maak dat Albie weer vinnig haar hemp oplig.

"Al is dit dalk die geval, het ek nog steeds meer pram as jy!" Albie staan 'n paar treë terug en wys vinger.

Marietjie spoeg af na haar suster toe, maar Albie hou haar blind en doof vir die ghop en hou aan om met Vaseline te praat asof niks fout is nie.

"Marietjie is mos heilig versot op Missies Frankot omdat sy ook 'n asmapompie het. Verbeel jou, ook die soort wat daagliks 'n pompie nodig het," kry Albie gou haar laaste steek in voor sy haar uit die voete maak.

Toe haar ouma-hulle laat weet dat haar buskaartjie vir die Desembervakansie bespreek is, loop Vaseline se beker oor. Haar dae sweef verby tussen regmaak vir die Kersparty en vinnige ontmoetings met Texan. Mense van verskillende gemeentes wat die kinderhuis ondersteun, gaan die aand hulle gaste wees en elke kind, selfs Cyril-hulle in die kleuterafdeling, gaan 'n geskenk kry.

Dit lyk asof my vriendin haar donker dag agter haar gesit het, en sy't nou ook 'n boyfriend, so sy stres nie meer dat ek soveel tyd saam met myne spandeer nie, skryf Vaseline 'n haastige briefie saam met 'n Kerskaartjie vir haar ouma-hulle.

Noudat Killer amptelik met Wessel uitgaan, het die Griesels ook by die kinderhuis betrokke geraak en selfs die Kersboom geskenk.

Die dag van die Kersparty kom die skool vroeg uit. Vaseline moet haar behoorlik inhou om nie saam met die kleintjies van die skool af koshuis toe te hardloop nie, so opgewonde is sy.

Toe sy en Killer op hulle mooiste opgedress by die eetsaal instap, gaan Vaseline sommer botstil staan. Als is so mooi! Die hele saal is in die sagte glans van kersvlammetjies gehul. Vaseline neem orals met haar gedagtes foto's sodat sy vir haar ouma-hulle kan vertel wanneer sy oormôre by die huis kom.

Die kinders is so opgewerk dat hulle dit met moeite regkry om hande in die skoot te sit en wag tot die gaste opdaag. Vaseline en van die ander groot meisies sit nie by hul eie huise se tafels nie, maar het na die kleuterafdeling geskuif om te help om die heel kleintjies onder beheer te hou.

"Kom hierso," sê Vaseline en tel vir Cyril, wat in 'n vrolike platgesig-seuntjie verander het, op. Die kleutertannies glimlag vir mekaar omdat hy so gewillig na haar toe gaan.

Killer staan op om 'n sangsolo te lewer. "Eina!" koes Vaseline toe Killer op haar hoëhakskoene wankel. Gelukkig slat sy darem nie neer nie. Vaseline druk haar gesig in Cyril se nekkie in, want dit maak haar te senuagtig, sy wil só graag hê alles moet perfek reg loop.

Killer sing.

Die effek is dieselfde as die eerste keer wat Vaseline haar hoor sing het. Almal hap na lug en selfs die kleintjies luister doodstil. Emosie stoot in Vaseline se keel op en haar oë raak wasig. Sy sien 'n paar ander mense vee ook trane weg, want Killer sing werklik soos 'n engel.

Mevrou Voordewind beduie vir die koor, wat agter Killer staan, om in te val en die mense sit in vervoering. Mevrou Voordewind wip op en af soos 'n marionet om elke keer 'n stywe buiginkie te maak omdat die applous so lank aanhou.

"Ons vra nou graag in die afwesigheid van ons hoof vir sy eggenote, mevrou Debra Hefner, om die name van die nuwe prefekte vir aanstaande jaar te kom lees." Tannie Hilde oorhandig die mikrofoon aan mevrou Hefner, wat dit skaars regkry om te maak of sy glimlag.

Die kleintjies word oral haastig stilgemaak deur die groteres. Tussen die hoërskoolkinders word betekenisvolle kyke oor en weer gegee en asems opgehou. Vaseline se maag trek op 'n knop van spanning.

"Die volgende graad 10-leerlinge word vir aanstaande jaar as prefekte verkies . . ." en mevrou Hefner lees 'n klomp name. "Asook Helena Bosman," eindig sy, maar die kinders klap so hard hande dat Vaseline nie seker is of sy reg gehoor het nie. Sy beweeg nie tot Killer opstaan, na haar toe kom en haar aan haar hand optrek. Killer se naam is ook gelees.

Vaseline se ore is toegeslaan van skok en ekstase.

"Geluk, Helena," groet mevrou Hefner styf. Die nuwe prefekte moet voor in die saal bly staan tot al die name gelees is en almal hul wapentjies ontvang het. Mevrou Hefner aarsel 'n oomblik voor sy die laaste naam aankondig.

"En die hoofseun van die kinderhuis vir volgende jaar is . . . Texan Kirby."

Vaseline se oë skiet vol trane en sy sien deur 'n waas hoe Texan stadig opstaan terwyl al die Peppies om hom reeds uit hul stoele is en hom met 'n oorverdowende gejuig en wolwefluite aanpor. Die gaste, wat aan die kinders se reaksie kan aflei dat dit 'n groot gebeurtenis is, draai in hul stoele om sodat hulle beter kan sien.

Texan sukkel om tussen die tafels deur te kom soos beide kinders en personeel vorentoe leun en hul hande uitsteek om hom geluk te wens. "Texan! Texan!" weergalm die hele saal. Vaseline sien hoe Bart en Diesel op en af spring, aan mekaar hang en met vingers in die mond fluit, skollie-style.

"Besef jy, Vas, dis die eerste keer in hierdie kinders se lewens dat hulle sien hoe 'n skom só verander dat hy tot hoofseun verkies word?" Killer druk Vaseline se hand.

Vaseline vee vinnig haar trane af voor Texan dit dalk sien. Asof in 'n fliek sien sy hande wat bymekaarkom en weer wegtrek. Gesigte wat glimlag, kinders en tannie Hilde wat mekaar omhels. Oom Issaskar wat vir haar die thumbs-up teken gee en meneer Voordewind wat sy neus in 'n rooi servet blaas.

"Dankie, my Here Jesus!" klop Vaseline se hart net een gedagte oor en oor.

Eers toe Texan sy wapentjie ontvang en die prefekte mekaar gelukgewens en na hul sitplekke teruggekeer het, kom alles tot bedaring. Oral om Vaseline is kinders met hul nuwe speelgoed doenig en het die grootmense begin eet. Diesel Magotsi, met 'n stralekrans van draad bo sy kop, lig trots bo die skare vir Vaseline sy geskenk om te sien – 'n splinternuwe geel radio wat hy hard besig is om op 'n stasie te probeer instel.

"Cool!" waai Vaseline vir hom terug.

Almal is aan die kuier en tussen die tafels vorm groepies mense wat gesels en oor en weer 'n glasie pons klink. Vaseline merk op dat mevrou Hefner en haar dogter, Esmé, opstaan en hul borde neem om by hul huis te gaan eet.

"Blerrie snobs. Maar laat hulle loop, dis in elk geval baie lekkerder sonder hulle hier," merk Loeloe in die verbyskuif op. Soos sy praat, kan Vaseline die oranje sien van die Niknaks waarmee sy haar mond volgestop het. Vaseline kan nie help om verskriklik lief vir haar mollige vriendin te voel nie en gee haar 'n drukkie.

Sy begin in die mengelmoes na Texan soek. "Het iemand vir Texan gesien?" vra sy sommer in die bondel. Sadie beduie doer anderkant.

Dis duidelik dat Texan haar al vir 'n rukkie staan en dophou. Sy glimlag tref haar soos 'n weerligstraal bo-oor die kinders se koppe. Hy knik effens in die rigting van die saal se sydeur. Vaseline wys dat sy verstaan en begin stadig soontoe beweeg sonder om aandag te trek.

Bo die lawaai van fluitjies, meganies beheerde karretjies en klappers wat getrek word, sing 'n groepie kinders by die klavier. Vaseline is verbaas om te sien dat dit ewe Wessel is wat vir Killer begelei.

In die donker gang voel Vaseline vir Texan voor sy hom sien. Hy gee haar ook nie kans om te praat nie, maar sit sy hande om haar middel en druk haar teen die gangmuur vas.

Texan soen soos hy baklei. Voluit.

"Kom." Hy vat haar hand en lei haar vinnig die gang af terwyl haar hele binnekant van warmte en opgewondenheid bruis. Hulle giggel en bly hande vashou.

"Wat nou?" fluister sy.

"Ons glip by die voordeur uit." Texan trek haar agter hom aan.

"Waarheen gaan ons?" wil sy net benoud raak.

"Jy sal sien, trust my net."

Hulle hardloop koes-koes tussen die bome deur, maar Vaseline steek paniekerig op die hoek van die kinderhuisgronde vas.

"Ek wil nooit in my lewe weer whallap nie, Texan!" rem sy terug.

"Nee, Vassie-man, ons gaan net oor die straat. Jy weet ek sal nooit weer iets doen wat jou in gevaar kan stel nie."

Vaseline loop huiwerig agter hom aan, nog nie oortuig nie. "Ons is so pas verkies, Texan, ons mag nie van die gronde af nie!"

Texan trek haar net aan die hand oor die straat, stoot die pastorie se tuinhekkie oop en gaan in. Hy wink vir Vaseline om hom te volg. Sy kan skaars glo wat hulle besig is om te doen.

"Jy stres te veel, my lovely. Ons whallap nie, ek vat net die sexyste meisie in die hele Gauteng vir 'n midnight swim!"

Dis 'n warm Desemberaand en nie 'n luggie roer nie. Vaseline voel asof sy in 'n sprokie beweeg. Die maan se vet sekel lê soos 'n skyf pampoen bokant die spitse van die bome. Die swembad se water lê doodstil en donker voor hulle.

"Wat van die dominee? Wat as ons uitgevang word?" Vaseline bly op die kant staan terwyl Texan klaar sy klere aan 't uittrek is. Sy raak so skaam dat sy wegkyk.

"Hei, ek hou my onderbroek aan, so chill net. Jy hoef nie te worry oor die mense nie, hulle is almal gaste by die kinderhuis."

Hy duik aan die diep kant in en swem onder die water tot aan die vlak kant waar sy staan. Hy kom op uit die water en skud druppels uit sy gesig.

"Mooiste van my hart?"

Vaseline se weerstand verkrummel as Texan op daai manier na haar kyk en so teer met haar praat. Sy laat die bandjies van haar aandrok stadig van haar skouers gly soos die mense dit in die advertensies op TV doen. Sy kyk nie vir 'n oomblik weg van Texan nie. Gelukkig het Killer daarop aangedring dat hulle hul mooiste onderklere aantrek en is haar onderarms en bene geskeer!

Toe haar rok van haar afval, sluk Texan hoorbaar. "Mejuffrou Helena Bosman, as jy nie nou hierheen kom nie, kom haal ek jou, en dan's daar groot moeilikheid!" sê hy dringend.

Vaseline glimlag net tartend vir hom. In haar deurskynende pienk bratoppie en broekie met die fyn geborduurde sterretjies beweeg sy voetjie vir voetjie teen die trappe af. Sy hoor vaagweg die vrolike klanke van die kinderhuispartytjie oorkant die straat. Al is die water glad nie koud nie, prikkel haar hele vel.

Texan steek sy arms na haar uit, tel haar op en beweeg agtertoe, terug na die diep kant. Vaseline voel asof die sterretjies op haar onderklere soos starlights vanself aan die brand steek, so smeul dit waar Texan aan haar raak. Sy sit haar arms om sy nek en haar bene om sy lyf.

Onder haar kan Vaseline sy spiere voel styftrek. Hulle sê niks nie, maar glimlag net. Trillings hardloop oor Texan se hele lyf. Sy druk haar voorkop teen syne. "Ek het nog nooit so naby aan iemand gevoel nie," fluister sy by sy oor.

Hulle soen tot die maan 'n glimlag word en die kinderhuisliggies in die sterrehemel wegsmelt. Tot niemand anders bestaan nie.

Agt

1

"Haai, hene! Oe, haai, hene!" Ouma Kitta vat oor en oor aan Vaseline se gesig en hare terwyl sy haar dié kant en daai kant toe draai.

"Ja-nee-a, Oupa het mos gesê Oupa se klimmeidjie gat dit nog vér maak. Sommer prefek, hè? Ditsim!"

"En hier stat ons kind, veilig ná al die aaklige goete wat daar doer ver in die Kaap met Oumie se kind gebeur het. En so lank soos 'n paal geworre!" Ouma Kitta omhels Vaseline nog 'n keer en begin van voor af huil. Sy haal haar sakdoekie wat sy voor in haar boesem bêre uit om haar trane af te vee.

"Toe maar, Oumie, dis verby. Dit was baie erg, maar soos ek ok vir julle geskryf het, dit het my oë oopgemaak vir die lewe. En as daai dinge nie gebeur het nie, sou ek en Texan dalk nooit eens by mekaar uitgekom het nie. So moenie meer huil nie, Oumie, ek's heeltemal fine."

Sy moet nietemin die gebeure van die Kaap wéér vir haar ouma en oupa vertel, maar sy doen dit aspris op die ligste moontlike manier, anders kry haar ouma dalk beroerte van skrik. Sy sien in hulle gesigte hoe bekommerd hulle oor haar was en dit voel vir haar weer soos toe sy klein was, toe hulle almal saam 'n hegte gesin was. Dit voel regtig weer soos háár huis.

Hierdie is die Kersvakansie by die huis wat gaan opmaak vir

die ander een wat so aaklig was, dit voel Vaseline sommer aan. Sy weet nie presies wat die verskil is nie, maar sy kan voel dis anders. Ná hulle van kombuis tot sitkamer tot stoep gekuier het, glip sy weg na haar eie kamer.

"I are home," sing sy en begin haar tas uitpak. Dis asof 'n gedagte in haar kop kliek, soos 'n liggie wat aangaan sodat sy dinge uiteindelik helder sien.

Sy't weer lang hare.

Sy't 'n kêrel.

Sy't graad 10 deurgekom en is prefek vir volgende jaar.

Sy't 'n ouma en oupa wat vir haar lief is.

Sy't meer pelle as wat sy op haar twee hande se vingers kan tel.

Sy glo regtig dat God haar Hemelse Vader is en sy's nie meer 'n slapgat nie, al voel sy soms nog bang of onseker.

Sy skryf dié lysie agterin haar Bybel. Baie klein en liggies met potlood. Boaan merk sy dit Streng Privaat: Moenie lees nie!

"Ek gaan ook nie meer wag vir mense om my te aanvaar nie, ek gaan hulle eerste aanvaar," sê sy vir die ry poppe wat van die gordynkap af na haar staar. Party van die poppe is so oud soos wat Vaseline is.

"Om te maak of 'n mens nie traak nie" – sy balanseer op die bed om Lady Di bo die gordyne af te haal – "kos baie werk. Dit beteken jy moet jou seer só diep wegbêre dat jy later nie meer weet wat is waar of hoe jy regtig oor dinge voel nie." Sy vryf oor die pop se stomp hare wat sy self eendag op laerskool versnipper het.

Sy besef nou wat die vorige vakansie so aan haar ouma en oupa gevreet het. Hulle was maar net skrikkerig omdat sy besig was om groot te word en moeilike vrae kon begin vra. Soos wie haar regte ma en pa is. En omdat hulle haar nie meer as 'n ligte bruinmens kon uitmaak nie. Toe sy klein en songebrand was en nog volks gepraat het, was dit maklik, maar nou's sy so wit, sy kon net sowel Snow White gewees het.

Sy't gedog hulle verwerp *haar*, terwyl *hulle* weer bang was sy sou dink hulle is nie meer goed genoeg vir haar nie noudat sy so blank uitgedraai het.

Sy strek haar bo-oor haar klere op die bed uit. Sy wil nie eens dink aan al die tyd wat sy gemors het deur hulle te verwyt omdat sy kinderhuis toe moes gaan nie. Noudat sy gesien het hoe oud Dadda geword het ná sy siekbed, kan sy haar nie 'n lewe sonder hulle indink nie.

Maar soos oom Issaskar altyd sê: 'n Mens kan nie die verlede oordoen nie, maar jy kan altyd besluit wat jy met die toekoms wil maak. En met dié gedagte raak sy aan die slaap.

Sommer van die tweede dag van haar vakansie al val Vaseline in om oupa Simon te help. Sy sien veral uit daarna om saam met hom uit te ry na die omliggende plase soos toe sy nog klein was.

"Moe' nou nie julle padkos en koffiefles stat en vagiet nie," maan Ouma.

Vaseline waai vir haar ouma terwyl hulle by die hek uitry. "Wanneer gaan Oupa dan vir my ook leer bestuur?" Sy lig al klaar die koekblik se deksel om te sien watse padkos Ouma vir hulle ingepak het.

"Ons ka' maa' so maak as jy wil. Jy't van kleins af op my skoot gesit as ons ry en kamstig die stuurwiel gedraai. En lat ek net try vir jou afhaal, dan skrie jy soos 'n maer varkie."

Vaseline knik tevrede. Wat sal Texan en Killer daarvan sê as sy terugkom by die kinderhuis en hulle hoor sy't leer motor bestuur?

Buite die dorp, ná 'n hele ent se grondpad, kom die bakkie rukkend voor 'n groepie huise tot stilstand. Onmiddellik sak 'n skare kaalvoetkindertjies op hulle toe. Oupa klim steunend uit en begin lekkers uit sy sakke te voorskyn bring.

"Watse oordadigheid is dit met julle, sjoe-sjoe!" jaag die vrouens die kinders opsy. Maar hulle self is effens traag om vorentoe te kom.

"Oupa, wat gaap hulle my so aan? Ken hulle nie van nie?" glimlag Vaseline.

"Hulle is maa' net nie gewoond dat ek iemand saambring nie," knipoog Oupa terug

"Môre, my kleinnôi," groet een versigtig terwyl sy haar kopdoek skamerig regskuif.

Vaseline weet vir 'n oomblik nie hoe om te reageer nie en kyk onseker na haar oupa.

"Dis nie 'n nôi hier'ie nie, dis my kleinkind. Sy help haa' oupa bietjie vir die vakansie," kom hy tot haar redding.

Die kopdoekvrou sit haar hand oor haar mond. "Haai, jirre, nè? Ka' dit wies?" wonder sy hardop.

Daarna is daar geen keer aan al die vrae nie. Oupa Simon lag net.

"Wat's julle so lastig vandag? Dis vir my om te wiet en vir julle om te vagiet," terg hy vir oulaas by sy ruit uit nadat hy klaar almal se bestellings afgelaai het.

"Nou skinner daai vroumense non-stop totdat ek wee' hie' verbykom," lag Oupa.

Vaseline sien in die truspieëltjie hoe die groepie vrouens en kinders hulle steeds agterna staar.

2

Dis die meeste wat sy nog ooit na 'n jaar uitgesien het, dink Vaseline in die bus op pad terug na die kinderhuis. Sy sit die hele tyd daaroor en droom om Texan weer te sien.

Texan wag haar nie by die hek in soos sy haar voorgestel het nie, maar Diesel Magotsi hardloop langs die bus en vat haar vanity case deur die venster aan.

"Wag tot jy die nuwe naamlyste sien, Vas!" roep hy terwyl sy met al haar pakkerasies by die bus uitklim en net moet keer om niks te laat val nie. "Meneer het jou toe wraggies saam met Killer ingedeel, lucky ding!"

"Ghaai jy met my, Magotsi? As jy lieg, gee ek jou niks van my ouma se eetgoed nie, gehoor?"

"Sal ek nou vir jou lieg? Dis al wat ek die hele vakansie gehad het om te doen, om daai name oor en oor te check. En julle is nie sommer in watse huis nie, maar in die eenheid reg langs ons!"

"Genuine?" Vaseline kan haar opgewondenheid nie keer nie. Dink net, saam met haar beste vriendin en in die eenheid net langs Texan. Jippiee!

"Oe, en julle antie is iets om te beleef! Jy sal dit moet sien om te glo," rol Diesel sy oë.

"Waar's Texan dan?" Vaseline kyk oor die koppe rond.

"Die Peppies is mos op 'n sportkamp, het hy jou nie gesê nie?"

"Agge nee," kerm Vaseline, "ek't skoon daarvan vergeet. Ai. Nou wanneer kom die ouens terug?"

"Weetie." Diesel sukkel met haar koffer teen die trappe aan die onderpunt van die gang op.

Voor die nuwe eenheid kyk hulle vir mekaar. "Klop!" wys Diesel vir haar.

Vaseline draai skuins om met die agterkant van haar hand teen die deur te klop sonder om haar vrag neer te sit.

"Whaddya want?" roep 'n stem.

Diesel maak die deur oop, glimlag vir Vaseline en maak hom uit die voete. Op die sitkamerbank sit 'n vrou. Haar skoene lê uitgeskop op die vloer en die voetsool wat Vaseline kan sien, is vuil, terwyl die toonnaels se politoer getjip is. Langs haar is 'n asbakkie wat amper oorloop.

"So?" Die vrou kyk op in 'n wolk sigaretrook.

Vaseline skrik vir die Engels, sy's nie op haar gemak daarmee nie. Sy wonder of die tannie dan nie weet dis streng verbode vir die personeel om voor die kinders te rook nie.

"Ek's Vaseline . . . uhm, Helena Bosman. Ek's ingedeel om in tannie se huis te wees. Graad 11-prefek?" sê sy huiwerig.

Die vrou kyk nie na haar nie maar bly doenig met die televisie se afstandbeheerder.

"Oh well, vat vir jou 'n bed waar jy like en dan kan jy my kom help om hierdie TV in te stel. Ek's 'n girl wat nie graag my soapies mis nie."

Vaseline is bitterlik spyt Killer is nog nie terug nie. Sy't 'n gevoel hier kom nog baie sports. Sy loop in die gang af tot by die heel laaste kamer, langs die agterdeur by die staalwenteltrap.

In elke eenheid is dit die kamer wat almal wil hê, want dit het net twee beddens in plaas van die gewone vier of vyf, en net prefekte of matrieks mag normaalweg daar slaap. Die Holiday Inn. Dis die eerste keer dat Vaseline in een van dié gesogte kamers kan bly soos Tara en Denise-hulle destyds. Die Holiday Inn in elke huis het ook 'n deur, wat beteken jy het baie meer privaatheid.

"Dis die béste!" sê Vaseline sommer hardop vir haarself. Sy leun teen die breë vensterbank om te kyk wat hulle kamer se uitsig is. Die venster kyk uit op die verdorde rugbyveld en skuins na regs op die Voordewinds se woonstel op die onderste verdieping van tannie Hilde se huis. Die grootste bonus is natuurlik dat die vensters van tannie Hilde se seunseenheid na Vaseline-hulle se kant toe uitkyk, dus sal sy definitief vir Texan kan sien.

Sy draai weg van die venster en probeer besluit watter kas sy wil vat en watter een Killer van sal hou. Terwyl sy uitpak, kyk sy aanmekaar deur die venster na die oorkantste wenteltrap om te sien of die Peppies nog nie ingekom het nie.

Sy't in die eerste week van die vakansie nie minder as drie

briewe vir Texan kinderhuis toe gepos nie. Hy't nooit teruggeskryf nie, maar hy't darem 'n paar keer gebel. Later het hy ook nie meer gebel nie – iemand het seker weer in 'n woedebui die tiekiebokse bygekom.

Sy wonder wie se kop weer hierdie vakansie uitgehaak het. Soms mors die kinders verskriklik met mekaar as hulle verveeld is. Eenkeer op Bart se verjaardag het hulle hom laat roep van die gronde af. Gesê sy ma het opgedaag ná al die jare en sy wag vir hom by die voordeur. Hy't aangehardloop gekom, net om by die leë besoekersbankie te besef dis 'n lieg. Daai dag het Bart meer goed stukkend geskop en geslaan as wat hy in 'n jaar sou kon afbetaal.

Op die oorkantste trap sien sy vir Diesel sit en sy wink vir hom deur die venster. Sy dink nie die nuwe tannie sal eens weet die seuns mag nie in die meisiehuise kom nie. Sy kry hom by die agterdeur, wat nie gesluit is nie, nes sy vermoed het. Dit lyk nie of dié tannie haar veel aan die reëls steur nie.

"As jy sal stilsit en nie winde los nie, kan jy in die Holiday Inn kom terwyl ek uitpak, okay? Maar jy gedra jou!"

Diesel wurm hom tussen stapels klere en beddegoed in. "Het jy gesien die pakkamers langs Pappa Kaaskop se plek op die grondvloer is in 'n tweede woonstel verander?" vra hy.

"Is dít wat dit is? Ek dog ek sien nuwe gordyne daar onder."

Net toe gaan die woonsteldeur oop en Vaseline en Diesel is dadelik by die venster. 'n Fyn geboude meisie met 'n statige stappie kom uit en sluit die deur agter haar. Sy't 'n kort somersrokkie aan met 'n sagte gehekelde truitjie bo-oor. Haar sandale is hoog en modieus en laat haar eerder na 'n volwasse vrou lyk as 'n matriekmeisie.

"Druk my deur 'n doughnut, sê tog vir my dis nie waar nie!"

"Jip," sê Diesel en val weer op die bed neer. "Die einste Esmé Demmit Hefner het by haar pa-hulle uitgetrek en hier kom intrek."

"Siesa, moenie so lelik wees nie. Ek sou nie gemind het as ek 'n naam soos Esmé Emmet Hefner kon hê nie. By die prysuitdeling klink dit altyd so ghrênd as hulle dit afkondig."

Diesel rap met blaasgeluide wat hy met 'n bakhand oor sy mond maak. Vaseline lag en gooi 'n stapel klere bo-op hom.

"Ek kry nie die blooming TV ingestel nie," gaan die kamerdeur onverwags oop. Vaseline draai só dat sy voor Diesel se skurwe voete staan wat onder die klere uitsteek.

"Weet daai kind nie hoe om dit te doen nie?" wys die tannie verby Vaseline na Magotsi wat tjoepstil lê. Haar sigaretas val af en maak 'n wurmpie op die vloer.

"Uh, ja – sharp, tannie," kom Diesel van tussen die stapels te voorskyn. "Ek's die local McGyver as dit by household appliances kom."

"Oh and," roep die tannie oor haar skouer terwyl sy Diesel terug sitkamer toe volg, "I'm Meredith Pike."

Vaseline wag haar óp vir Texan-hulle se bus om te kom. Gelukkig gaan dit altyd dol in elke eenheid die aand voor 'n nuwe kwartaal begin.

"Dis soos 'n party hier in Meredith Pike se huis," probeer Vaseline vir Killer, wat pas ingekom het, verduidelik. "Sy's totally clueless oor die kinderhuisreëls. Lekker, nè?"

"Wel, ten minste het ons ons eie kamer en 'n deur wat kan toemaak as dinge te erg handuit ruk," sê Killer en bekyk die Holiday Inn.

Sy lig haar toppie op om vir Vaseline die naeltjiering te wys wat sy in die vakansie laat inskiet het. Nie net dit nie, daar's ook 'n sirkelvormige tattoo om haar naeltjie.

"Wat gaan jy maak as ons LO het?"

"Relax, man. Dis net 'n stick-on, en die ring kan ek altyd uithaal. Natuurlik het ek dit nie vir Wessel se ma-hulle gewys nie, hulle is erg ordentlike mense. Ek was anyway net lus om iets te doen wat nie deur 'n bloomingse reël voorgeskryf word nie."

Vaseline lyk nie te beïndruk nie.

"Ag toe, almal het nie kloosterkoeksmaak soos jy nie," kap Killer terug.

Gelukkig skrik Vaseline lankal nie meer vir haar vriendin se bitsigheid nie. Dis maar net hoe Killer geleer het om haarself te verdedig.

"Jy sê Pike probeer nie eens orde hou nie?" Killer hop op haar bed om te voel of die matras uitgelê is.

"Dis crazy soos die oorgeskuifde kinders vloek en skel oor die kamermaats wat vir hulle aangewys is of nie aangewys is nie. En inbly-kinders soos Bart en Diesel loop natuurlik die wêreld vol rond om hulle pelle se nuus te hoor. En jy moet sien hoe die ouens smokkel, dis net pulleys en gespande toue tussen die huise waar jy kyk. Pike is te veel op haar eie stasie om te weet sy moet vrede bewerk en sorg dat almal se uniforms reg is vir môre," vertel Vaseline terwyl sy op haar bed teen die vensterbank leun sodat sy dadelik kan sien as iemand teen tannie Hilde se trap opklim.

"Hoezit?" Killer wip van haar bed af en pluk hul kamerdeur oop, want die kleintjies klop aanhoudend by die Holiday Inn.

"Waar's ons tannie?" kerm 'n koor klein gesiggies.

"Kom, ek loop saam met julle dat julle net uitgesorteer kan word en ons met rus kan laat," sê Vaseline en vat die voorste een se hand.

Killer kom agterna. "Lyk my nie sy's hier tussen die hordes nie," sê sy ná sy in die gang af geskree het en die rumoer effens bedaar het.

"Tannie Meredith, uh, mevrou Pike?" roep Vaseline versigtig by die woonsteldeur wat oop staan.

Niks.

“Shite.” Killer klop aan die oop deur terwyl Vaseline aan die bopunt van die gang staan om die kleintjies te keer wat weer uit hul kamers wil glip.

“Missies Pike?” roep Killer harder.

Die binneste kamerdeur gaan oop. Meredith Pike staan daar in net ’n T-hemp met ’n glas in die hand.

“Yeah?” brom sy vies.

Glas spat.

“En nou?” Vaseline sit kiertsorent. Dis al laat en hoewel sy en Killer nog lê en gesels, is die ligte in hulle huis reeds af.

“Dit was nie in ons huis nie.” Killer maak hulle kamerdeur op ’n skrefie oop om beter te kan hoor. Als is donker en die enigste geluid is ’n stukkende toilet waarvan die water aanhou loop.

Loeloe, wat saam met Killer uit Missies Frankot se huis na Pike se eenheid oorgeplaas is, sluip die gang af na die Holiday Inn. “Dis oorkant,” wink sy vir Vaseline-hulle.

“Doer, kyk, kamer 1 in tannie Hilde se eenheid. Iemand het ’n moewiese gat in daai ruit geskop,” beduie Loeloe oor Vaseline se skouer.

“Die klein kak, dis Gideon. Sien julle? Daar sit hy agter die gordyn,” wys Killer. Al die ligte in die seunseenheid is nog aan. Dit lyk vir Vaseline of tannie Hilde sukkel om die klomp tot bedaring te bring.

“Ko’ ons gaan kyk by die kombuisvenster, dis die naaste,” beduie Killer.

Vaseline en Loeloe volg. Loeloe se bene lyk vir Vaseline soos twee wit hamme wat by haar pajamajurkie uitsteek. Sy hou van hoe Loeloe nie skaam is vir haar lyf nie.

Diesel hang reeds aan die diefwering aan die oorkant, reg met die nuus. “Dis Bart Simpson!” roep hy gedemp. “Daai lang kop van hom het weer heeltemal uitgehaak en hy’t die fyn horries gekry omdat Brutus sy matras afgevat het. Ha, toe skop hy daai ruit een go in sy moer!"

Vaseline klim langs Killer op die wasbak om beter te kan hoor. Die wasbak kraak onder hulle twee se gewig.

"Hoe lyk sy voet? Is hy orraait?" wil sy bekommerd weet.

Op daardie oomblik kom tannie Hilde haar kombuisarea binne en Magotsi val amper deur die venster soos hy die tralies los om agter 'n studiebank in te koes. Aan dié kant koes Vaseline en Killer ook. Loeloe hou kywie vir as Pike sou wakker word.

"Dis omdat die Peppies nog nie in is nie dat die kleintjies so uitrafel," sê Loeloe en beduie hulle kan maar gang toe kom.

"Vassie," sê Sadie, wat van die onderpunt van die gang af kom, "daar's agterdeur vir jou!"

Vaseline hardloop geluidloos in die gang af.

"Texan!"

Hulle oë gryp mekaar vas terwyl hy nog met versigtige treë by mevrou Pike se wenteltrap opklim dat dit nie te veel moet kraak nie. Sy kan sy toksak nog net so onder sien lê waar hy dit neergesit het om haar gou te kom groet voor hy inteken.

"Hei," fluister hy uitasem en sit sy koue hande bo-oor hare op die tralies van die sekuriteitshek. Hy steek sy arms deur so ver hy kan en trek haar nader.

Vaseline voel skielik skaam en haar hart klop in haar keel. Hulle soek vinnig deur die hek mekaar se monde en giggel vir die gesukkel om hulle gesigte naby genoeg aan mekaar te kry.

"Hm, dis mos nou baie beter," sê Texan en druk vir oulaas haar hand. "Cheers, sien jou môre!"

Vaseline bly staan om te kyk hoe Texan die oorkantste trappe drie op 'n slag ophardloop. Sy sien dat Bart en Diesel by hul kamervenster als sit en dophou het. Sy kan net-net uitmaak dat Bart vir haar 'n oe-alla-vinger wys.

Texan is nog skaars by die agterdeur van sy eenheid in, toe roep

Loeloe "Tjips!" in die gang. "Sjoes," wys sy met haar vinger voor haar mond en beduie na die skaduwees in die tuin onder hulle.

Vaseline moet twee keer kyk voor sy iets kan uitmaak. Eers toe die donker gedaante stadig vorentoe beweeg, besef sy met 'n skok wie dit is.

"Dink jy hy't ons gesien?"

"Ek dink nogal nie hy's agter julle bloed aan nie. Kyk waar stop hy nou. Tussen die lang bome en net mooi, bet ek jou, waar 'n mens in Pike se woonstel kan inkyk."

Jan-Hendrik Hefner op patrollie.

"Verdeksels, ons het al weer verslaap!" Vaseline skop haar beddegoed met mening af. "Killer, word wakker! Pike het vergeet om ons te kom roep." Sy ruk aan haar vriendin se skouer, maar Killer kruip net met 'n kreun dieper onder die duvet in.

"Shit, shit, shit!" Vaseline hop tussen haar kas en haar bed om so blitsig moontlik al haar goed bymekaar te kry. "Dis nou al die hoeveelste keer hierdie kwartaal wat ons laat is, en ons is prefekte! Pike het seker weer verslaap. Killer, staan op!"

"Los my. As ons klaar laat is, is die hele huis in elk geval deurmekaar." Dan skuif sy tog stadig regop. "Verdomp, ek word nou stadigaan gatvol vir dié spulletjie."

Vaseline trippel gly-gly op haar skoolsokkies deur 'n warboel jonger meisies wat histeries rondskarrel om 'n oop wasbak in die badkamer te probeer kry.

Ná nog 'n paar dae van totale chaos soggens in Vaseline-hulle se eenheid, besluit mevrou Pike om die prefekte vir die huis se wakkermaak verantwoordelik te hou.

"Nice, nou skuif sy dit net op ons af en sy word die ellende van die oggendsirkus gespaar. Die government kan ons maar net sowel 'n salaris begin betaal," sê Killer vies toe sy en Vaseline van hulle nuwe pligte in kennis gestel word.

"Die voordeel is ons kan die huis so te sê op ons eie run. As ons die kinders soggens aan die gang en saans in die kooi kan kry, beteken dit Pike gaan ons uitlos dat ons die res van die tyd ons eie ding doen. Sy tjek al klaar nooit eens op ons nie," maak Vaseline haar sommetjies.

Een aand omtrent 'n maand later sit Vaseline-hulle die Holiday Inn vol, sy en Loeloe op die een bed en Killer en Sadie Eland op die ander. Killer is besig om die muur bo haar bed te versier. Sy hang bossies gedroogde blomme onderstebo teen die muur en plak 'n enkele roos wat Wessel vir haar gegee het langs 'n groot poster van 'n seuntjie wat 'n dogtertjie soen.

"Wat's op TV vanaand?" wil Loeloe weet. "Dis so boring hier."

Vaseline wil sê hulle kan vra om by tannie Hilde se huis by die seuns te gaan koffie drink, maar sy bly liewer stil. Netnou is haar vriendinne al moeg vir haar voorstelle, wat altyd iets behels wat maak dat sy vir Texan sal kan sien.

"Ek weet wat!" Killer leun met 'n vreemde glimlaggie terug. "Vanaand gaan ons agter die kap van die byl kom."

"Righto!" klap Loeloe hande.

"Bedoel jy die tannie?" vra Sadie huiwerig.

"Natuurlik bedoel ek Miesies Meredith Pike. Wie anders werk kamma as 'n kinderversorger maar laat die prefekte in haar huis al die werk doen? Dis nou al meer as 'n maand en sy ken nog nie eens almal in haar eenheid se name nie!"

"Ons kan dit sommer nou doen," sê Loeloe en spring op. "Die kleintjies slaap lankal en ons het wanneer laas ons liewe huismoeder gesien."

"Killer, sê nou jy's verkeerd en ons loop almal vanaand ons rieme styf, hè?" probeer Vaseline keer, maar hulle bondel tog agter Killer aan in die gang af.

Die huismoeder se woonsteldeur is nie gesluit nie, maar Vaseline weet dis blote toeval. Dié tannie steur haar nie aan die reël wat sê dat die kinderversorgers se deure ten alle tye oop moet wees nie.

Killer druk die deur stadig wyer oop. "Tannie Pike, joehoe, tannie Pike?" roep sy saggies.

Vaseline hou haar asem op, maar Killer stap selfversekerd reguit op die huismoeder se kamerdeur af.

"Kom ons draai liewer terug, Vas," sê Sadie en pluk aan Vaseline se mou.

Loeloe sny hulle egter af. "Aikôna, soekawêna! Julle twee bangbroeke kom saam," sê sy en staan die deur agter hulle vol.

Killer maak luiters die slaapkamer se deur oop en druk haar kop in. Ná 'n paar oomblikke trek sy haar kop terug en kyk om.

"Wat het ek vir julle dames gesê? Ek kén van, girlfriends. As julle my nie wil glo nie, kom kyk self," sê sy met 'n vreemde glimlaggie.

Vaseline tree versigtig nader, maar voel nog steeds asof haar naam enige oomblik kliphard oor die interkom afgekondig gaan word omdat sy by 'n huismoeder se kamer inloer.

'n Wynbottel en 'n glas langs die bed.

Meredith Pike lê uitgestrek bo-oor die bed, nog met al haar klere en een skoen aan. Die ander skoen lê op die vloer voor die bed.

Vaseline dink skielik aan iets wat Puck eenkeer gesê het: dat baie mense wat by kinderhuise kom werk 'n skeleton in die closet het en dink dis 'n easy job en 'n goeie plek om te kom wegkruip.

"Ek't jou mos gesê, Helena, jy moet bietjie oplet hoe haar hande die hele tyd bewe," sê Killer triomfantlik toe hulle terug in die Holiday Inn is. "En daai vreemde reuk waarvoor sy aldag verskoning maak, is nie 'n abses in haar tand nie. My stiefpa het net so gestink. 'n Mens vergeet nie gou daai stank nie."

3

"Aandag, alle personeel en kinders. Daar sal 'n fondsinsamelingsete deur 'n damesorganisasie van die dorp hier in ons saal gehou word waarvoor kaartjies te koop is. Kinders word aangemoedig om hul ouers, familielede of vriende te nooi. Alle graad 11's en 12's sal betrokke wees," hoor Vaseline die hoof afkondig.

Vaseline en Killer sit regoor mekaar in kamer 3 van mevrou Claerhout se huis. As prefekte het hulle vrye toegang tot al die eenhede en mag hulle deur enige tannie ingeroep word om te kom help as dit nodig is.

"Tannie Hilde het vir Texan-hulle gesê die Peppies gaan almal soos waiters aantrek en die tafels bedien," vertel Vaseline.

"En wat van ons dan?"

"Ons gaan die kos voorberei. Dit gaan groot sports wees, man!"

"Julle almal se holle . . ." kerm 'n stem.

"Lê stil, Albie," sê Vaseline streng. Sy en Killer sit met hul voete op Albie se rug. Darem nie met hul volle gewig nie, maar genoeg om haar op die vloer vasgepen te hou. Mevrou Claerhout het haar gevang dat sy in haar huis rondsluip en in kaste krap.

"Mag ons kies watse kos ons wil maak?" wonder Killer. "En dink jy ek sal die Griesels kan nooi?"

Albie slaan en skop so dat Vaseline en Killer omtrent moet vastrap om haar onder te hou.

"Ek dink die dorpstannies werk hierdie ghrênd spyskaart uit asof dit 'n wafferse restaurant is en dan help hulle ons saam met tannie S'laki en tannie Hilde om dit self te maak. Nooi die Griesels, dis sal só fantasties wees!"

"Ma se poe . . ." spartel dit onder hulle.

"Hei," skop Killer van bo af, "tel jou woorde, dogtertjie, voor jy my hak in jou mond kry!"

Vaseline voel hoe haar binnegoed skielik draai van opwinding. Sy't 'n blink idee gekry.

"Wat?" vra Killer. "Ek ken daai look van jou, Vas, uit met dit!"

"Sjoe," blaas Vaseline haar asem uit, "ek gaan hulle nooi." Sy glimlag van oor tot oor, so bly maak die gedagte haar.

"Wie? . . . Ooo," snap Killer, "jou ouma-hulle? Wel, ek het nooit gedink ek sal die dag sien wat Helena Bosman, amper 'n caramel girl maar toe okkie, die moed sal hê om dáái boks geheime oop te maak nie! Wow, girl!"

Vaseline se glimlag verflou. "Dink jy dis verkeerd? Moet ek liewer nie die kans vat nie?"

"Hemel, Vas, ek moer jou sommer. Dis wonderlik, obviously moet jy dit doen. Jy nooi die Bosmans en ek nooi die Griesels. Deal?" Killer steek haar hand uit.

Hulle kap deur en besef gelyk dat dit al 'n tyd lank stil is onder hul voete. Hulle lig haastig hul voete van Albie af op, maar Albie lê rustig vas aan die slaap.

"Belowe my net een ding, Vas," fluister Killer, "jy gaan vir Texan lank genoeg voor die tyd hierop voorberei, nè?"

Vaseline kyk na haar tone.

Vaseline breek omtrent die maatskaplike werker se kantoordeur af om 'n spreekbeurt te kry.

"Oom Issaskar! Ek wil my oupa-hulle laat kom, maar ek's só bang en ek weet nie wat almal gaan sê nie en ek wil graag hê hulle moet vir Texan ontmoet en vir Killer en Loeloe en Pizzaface ook . . . Dink Oom hulle sal kom, dis so vrek ver, maar Killer sê dis nou of nooit en ek moet aan die diep kant inspring . . . Oom onthou mos hulle is bruin en daai hele ou storie van my wat toe wit uitgedraai het en . . ."

"Hokaai! Stop eers, netnou kap jy hier in my kantoor om van nie behoorlik suurstof kry nie, juffroutjie," lag meneer Kedibone.

Ná Vaseline haar idee met hom bespreek het, skryf sy dadelik 'n brief huis toe. Tannie Hilde het stilletjies aangebied om die reiskaartjies vir ouma Kitta-hulle te betaal, indien hulle bereid sou wees om die lang pad aan te pak.

"Wat's jy so opgewonde oor die hele storie?" wil Texan ná aandete weet.

"Kan jy nie dalk jou ma . . . ?" begin Vaseline, voor sy met 'n skok onthou dit sal mos Texan se hele geheim weggee. "Sorry, ek't skoon vergeet. Hoe gaan dit met jou ma?" vra sy sommer om die onderwerp te verander voor hy kan kwaad word.

"Sy't nou werk gekry in 'n fabriek in Maitland en sy't darem 'n telefoon by die werk waar ek haar kan bel, so sy's seker okay onder die omstandighede."

"Dink jy nie die ete is 'n goeie idee nie?" vra sy huiwerig.

"Pla dit jou nie dat dit 'n fondsinsamelingstorie is nie, Vas? Jy weet, ons-eet-visgrate-so-ou-ons-tog-'n-randjie?"

"Ek het nie so daaraan gedink nie. Net dat dit iets is om na uit te sien en dit gee ons meisies 'n kans om te kook, iets wat ons nooit hier mag doen nie, dis maar al."

Texan moet gesien het sy voel seergemaak, want hy stamp haar grapperig teen die skouer.

"Jy! Mooiding?" fluister hy saggies terwyl hy vir 'n oomblik teen haar leun.

Sy bloos, maar kyk nie na hom nie. Texan lag.

"Toe maar, ek's seker dit sal okay wees, solank daar net niks embarrassing gebeur wat ons soos hokrotte laat lyk nie. Bye," sê hy en draai af na sy eenheid toe.

"Wat lyk jy nou so bekaf? Het Texan iets gesê?" Sadie kom haak van agter af by Vaseline in. Sy ken ook Vaseline se geskiedenis.

"Ek kry dit net nie reg om vir Texan van my ouma-hulle te vertel nie. Jy weet hoe op hulle eer gesteld die Peppies is. Sê nou hy freak heeltemal uit as hy hoor ek kom uit 'n kleurlingfamilie terwyl hy nog heeltyd dink hulle is almal wit soos ek?"

"Mense wat nog met sulke goed probleme het, is agter die klip. Wat is anyway deesdae so snaaks daaraan om white-but-not-quite te wees? Iewers is daar seker maar 'n krakie in jou familie en toe slat jy so wit deur." Hulle lag lekker.

Vaseline sug net diep terwyl hulle in die gang af loop sitkamer toe. "Hierdie storie stres my uit."

Sy is sommer lus en vertel vir Sadie van Texan se hele storie. Dat iemand net beter kan verstaan en vir haar kan sê wat om te doen. As sy net vir haar vriendinne als kon vertel, sou alles makliker gewees het en sou hulle haar kon help beplan hoe om haar ouma-hulle aan Texan voor te stel.

Miskien is sy net te negatief oor die hele affêre. Miskien sal Texan wanneer hy haar ouma-hulle sien, besef watter lang pad Vaseline al met hierdie goed saamkom en dat sy hom beter as enigiemand anders verstaan. Miskien gryp hy haar net daar vas en soen haar voor almal.

" 'n Mens moenie paranoid wees nie." Dis asof Sadie haar gedagtes lees.

Vaseline voel sommer beter. Natuurlik gaan Texan verstaan! Sy is onnodig bekommerd.

Sy voel soos die dag toe sy besluit het om op te hou wegkruip. Sy is nou gereed om klaar te maak met haar geheime. Laat almal sien wie sy regtig is en wie haar mense is.

In die kamer lê 'n briefie op haar kussing, een van daai klein geel afskeurblaadjies. Sy sien dadelik dis oom Issaskar se springerige handskrif. Sy gekrabbelde nota sê oupa Simon het gebel en indien sy gesondheid dit hou sodat hy die treinrit kan meemaak, neem hy en sy vrou die uitnodiging met graagte aan.

"Jippiee," gil Vaseline en hardloop by die deur uit om vir Killer te gaan vertel.

"Vas, chill net! Môre sal fine afloop, jy sal sien," mompel Killer vaak onder haar beddegoed uit.

"Dis klaar môre. Vandag is die dag dat my liefste, dierbaarste, beste ooitste ouma en oupa hier aankom! Ek kan nie wag nie!" Vaseline leun op die vensterbank om te kyk hoe die son opkom. Oom Issaskar het gereël dat haar ouma-hulle vir die naweek by die voorsitter van die damesorganisasie op die dorp oorbly.

"Ek hoop net nie Nazrene gaan dra 'n klomp strontstories by Texan aan nie. Wie sou nou kon raai dat haar ma die voorsitter is?" Sy draai weg van die venster en pluk Killer se beddegoed af.

By die skool is die dag ondraaglik lank. Sekondes sleep verby soos minute en minute voel soos ure. Nadat die laaste klok gelui het, stop Vaseline buite die klas haar skooltas in Bart se hande. "Ek moet hol! Dankie!" skree sy oor haar skouer.

Sy is al halfpad uit haar skoene uit voor sy bo by die wenteltrap van haar eenheid is.

"Vaseline-Helena Bosman, meld asseblief by tannie Hilde se huis aan," weerklink die afkondiging.

Sy struikel in 'n langbroek in, verloor haar balans en val skuins teen Killer se bed. "Ouw!" Terwyl sy nog haar toppie oor haar kop trek, is sy al by die voordeur uit om by tannie Hilde se voordeur te gaan klop.

"Dadda! Oumie!"

Sy storm op haar ouma af wat met haar rug na die voordeur op die sitkamerbank sit, terwyl haar oupa beleef met 'n koppie tee in die hand met tannie Hilde staan en gesels.

"Julle's hier, julle's hier! Oe, ek kan dit nie glo nie! Dis wonderlik . . . hierdie is tannie Hilde, dis my outjie se huismoeder," babbel Vaseline terwyl sy hulle omhels.

"Haai, hene, dié kind darem! Kyk net hoe groot het sy geworre van laas Krismis af, Oupa?" Ouma vee al weer trane af.

"Hokaai nou, Oupa se darling," lag Oupa toe sy weer haar arms om sy nek slaan.

Met dié besef Vaseline skielik sy's 'n prefek en dat sy haar seker meer ordentlik en groot moet gedra. Sy trek haar toppie reg en vee selfbewus oor haar hare.

Sy merk op dat haar ouma uitgevat is in 'n splinternuwe rok met skerppuntskoene wat blink. Om haar nek hang haar huwelikherdenkingskrale.

"Sjoe, maar Oumie is vir jou uitgedraai!"

Hulle praat land en sand en Vaseline sê oor en oor vir tannie Hilde dankie dat sy haar mense by die stasie gaan haal het. Vaseline weet dat haar oupa se das hom wurg en sy sien dat hy tee daarop gemors het. Skielik kry sy hulle vreeslik jammer. Hulle is moeg, besef sy. Als is boonop baie vreemd, en hulle het dié opoffering vir háár gemaak.

Dis of tannie Hilde sien wat Vaseline dink, en sy bied aan om hulle na hul gasvrou op die dorp se huis te neem sodra Vaseline hulle die Holiday Inn gaan wys het.

Op pad uit deur die voorportaal loop hulle mevrou Hefner en Esmé raak. Vaseline voel dadelik ongemaklik. Sy's bly tannie Hilde is ten minste by.

"Dit is mevrou Hefner en haar dogter, dis die Bosmans, Helena se ouma en oupa, wat al die pad van Upington se wêreld gekom het vir ons ete vanaand," stel tannie Hilde hulle voor.

Mevrou Hefner maak geselsies, maar Vaseline kan sien hoe Esmé se oë op skrefies trek. Met die wegstap kyk Esmé oor haar skouer, reg in Vaseline se gesig vas.

Haar vermakerige laggie spreek boekdele.

Die eetsaal wat met hulle vorige Kersparty so feestelik was, lyk hierdie keer soos 'n regte restaurant.

"Vas, proe gou hier. Jy sal nie kan glo dis goed wat ons self gemaak het nie," sê Killer en hou 'n happie na Vaseline toe uit.

"Nee dankie." Vaseline skud haar kop en vryf oor haar maag. "Ek's so gespanne, ek dink nie ek sal vanaand iets in my keel afkry nie."

Sy buig vooroor en probeer ritmies en diep asemhaal soos sy in atletiek geleer het. "Hete tog, mens sou sweer ons gaan vanaand ouers vra so uitgestres is ek, maar ek kan dit nie help nie. Dankie tog daar het darem ander kleurlinggaste ook opgedaag."

Killer maak die kombuisdeur wat na die eetsaal lei op 'n skrefie oop. Hulle sien die Peppies in hul wit kraaghemde en swart langbroeke soos kelners aangetrek aan die oorkant staan.

"Eina, my hart," spot Pizzaface, wat inkom om solank die voorgeregte te kry. "Daai Pep Store-laaities lyk vanaand vir jou sexy, ek sê!"

Vaseline en Killer staan reg om die kelners se leë skinkborde vir volles om te ruil. By die swaaideur loop Pizzaface en Texan amper in mekaar vas.

"Watch it, Peppie!" Rats lig Pizzaface haar skinkbord bo sy kop.

Texan vat 'n skinkbord by Vaseline aan. Sy's verlig om te sien dat hy in 'n goeie bui is en dat die Peppies hulself geniet. Onder die skinkbord sit hy aspris sy hande oor hare, nes hy destyds by die strandhuis gemaak het.

"Onthou jy nog?" terg hy.

Pure elektrisiteit. Vaseline se knieë wil knak en sy laat amper die skinkbord val.

"Lyk my hy vat dit heel goed om by jou ouma-hulle waiter te speel," sê Killer toe Texan by die deur uit is.

"Sjarrap!" maak Vaseline haar benoud stil. "Netnou hoor hy jou!"

Killer sit die skinkbord wat sy in haar hande het hard neer. Sy kom staan reg voor Vaseline met haar hande in haar sye.

"Helena Williehorie, sê asseblief vir my dat jy vir daai Peppie gesê het wat jy al lankal vir hom moes gesê het?"

"Dis nie nou die tyd om met my te baklei nie, Killer! Ek gaan nóú vir hom sê. Daar was net nie 'n regte oomblik nie, regtig." Vaseline druk haastig by haar vriendin verby.

Die saal lyk amper onherkenbaar. Op elke tafel brand 'n gesellige lanterntjie. Tafeldoeke, bypassende servette en plante is deur die dorpstannies voorsien. Daar is selfs afdrukke van skilderye teen die mure opgehang, en mooi tydelike gordyne voor die vensters pleks van die ou geskeurdes.

Vaseline probeer stadig asemhaal. Haar maag pyn regtig. In een hoek van die saal, onder 'n nagemaakte outydse lamppaal, begelei Wessel Griesel vir Esmé Hefner wat viool speel. Sodra Killer klaar is met haar deel in die kombuis, gaan sy agtergrondmusiek sing.

Die tafel naaste aan die klavier is Wessel se ouers. Vaseline weet dis weer Killer wat dinge so in die fynste besonderhede uitgewerk het. Sy wens sy't soveel selfvertroue soos haar bekkige vriendin gehad.

Dit voel vir haar of sy in sagte dryfsand na haar ouma-hulle se tafel loop. Haar oupa glimlag breed toe hy haar sien.

"Geniet Oupa-hulle dit darem?"

"Ja-ja, natuurlik. Dis dan onse darling wat ons spesiaal lat ko' het."

"Hoe's die Diergaardts se huis? Is hulle orraait mense?" probeer Vaseline tyd koop, want sy sien uit die hoek van haar oog vir Texan nader kom.

"Hete, hartjie, jy vra nog. Ons word op die hande gedra asof ons ou familie is, te kosbaar." Ouma se gesig gloei.

"Is dit dan nie juis hulle dogter wat jou al jou dae se hel gegie het toe jy eers hie' aangekom het nie?" onthou Vaseline se oupa skielik die stories van Nazrene.

"Pappie, nee. Laat ou koeie lê," keer ouma Kitta.

"Mens sou dit nooit sê nie – sy's stil en op haa' plek, wel bietjie dik in die boud, maar nog nie voet verkeerd gesit nie," hou Oupa vol.

Die volgende oomblik staan Texan langs Vaseline. Hy glimlag met vraagtekens in sy oë vir haar. Sy's vir 'n oomblik lus en maak of sy net haar plig as prefek nakom en die mense by hul tafels verwelkom.

Dan haal sy diep asem.

"Oupa en Ouma, ek wil graag hê julle moet my spesiale vriend ontmoet, die een wat ek julle laas van vertel het. Dis Texan Kirby, ons hoofseun en julle kelner vir die aand," stel sy hulle voor met 'n stem wat effens bewe.

Vir 'n breukdeel van 'n sekonde aarsel Texan, maar dan steek hy sy hand uit om die oumense te groet. Gelukkig maak oom Issaskar net toe sy verskyning en red Vaseline uit haar benoudheid. Texan verdwyn om die volgende gereg te bring.

"Dis my maatskaplike werker, meneer Kedibone. Oupa het nog laas met hom oor die foon gepraat."

Vaseline verskoon haarself en laat vat kombuis toe.

"Hoe't dit gegaan?" vra Killer dadelik toe sy inkom. Pizzaface en Sadie staan ook die ene ore by.

"Heel orraait." Vaseline buk oor die agterste wasbak.

Sy gaan dit uit haar gedagtes sit. Sy gaan nie verder daaroor praat of daaroor tob nie.

Dit was sommer niks. Van die stres verbeel sy haar dinge . . . dat 'n rooigesig-Texan haar oë opsetlik vermy het toe hy wegstap.

Nege

1

Vaseline sit by haar venster in die Holiday Inn. Die wolke toring al vir dae bo die dorp, asof dit saam met haar gevoelens kook. Op die horison flikker die donderweerblitse. Sy kan 'n skoen, 'n stukkende frisbee en 'n plastieksak op die oorkantste dak sien lê. Haar oog vang aanhoudend die plastieksak wat wapper maar nie loskom van waar dit vasgehaak is nie. Nie eens die rukwinde wat stof oor die gronde opjaag voor die reën kry dit los nie.

"Soos my hart. Want dis hoe ek voel, stukkend geruk, maar ek kan nie van my pyn loskom nie," sê sy saggies vir haarself. Sy vou weer die briefie oop, al ken sy elke kreukel op die bladsy en is die woorde in haar hart se vleis ingekerf.

Jy het my gedis. Ek ken jou nie. Ons kys is af. T.K.

Die dag ná die fondsinsamelingsete, presies 'n week gelede, het Vaseline dié briefie gekry. Texan het nie eens die guts gehad om dit self vir haar te gee nie, Pizzaface het dit kom aflewer. Tipies Pizzaface het sy natuurlik eers die briefie oopgemaak en dit gelees voor sy by meneer Immelman se klas ingestorm het.

Vaseline wil nie aan haar vernedering dink toe Pizzaface die hele klas onderbreek en sê sy't 'n dringende boodskap vir Helena nie. Nie net het Pizzaface haar in die oë gesit nie, sy moes later hoor dat die brief in die gang vir Nazrene-hulle voorgelees is. Vaseline is bly sy't ten minste die verstand gehad om nie dadelik die briefie oop te maak terwyl almal vir haar kyk nie, maar dat sy dit in die kleedkamers gaan lees het.

"Flenters," snik Vaseline toe sy dink hoe sy gevoel het toe sy daai stukkie papier oopvou. Haar eerste gedagte was dat iemand haar vir 'n gat vat. Miskien was dit Nazrene? Sy sal maklik dink so iets is snaaks. Maar diep in haar binneste het sy 'n koue, bang gevoel gekry.

Orals in die gange en tussen klasse het dit vir haar gevoel of almal haar aanstaar. Eerste pouse kon sy Texan nêrens opspoor nie.

Tot in die gang by die wiskundeklas. Voor almal.

Dis waar sy Texan raakgeloop het. Nog voor sy vir hom kon vra of die brief regtig is, toe weet sy al die antwoord. Sy kon dit sien aan die manier wat hy met sy tjoms loop en praat het. Daai houding wanneer 'n mens aspris hard praat en lag sodat almal moet sien jy chuck die ander persoon.

Vaseline kap met haar vuis op die vensterbank. "Jou mislike werfetter," snik sy.

Ná kort pouse het die hele skool geweet. In die verste kleedkamer het die kinderhuismeisies om Vaseline saamgedrom. Sy't op 'n toe toilet sit en huil met Sadie wat by haar hurk.

"Hoekom? Sê my net hoekom?" Vaseline kyk op na Killer. Killer leun teen die muur. Kap-kap teen die hokkie se deur.

"Let go, Vas, just let go. Hulle is almal limp dicks." Sy leun vorentoe en trek nog toiletpapier van die rolletjie af en gee vir Vaseline aan.

"Hoezit da' binne?" stamp Nazrene-hulle aan die toe buitedeur.

"Piss off!" skree Loeloe oor haar skouer. "Gaan pis op 'n ander plek, ons is besig hier binne."

"Dis aaklig, net aaklig," huil Marietjie saam op die wasbak.

"Ek verstaan dit ook nie," snik Pizzaface, wat heelwat harder as Vaseline huil. Tussenin kyk sy vir haarself in die spieël.

"Loeloe, vat hierdie storie-aandraer hier uit voor ek haar iets aandoen," gluur Killer.

Pizzaface snuif hard en skuur met rukkende skouers by Loeloe verby. "Fine, maak maar asof ek nie pyn ken nie, maar julle weet fucking blow all van my af. Onthou dit net."

Die ure het hulle tyd gevat om in dae te verander. Die dae het net so stadig weke geword. Vaseline weet sy moet 'n slag ophou treur, maar sy kan haarself nie help nie. Sy vrees al dat Killer gaan vra om na 'n ander kamer geskuif te word.

"Ek kan net nie glo dat Texan, met wie ek al daai goed in die Kaap deurgemaak het en vir wie ek die hele tyd geskerm het, my net so kon drop nie. En nie eens mans genoeg is om dit vir my in my gesig te kom sê nie," huil sy op haar bed.

"Vas, hou nou op om jouself so te mergel, for fuck's sake," smeek Killer.

"Ek kan dit net nie vat nie! Hemel, wat van daai gemors by die see waar ek feitlik 'n hele nag lank met sy bebloede gesig op my skoot gesit het, hè? Wat daarvan? Beteken dit als nou skielik net niks? Hy kan dit mos nie net so kom afsny nie!"

Killer sug hard. Sy sit op die vloer met haar rug teen haar klerekas.

"Wie weet, miskien is dit juis omdat julle soveel intense goed saam deurgemaak het. Ek meen, met hoeveel mense van ons ouderdom gebeur sulke goed, hè?"

Vaseline sit regop. Haar ooglede is dik geswel en opgefrommelde tissues lê oral om haar op die bed.

"Jy verstaan nie wat daar tussen ons was nie! Dit was so 'n hegte band. Iets wat niemand anders deel nie en wat nooit gebreek kan word nie," snotter-stotter sy.

Killer sug weer en kom orent.

"Vas, ek weet jy voel bitterlik hartseer, maar ek's totaal en al gatlam vir hierdie gesprekke wat net in sirkels gaan en wat jou net meer laat huil. 'n Blinde kan met 'n stok aanvoel wat tussen julle is, en ek waarborg jou dis die eerste keer in daai klong se lewe wat hy homself so aan enigiemand blootgestel het. Maar dis als net so h-e-a-v-y, so intens, die hele tyd. Plus nog die druk wat Hefner op hom sit in die prefektevergaderings, altyd besig om hom te verneder en stupid te laat klink. Skielik moet Texan, wat sy lewe lank 'n skom was, hom goed gedra. Ek dink regtig dit was net té veel, té vinnig, vir té lank," sê Killer en maak die Holiday Inn se deur agter haar toe.

Vaseline kreun haar smart. Sy rol om op haar maag en kerm hardop asof haar binnegoed uitskeur. Killer se woorde laat haar nog slegter voel, want sy weet sy kan nie so aangaan nie, dan verloor sy nog al haar pelle ook.

Oor en oor maal die gesprekke, al die prentjies van haar en Texan in haar kop. Sy hoor in die gang hoe Meredith Pike vir Killer voorkeer om solank vir aandete te gaan tafel dek. Dit laat haar erg skuldig voel, want vandat die bom met Texan gebars het, doen Killer baie meer pligte as sy.

Die eerste paar dae was rou hel.

Sy het Texan oral probeer inwag. Op pad skool toe soggens, in die skoolgange as hulle rye by mekaar verbyloop, onder die paviljoene, langs die rugbyveld, selfs in die eetsaal of op die kinderhuisgronde. Dit was vernederend. Meestal het hy net weggedraai die oomblik wat hy haar gewaar. Sy het gou agtergekom die Peppies spot met haar en lag haar uit omdat sy so agter Texan aanloop, maar sy het nie omgegee nie.

Die laaste keer wat sy probeer het, het Texan tot by haar geloop, haar met kil oë stip aangekyk en deur sy tande gesis: "Jy maak jou naam cheap. Kry dit nou eenmaal in jou kop dis verby, en los my fokkenwil uit!"

Vaseline begin van voor af huil toe sy daaraan dink. Daai

woorde, die wreedheid daarvan, het deur haar gesny. Dieselfde skewe glimlaggie wat haar hart voorheen laat bokspring het, het haar nou skielik aan iemand anders laat dink.

Juice.

Miskien het die twee broers tog meer in gemeen as wat sy ooit wou raaksien.

Uiteindelik, ná nog 'n week of wat, hou Vaseline op huil. "Wat klaar is, is klaar," sê sy vir Killer waar hulle stapels ou klere in die sitkamer sorteer. "Ek's moeg en sat om die groot pateet hier rond te speel. Jammer dat ek so aangegaan het en thanks dat julle my heeltyd verdra het."

"Ook maar net-net," spot Killer.

"Glo my, nou wat ek die simpel vent nie meer wil sien nie, nou is dit amper 'n saak van onmoontlikheid om hom mis te loop. Vreemd hoe sulke goed is, nè?"

"Jip, die vibe tussen julle twee maak die prefektevergaderings nogal aardig. Hoe stiller jy is, hoe meer uittartend raak Texan. Nou's hy weer die Peppie van ouds, die ene skom." Killer snuif aan die Tippex waarmee sy tussendeur haar toonnaels verf. "Dis natuurlik te sê, ás hy vir die vergaderings opdaag."

"Waar's die antie?" Loeloe kom sleepvoet die gang af.

"Waar dink jy is sy? Ons gaan maar solank aan met die ou klere, die wasgoednommers moet nog afgetorring word sodat die goed vir die volgende spul uitgedeel kan word." Killer skroef haar Tippex toe.

Loeloe skakel die ketel aan. "Kan ons gou skelm koffie maak? Is hier suiker en melk?"

Vaseline dink skielik aan hoe die Peppies gelag het toe Texan die brief wat sy vir hom geskryf het opskeur terwyl hy wéét sy kyk. Gelukkig dat hy dit nie gelees het nie, want dis die brief waarin sy gevra het of hulle nie ten minste net vriende kan wees nie.

"Psst, Vaseline! Killer?" roep iemand by die venster.

Dis Pizzaface. Sy hou haar deesdae maar skaars en waag dit nie sommer om in Vaseline-hulle se eenheid te kom kuier nie.

Killer maak die venster oop. "Wat soek jy?"

"Het julle gehoor? Texan en die skoolhoof het vandag stry gekry buite die klas. Julle moes net gehoor het hoe hans was daai skomgat met die meneer!"

"Gaan speel eerder met jouself," sê Killer en haak die ruit weer toe.

"Dis oor hy vir Nazrene in die biblioteek geklap het!" Pizzaface skree net harder.

Vaseline smyt die swart sak vol klere eenkant toe en spring op. Sy maak die venster wyd oop. "Vlieg in jou dizzy moer in!"

"Magtag, Vas!" Loeloe trek aan haar skouer. "Ek't nie geweet jy kan ook só praat nie. Los haar, sy probeer net in ons goeie boekies kom deur stories aan te dra. Hier's jou koffie en word net verdomp rustig." Loeloe gee vir haar 'n beker aan.

"Kan julle dit glo? Ek meen, ons almal weet Nazrene verdien 'n goeie klap, maar vir hom om so min respek vir homself te hê om sy hand teen 'n vrou te lig, is verregaande." Vaseline vlie by die deur uit sonder om aan haar koffie te raak.

Gelukkig is die maatskaplike werker alleen in sy kantoor. "Kan oom die vermetelheid glo?" gaan sy gal af.

Meneer Kedibone het klaar 'n oproep van die skoolhoof oor Texan ontvang. Hy wieg ingedagte op sy stoel met sy hande in sy skoot gevou. "Helena, ek sal hom vanmiddag inroep, moet jy nou nie gaan staan en inmeng nie. Gee hierdie outjie baie ruimte. Dis 'n mannetjie wat op die oomblik in 'n worstelstryd met homself en sy verlede verkeer. Ek het dit al baie voorheen gesien, maar dis 'n saak vir my en sy huismoeder, nie vir jou nie. Ja?"

Vaseline knip haar trane weg. Sy's moeg vir huil en kerm en wonder.

En hoop.

Dis asof sy in twee gedeel is. Net so sterk soos wat sy haar liefde vir Texan bly voel en nog steeds droom dat hulle weer by mekaar gaan uitkom, net so sterk is 'n ander gevoel wat in haar opgeskiet het.

Haat.

"Oom weet, ek't altyd gedink die seerste seer is wanneer mense wat jou nie eens ken nie, dink jy's nie goed genoeg nie. Maar dis baie, baie seerder wanneer iemand wat jou ken en vir wie jy regtig lief is, besluit om jou sommer net uit te sny. Jou uit hulle lewens uit te chuck."

Vaseline kom in die volgende weke agter dat haat nogal sterk is. Solank soos sy vir Texan verag, is haar dae van soos 'n hondjie stert tussen die bene agter hom aanloop verby.

"Ek verpes swakheid, om chicken te wees. Dis baie nicer om sterk te wees soos wat jý altyd is," sê sy een aand vir Killer toe hulle ná ligte-uit nog lê en gesels.

Sy druk die stemmetjie dood wat in haar fluister dat haat 'n valse soort krag is. Dat haat net 'n deksel vir woede en seerkry is, en dat as 'n mens dit té lank toemaak, die hele besigheid begin gif trek binne-in jou.

As sy Texan iewers teëkom, brand haar oë soos twee gloeiende kole deur hom. Partykeer gluur hy net so vir haar terug, maar ander kere probeer hy dit aflag deur te maak asof hy dit nie eens sien nie.

Maar al sou Texan dit miskien nog kon miskyk, kan hy nie anders as om dit te voel nie. 'n Ysige gloed straal uit Vaseline oral waar sy gaan.

"Lyk my die jongetjie soek om ellende oor homself te bring," sê Sadie toe sy en Vaseline saam die nuus hoor.

Texan is nie meer hoofseun van die kinderhuis nie. Hy is onthef.

"Wel," sê Killer en trek haar skouers op, "dit was nou al verskoning wat Hefner nodig gehad het om van 'n Peppie ontslae te raak, en Texan het mooitjies in sy hand gespeel."

Vaseline sê niks. Hulle is in die linnekamer besig om wasgoed te sorteer.

Uiteindelik daag mevrou Pike darem ook op en begin help om die stapels klere reg te sit. Sadie vergaap haar so aan die tannie se agterent in haar kleefbroek elke keer as sy vorentoe buk, dat sy skoon vergeet om die lakens wat Loeloe na haar toe uithou aan te vat.

Pizzaface kom van buite af in. "Kan ek vir tannie-hulle help?" vat sy 'n slim kans om by Vaseline-hulle te wees, al is dit nie eens haar eenheid se wasgoed nie.

"Sure," sê die tannie terwyl sy haar panty uit haar boud trek met die opkomslag.

Vaseline weet Pizzaface het nie om dowe neute kom maak of sy skielik die hulpvaardigste kind in die kinderhuis is nie. Sy't vir seker weer nuus wat sy wil aandra of iets wat sy by Vaseline wil uitvis.

Pizzaface maak asof sy met die tannie praat en kyk nooit reguit vir Vaseline of Killer nie.

"Tannie weet mos wie die Texan-ou is wat hoofseun was? Brutus-hulle vertel mos dat hy ewe self sy wapentjie afgepluk en dit op meneer Hefner se lessenaar neergesmyt het. Hy't glo vir die hoof gesê om dit sideways te druk where the sun don't shine. Dis darem die toppunt van ongeskiktheid, nè, tannie?"

"Is dit dan nie jou loverboy nie, Vaseline?" vra Pike, wat heel agter die klip is.

"Hy's ou nuus, tannie," antwoord Loeloe en stamp met die aangee 'n volgelaaide wasgoedmandjie in Pizzaface se wind.

Meneer Hefner kap met 'n mespunt op die eettafel naaste aan hom. Hy staan 'n lang tyd doodstil voor hy met afgemete woorde begin praat.

"Laat ons al ons kaarte op die tafel sit. Kan iemand hier vir my sê wat van Texan Kirby geword het?"

Vaseline kyk vinnig op na tannie Hilde se tafel. Texan se stoel is leeg. 'n Fluistering ritsel deur die eetsaal.

"Hier kommit nou," fluister Killer vir Vaseline terwyl almal se oë op die hoof is wat stadig om die groot seuns se tafel begin sirkel.

"Ek herhaal: As daar enige van julle is wat inligting het oor Kirby se doen en late, sal dit in jou beswil wees om my nou daarvan te verwittig," gaan die hoof voort terwyl hy liggies met sy vuis teen Brutus Ithuba se lammie stamp.

Van waar Vaseline sit, kan sy nie Brutus se gesig sien nie, maar sy weet dat al sou hy iets weet, hy dit nooit vir Hefner sal sê nie.

"Goed. Dis julle keuse. Dan bly almal in hul huise ná middagstudie en word gehok totdat ek weet waar daai mannetjie hom bevind." Die hoof draai op sy hak om en loop met lang treë by die deur uit.

Die kinders kreun.

"Frieken hel," kla Killer, "ek wou vir Wessel gaan bel het dat ons planne vir die naweek kan maak. Watse kak!"

Ná studie sit Vaseline-hulle nog vaak vir mekaar en kyk in hul studiebanke. Die stoele is ongemaklik en almal is gatvol. Sadie lê vooroor op haar arms.

"As een van julle weet waar daai ou is, beter julle nou praat, want ek gaan nie tot vanaand hier sit en my soapies mis nie," sê Pike waar sy by die venster uit staan en rook.

Loeloe gooi vir Vaseline 'n briefie.

Wie sou ooit kon dink Texan is fool genoeg om so naby aan sy laaste kwartaal vir matriek te whallap? Hoe dig is dit, hè?

Vaseline se oë raak tranerig.

"Is jy orraait?" fluister Loeloe bekommerd.

"Los haar net uit," sis Killer, wat oorkant Vaseline sit.

Skielik hoor almal 'n bekende stem hard vloek buite.

"Texan!" Vaseline-hulle spring soos een man op om by die kombuisvenster te kom.

"Sit down, girls!" raas Pike, maar niemand steur hulle aan haar nie.

Loeloe lig Vaseline aan haar arm teen die wasbak op.

"Issit hy?" vra Vaseline benoud vir Killer wat reeds met haar kop teen die tralies gedruk staan.

"Uh. Met Hefner en die dominee aan weerskante."

Vaseline sien hoe die twee mans met Texan teen tannie Hilde se trap uitsukkel. Sy voete sleep en elke nou en dan probeer hy losruk.

"Shame, kyk hoe gestres lyk tannie Hilde. Nou moet sy dit ok nog hanteer," fluister Sadie van agter af.

Die seuns van Texan se eenheid staan alles van agter hulle gordyne en dophou. Bart en Diesel hang soos vinke by die agterste venster uit wat naaste aan die trap is.

Met die laaste paar trappies skop Texan vas. Die hoof stamp hom só hard vorentoe dat hy met 'n slag teen die metaalrelings val.

"Nee!" kerm Vaseline onwillekeurig. Om Texan so te sien, bring al die nagmerrieprentjies van hulle verskriklike ondervinding in die Kaap terug. "Hulle moet hom nie seermaak nie, stop hulle, asseblief!" begin sy hardop huil.

Killer draai skuins en sit haar arm om Vaseline se skouers. "Vas, Texan is fine. Hy makeer niks, hy's maar net babbelas gesuip. Trust me, ek weet hoe dit lyk," sê sy met 'n skuins kyk in Pike se rigting.

Daardie selfde aand nog lê dit die kinderhuis vol dat Texan by die rugbyklub saam met sy dorpstjommies aan die drink geraak het. Hoe hy dit nie eens tot by die kinderhuis se hek kon maak nie, maar oorkant die straat op die kerk se grasperk omgekantel het om sy voggies te laat verdamp.

2

Die res van die derde kwartaal is Texan op straf. Op die kinderhuisgronde hoor Vaseline hom tot wie weet waar skel. Niemand wil later meer met hom touchies speel nie, want hy klim gedurig met sy vuiste in.

Vaseline kom toevallig verby en sien hoe hy vir Bart skop dat dié in 'n bolletjie rol van pyn.

"Jou drekgoet, verwaande skomgatboelie! Net 'n lafaard haal sy frustrasie op iemand kleiner as hy uit!" storm Vaseline op hom af. Dis so hittete of sy gaan self vir Texan te lyf.

Texan skrik nie eens nie. Hy knak net die litte van sy vingers.

Vaseline is skaars terug in die sitkamer of 'n hengse bakleiery breek buite op die speelgrond uit. Sy staan alleen by die venster en kyk, want sy wil nie saam met Loeloe-hulle soontoe hardloop om te sien wat aangaan nie.

"Dis net die Peppies wat onder mekaar ingeklim het," kom rapporteer Killer ná 'n rukkie. "Een het glads 'n bedkassie se deur gaan afbreek om mee te baklei."

"Ek wens hulle slat mekaar vrek en kry klaar daarmee." Vaseline skud net haar kop. Deur die venster kan sy sien hoe Texan met 'n glimlag die bloed van sy vuiste lek.

Die laaste week van die kwartaal lees Vaseline met skok Texan se naam op die lys name van kinders wat op die Kaapse bus klim.

"Oom Kedibone moet hom stop! Oom weet nie wat daar vir

hom wag nie. Hy gaan dalk nooit terugkom nie," gaan smeek sy by die maatskaplike werker se kantoor.

Oom Issaskar krap in sy oor met sy motorsleutels. Dit lyk of hy nie 'n woord gehoor het wat sy sê nie.

"Hoor oom ooit wat ek sê?" kap sy op sy lessenaar.

Die groot man staan op en beduie na die deur. "Dis sy keuse, Vaseline. Jy weet goed ons kan nie 'n kind daarvan weerhou om huis toe te gaan solank sy buskaartjie betaal is nie. Of hulle familie nou bendelede, molesteerders of verkragters is, die wet sê dis die kind se reg. Nou moet jy my verskoon."

Die bus vertrek sonder dat Vaseline weer vir Texan te sien kry. Sy dwaal doelloos op die gronde rond, die nuutste pakkie van haar ouma-hulle onoopgemaak op haar bed.

Hoe kan so 'n belangrike deel van haar lewe net so stomp eindig?

Feitlik al die graadelfs en -twaalfs bly in vir die Septembervakansie omdat hulle vir die eksamen voorberei.

"Lucky jy, Wessel kom ten minste elke dag kuier," sug Vaseline gemaak jaloers teenoor Killer met haar boeke wat in 'n kring om haar op haar bed uitgepak lê.

Dit vat hulle gelukkig nie lank om in 'n goeie studieroetine te kom nie, en voor Vaseline dit besef, is die kort vakansietjie al weer verby.

"Het die busse al begin te terugkom?" vra sy vir Bart en Diesel wat in die bome sit en rook.

"Hy's nog nie hier nie, as dit is wat jy wil weet. Maar die Kaapse bus kom nou-nou, dan sal ons sien waar die dice geval het," praat Diesel ewe grootman uit die takke.

Vaseline stry nie eens nie. Sy weet nie hoekom sy nog enigsins traak nie, en tog kan sy nie wegkom van die bang gevoel dat Texan nie op daai bus gaan wees nie.

Bang dat Texan dié keer nie sy ontmoeting met Juice oorleef het nie.

Bang hy het?

Bang hy is dalk nog erger. Meer skollie. Meer buite beheer.

Sy probeer keer dat haar maag in haar keel optrek van spanning toe die bus by die parkeerterrein ingedreun kom.

Natuurlik klim hy heel laaste af.

Voor Vaseline kan wegkyk, kyk hy in haar rigting. Dit lyk vir 'n oomblik of hy vir haar wil waai, maar dan bespring Bart en Diesel hom.

"Lyk my daai laaitie is nóú eers spyt oor als wat hy aangevang het. Wel, rather late than never," sê Sadie hardop wat Vaseline ook dink.

Almal sien dat Texan heelwat afgekoel het. Hy's amper teruggetrokke, selfs tussen die ander Peppies.

Vaseline wil nie hê haar vriendinne moet weet dat haar hart al weer sag begin te raak nie. "Vir my is dit té laat. Hy kan maar doen wat hy wil, dit pla my nie in die minste nie," lieg sy.

"Vas, ek weet hy't hom soos 'n uiterste vark gedra, maar is jy nie effens té hatig teenoor die vent nie?" vra Sadie bekommerd.

Kinderhuiskinders het mekaar te nodig om lank vir mekaar kwaad te bly, dink Vaseline. Sy kry dit nie eens reg om vir Pizzaface kwaad te bly nie, al sou sy in die buitelewe seker nooit met só 'n persoon pelle geraak het nie.

"Tjek jy hom in die eetsaal?" gaan Sadie voort. "So stil en op sy plek. Help vir tannie Hilde en voer Hefner se instruksies tot op die letter uit. Vaseline, jy kan nie stry nie, die man hét verander. As jy hom nie meer wil hê nie, is ek sommer lus en vat hom vir my."

Vaseline bly haar 'n antwoord skuldig.

Sy gaan sit alleen in die Holiday Inn en leun op die breë vensterbank om in haar geheime dagboek te skryf.

Soms voel dit vir my of hierdie plek soos 'n molnes is. 'n Klomp kinders en mense wat nie die lewe kan sien of ervaar soos die ander wat bo-op die grond bly nie. Hulle doen allerhande snaakse goed en leer vreemde maniere aan om nietemin te oorleef. As hulle kwaad is, baklei hulle erger as dié wat nie in die moltonnels bly nie, en as twee stry vang, dan raak dit almal. En as 'n belangrike mol, soos wat Texan onder ons is, skielik sy streke en nukke los en rustiger raak, dan voel almal dit ook aan. En hulle lol nie met hom nie, hulle hou hom net van 'n afstand af dop.

Saans sien Vaseline Texan se lig tot laat brand, maar hy trek meestal die gordyne toe. As sy mooi kyk, verbeel sy haar sy kan sy skouers en rug uitmaak. Partykeer wens sy sy kan net haar hand uitsteek en deur die venster liggies aan hom raak. Net om te sê hy's nog steeds die enigste een, al haat sy hom ook.

Sy sien hoe tannie Hilde vir hom koffie bring wanneer sy die matrieks se huiswerkboeke in hul kamers gaan teken omdat hulle nie meer in die sitkamers saam met die ander hoef te studeer nie.

Een aand skrik Vaseline toe sy in die gang uitloop. Texan is by hulle binnevoordeur! Sy kyk gou in die ruit se weerkaatsing of haar hare reg lê en staan tjoepstil teen die muur en wag dat iemand haar moet kom roep.

Sy't dit geweet! Dat hy na haar sal terugkom vóór die matriekafskeid, want dis net té belangrik om saam met enigiemand anders te deel.

"Het ek dan nie vir Texan by ons deur gehoor nie?" loer sy ná 'n ruk by die sitkamer in.

"O ja, hy en Brutus kom bedel gereeld beskuit hier en ente by Pike."

Killer, Loeloe en Sadie sit op hul duvets met hul boeke voor die

TV. Die klank is af, maar hulle kyk nietemin deur die kamstige swottery.

"Moet jy nie by jou boeke wees nie?" kom mevrou Pike in die gang verby.

Vaseline besluit sy hou nie van Meredith Pike nie. Vir wat smokkel die tannie soos 'n stout kind goed na die seuns toe deur? Dis verbode. Sy is sommer lus en gaan kla haar aan by meneer Hefner.

Elke aand luister Vaseline of sy nie dalk weer vir Texan by hulle eenheid gewaar nie. Miskien glip hy vir haar 'n briefie onder haar studiebank in?

Toe Vaseline opkyk van haar tas, sien sy vir Texan by die oorkantste venster staan. Hy maak 'n snaakse klein beweginkie met sy hand. Amper 'n waai, maar nog nie. Dis so onverwags dat sy vir hom terug glimlag voor sy haarself kan keer. Ná die lang maande van vyandskap vang dit haar heeltemal onkant.

Die res van die dag bly sy in haar kamer doenig, maar sy durf nie weer in die rigting van Texan se kamervenster kyk nie.

Iemand klop saggies aan die Holiday Inn se deur.

Vaseline trek haar asem in. Uiteindelik!

"Hellous," sê Albie met 'n klein stemmetjie.

"En nou?" probeer Vaseline haar teleurstelling wegsteek, want dis die eerste keer in 'n baie lang tyd dat Albie in hulle huis kom.

Albie hou vir Kakka na Vaseline toe uit. "Dis vir Cyril. Ek het haar gewas en als, want ek speel nie meer pop nie. Bart het my gekys."

Vyf-en-twintig minute voor vier. Vaseline hoef nie eens meer op haar horlosie te kyk nie, want die sekondewyser kap soos 'n byltjie in haar hart.

Einá-einá-einá-einá.

Vroegoggend al het sy wakker gelê en gekyk hoe die dakke van kleur verander. Hoe die skoen en die frisbee en die gevange plastieksak weer soos 'n hartseer koortjie op die oorkantste dak sigbaar word.

Die dag van die matriekafskeid het aangebreek en sy's nooit gevra nie. Sonder dat enigiemand dit weet, het sy nog die hele tyd aanhou hoop.

Elke liewe dag het sy vir 'n teken gewag. 'n Kyk bo-oor die koppe van die kinders in die eetsaal, 'n briefie wat laataand ná studietyd deur Brutus of iemand afgelewer word. Selfs 'n boodskap saam met Pizzaface?

Niks nie.

Hoeveel minute nog voor die karre die kinders begin haal?

Selfs as hy nog op die nippertjie kom, sal sy 'n plan kan maak om klere te kry. Almal weet al weke voor die tyd wie met wie matriekafskeid toe gaan, en Texan het nie een van die kinderhuismeisies gevra nie.

Die meisies moes elkeen iemand of 'n groep mense kry wat vir hulle klere of geld vir 'n uitrusting skenk. Die afgelope twee naweke al oefen hulle hul haarstyle en make-up.

"Ek kan nog steeds nie glo Pizzaface het vir Colin Prop gevra en hy't jou wragtag ja gesê nie," gesels-lag Killer, wat in haar skoene en onderklere rondtrippel.

Vaseline kyk na Killer se rok wat in plastiek toegemaak teen haar kasdeur hang. 'n Glinsterende pêrelblou kleefrok met 'n lae, oop rug. Fyn silwer bandjies weef oormekaar om haar rug darem nie heeltemal kaal te laat lyk nie. Soos die lig daarop val, verander die rok van kleur.

Vaseline dink dis die perfekste rok wat 'n witkop soos Killer kon gekies het. Sag en romanties.

"Dis regtig lieflik," sê sy en vryf dromerig oor die materiaal.

"Kan jy dink watter gasket het mevrou Claerhout geblaas toe

sy hoor haar dierbare seuntjie gaan met Pizzaface afskeid toe?" probeer Killer die onderwerp verander.

"Ja," sug Vaseline, wat lusteloos op die rand van haar bed sit, "sy't seker vir Colin goed die leviete voorgelees."

Klop, klop!

Vaseline bewe liggies. Is dit dalk die boodskap waarvoor sy nog steeds sit en wag?

Killer wikkel versigtig in haar rok in.

"Kan ek maar kom kyk hoe dit gaan?" Dis tannie Hilde wat inkom. "Wag, Killer, laat ek help voor jy daai fyn bandjies skeur."

Vaseline wil in haar kas klim en die deur van binne sluit. Vir goed.

"Jy lyk asemrowend," sê tannie Hilde terwyl sy die bandjies op Killer se rug regtrek.

"Skuus," glip Vaseline vinnig by hulle verby. "Ek moet nog 'n paar goed in die saal gaan regmaak."

Sy sukkel om haar gevoelens onder beheer te kry terwyl sy snikkend met die laning bome langs draf om by die punt van die erf oor die heining te klim. Gelukkig is feitlik elke inwoner van die kinderhuis in die voorportaal waar hulle vir die matrieks wag om soos filmsterre teen die trap af te kom.

Die laaste ding wat Vaseline nou wil hê, is om in iemand vas te loop wat haar gaan jammer kry.

"Ten minste het Texan niemand anders gevra nie," troos sy haarself hardop. "En ten minste gaan ek saam met hom in dieselfde saal wees."

Al is Vaseline seer van binne, is die atmosfeer in die skoolsaal nogtans aansteeklik. Die graadelfs soos sy wat nie deur 'n matriek gevra is nie, het almal kostuums aan wat by die jaar se tema pas: Sprokies.

Vaseline is Aspoestertjie. "Heel gepas," brom sy by haarself.

Arme Loeloe is deel van die Betowerde Tuin en met karton opgemaak as 'n boomstomp met 'n gesig.

By die ingang is 'n groot feestelike koepel vol liggies waar elke paartjie aangekondig en afgeneem word voor hulle die saal onder luide applous binnekom. Vaseline verkyk haar aan Killer en Wessel wat met 'n regte outydse perdekoets afgelaai word. Killer glimlag soos 'n koningin terwyl almal oe en aa.

"Maggies, ou Killer doen darem vanaand haar naam gestand," fluister Loeloe waar sy langs Vaseline staan. Vaseline knik net. Sy vertrou nie haar stem om iets te sê nie, van hartseer vir haarself én van liefde vir haar pragtige vriendin.

Toe Texan die saal binnekom, voel Vaseline hoe haar hele lyf tot stilstand ruk. Sy kan nie behoorlik asem kry nie soos haar ingewande inmekaartrek.

Daar is iemand aan sy arm.

Iemand onoortreflik mooi in 'n rok wat lyk asof dit regtig uit 'n feëverhaal kom.

Esmé Emmet Hefner.

Loeloe kry Vaseline aan die arm beet en help haar by die saal uit. "Laat ek jou hier uitsleep voor jy omkap."

Die oomblik wat hulle buite kom, gooi Vaseline op. Sy sukkel nog steeds om asem te kry.

"Hier," Loeloe druk 'n glasie sjampanje in Vaseline se hand ná sy eers vir haar 'n servet gegee het om haar mond af te vee. "Jy's blou om die kiewe, sista. Fok, daai teef! Nou't ek alles gesien."

"Tsk, tsk," klik Nazrene tong agter hulle. Sy het Vaseline se reaksie op Texan se binnekoms dopgehou en hulle buitentoe gevolg.

"Agge nee, ou Poes Tertjie, iemand jou outjie gevat? O wag, ek vergeet, hy't jou mos hoeka soos 'n warm patat gedrop, dan nie?" Doef! Loeloe lig haar boomtak-arm en pot Nazrene so hard dat sy op haar jis agtertoe skuif. Nazrene se blonde langhaarpruik val af, binne-in die braaksel.

"Lyk my Gouelokkies is weer meid," sê Loeloe oor haar skouer terwyl sy die snikkende Vaseline weglei.

Meneer Immelman vat vir Vaseline met sy motor terug kinderhuis toe. Sy kan nie ophou huil nie.

"Ek's so verneder, meneer, maar om vir háár te vra, dis die ergste verraad," is al wat sy kan uitkry. Sy kan nie verder praat nie soos sy huil.

Meredith Pike sluit die agterdeur oop toe Vaseline snikkend teen die wenteltrap uitsukkel.

Meneer Immelman verduidelik vinnig vir haar wat aangaan.

"Damn bastards," sê sy en vat Vaseline om haar rukkende skouers.

Vaseline kan ruik dat die tannie al met 'n feesvierinkie van haar eie besig is, want die kleintjies slaap reeds almal. Vir eens hou sy dit nie teen die tannie nie.

"Komaan." Die tannie lei haar in haar privaatwoonstel in. Vaseline weet dis streng verbode, maar vanaand gee sy nie 'n hel om nie. Die Hefners is in elk geval by die matriekafskeid om hul prinsessie af te neem.

Pike tel 'n halfvol bottel op en skink groot vir hulle al twee.

"Gesundheit," klink hulle, en Vaseline steek sommer 'n sigaret ook saam met haar op.

"Wat stink so?" is Killer se eerste woorde toe sy ná middernag by die Holiday Inn instap.

"Ek pleit bewusteloos en rein," mompel 'n beskonke Vaseline wat in haar Aspoesterkostuum oor haar bed uitgestrek lê. "Julle almal se holle . . ." snork sy.

Vaseline tippex vir Texan uit haar lewe. Sy probeer hom nie vermy nie, sy gluur hom nie aan nie. Hy bestaan eenvoudig net nie meer vir haar nie.

Watter soort haat sy ook al voorheen gedink het sy vir hom voel, sy moes hard daaraan werk om hom te verag. Hierdie keer is dit net 'n dooie gevoel. Soos lood wat in haar binneste lê, of sy daaraan dink of nie.

"Daar's 'n ronde nul van hom in my oor," praat sy soos iemand wat in haar slaap loop.

Nie een van haar vriendinne sê iets nie. Hulle het Vaseline nog nooit só gesien nie.

"Bart sê hy en Diesel sien soms vir Texan onder by Esmé se venster, maar niemand kan vir sure sê of daar iets broei nie," praat Pizzaface al weer uit haar beurt uit.

Vaseline steur haar nie aan Pizzaface se woorde nie. Sy dink eintlik aan Pizzaface se vel en dat sy haar jammer kry omdat dit erger as ooit van die aknee uitgeslaan is. Tot in haar ore en nek. Die government kan nie geld vir sulke goed gee terwyl daar kinders met vigs is nie.

"O," sê sy net. Soos 'n zombie.

Die week waarin die matrieks oppak om die kinderhuis vir goed te verlaat, is 'n emosionele tyd. Sommige van hulle was in doeke toe hulle daar aangekom het.

Die kleintjies kompeteer vir die grotes se aandag oor goed wat hulle moontlik kan erf. Personeel wat al lank daar werk, is tranerig en niemand kry juis veel gewerk nie, al is dit 'n besige tyd van die jaar.

"Net ou Jan-Hendrik lyk vir my in 'n goeie bui. Hy praat selfs van weer water in die swembad tap," merk Killer op.

"Dis snaaks om die kinders so stil te sien," knik Vaseline.

"Dis maar om te oorleef. Hulle is so gewoond daaraan om mense te verloor dat hulle hulle voor die tyd al begin afsny van die persoon wat weggaan. Óf dit, óf hulle raak klewerig. Hou maar dop, jy sal sien."

Hulle sit rug aan rug op 'n tuinmuurtjie na die swaeltjies en kyk wat ver bo hulle koppe in spirale duik en weer opstyg.

"Al wat ek sien, is hoe die ouens skielik uithaak. Daar is konstant iemand wat iets flenters skop, en Brutus besteel die dorp asof hy sy eie Hyperama wil oopmaak."

Killer sug net. "Het jy dit dan nog nie agtergekom nie, Vas? Seuns lewe hul frustrasie na buite toe uit deur iets te breek of iemand te foeter. Hulle maak seer omdat hulle seer is."

"En meisies dan?"

"Ons hoer, vreet, suip, raak aan dwelms verslaaf of trou met boelies. Meisies maak hulleséIf seer."

Donderslae laat speel spookligte in die kinderhuis se gange. Gordyne gly heen en weer op hulle wieletjies by vensters met afgebreekte knippe wat nie kan toemaak nie.

Vaseline sit alleen in die Holiday Inn, haar bene opgetrek op die vensterbank. Sy volg ingedagte die spoortjies wat die reëndruppels teen die ruit af maak.

'n Harde weerligstraal kraak so naby buite dat sy haar verbeel sy kan die swawel ruik.

'n Skimbeeld. Sy sien hom asof hy in die blits verskyn het.

Texan wat tot onder haar venster hardloop en opkyk. Sy hand 'n skerm teen die reën.

Sy hou hom dop asof in stadige aksie, hoe hy met sterk treë teen die wenteltrap opkom. Hy bly aan die bopunt van die trap staan, regoor hulle venster.

Vaseline sit roerloos.

Dit kan net 'n droom wees.

Sy drink die prentjie in asof sy dit vir altyd in haar hart wil bêre. Die toutjieshare wat aan sy gesig kleef. Die waterstroompies wat oral van hom aftap. Hoe die nattigheid by sy skouers op die materiaal van sy hemp deurslaan.

Texan staan doodstil.

Die reën laat dit lyk of hy huil.

Vaseline kan die spanning in sy lyf sien. Voel.

Hy sluk en knip sy oë as te veel druppels daarin loop. Die kleur daarvan is soos die lug. Grou.

Stadig kom hy nader.

Hy leun oor die reling met sy bolyf na haar venster toe en sit sy hand op die buitekant van die glas. Vingers wyd gesper.

Vaseline doen dieselfde.

En toe is hy weg en dit reën en dit reën vir ewig.

Tien

1

"Raak dit al?" wil Vaseline weet.

"Ja-ja, jou hare raak al aan jou gat. Is jy nou tevrede?" sê Killer waar sy op 'n stoel by die venster staan. "Hou tog op om vir jouself in die blooming spieël te kyk en kom help my met die gordyne. Dit gaan só smart lyk."

Ouma Kitta het op Vaseline se aanwysings gordyne vir die Holiday Inn gemaak.

"Ek is só bly Meneer het ons nie weer geskuif nie," sê Vaseline vir die hoeveelste keer. "En Pike is nog net dieselfde."

Sy klim op haar bed om die gordyn se punt aan te vat. "Weet jy, Killer, ek het nooit gedink ek sal dit tot hier maak nie. Sjoe, en as ek dink hoe ons laas jaar ons oë uitgeskrou het om vir Pizzaface koebaai te sê, wil ek nie weet hoe dit aan die einde van dié jaar gaan lyk nie."

"Ja-jis, wie't nou ooit gedink ons sal ou Kratergesig mis?" stem Killer saam.

"En Marietjie? Dit was nou vir jou onverwags. Ek't altyd gedink dis eerder Pizzaface wat 'n ogie op Colin Prop het, maar toe sy ma hom ewe in die bed saam met Meraai betrap, hete! Dit moes omtrent vir jou 'n gedoente gewees het."

Vaseline klim van die bed af en staan terug om hulle handewerk te beskou.

"Shame, ja, die vakansie was seker maar lank en vervelig," grinnik Killer.

Hulle begin stroop die mure bo hul beddens van ou posters, foto's, gedroogde blomme, loveletters, kaartjies en eksamenroosters.

"Als nuut vir ons nuwe en laaste skooljaar." Vaseline sukkel om die wondergom van die muur af te kry. "Ek's net spyt ons kon nie eens vir Marietjie tot siens sê of niks nie. Albie sê sy's na 'n verbeteringskool gestuur waar hulle agter slot en grendel skoolgaan tot en met die baba se geboorte."

"Tipies dat die meisie nou alleen moet suffer en Colin Prop is soos gewoonlik los hotnot. Jy't seker gehoor miesies Claerhout het bedank? Die affêre moes vir haar die laaste strooi gewees het. Om te dink haar heilige seuntjie het haar so wragtag 'n ouma gaan maak by 'n kinderhuisslet. Dis haar bleddie verdiende loon."

Killer wink skielik vir Vaseline venster toe. "Lyk my dit was 'n aksievolle vakansie," tik sy teen die ruit en wys na onder, na Esmé se woonstel.

"Hoe lank bly Meneer al daar?"

"Bart-hulle sê vandat Esmé uitgetrek het – sy gaan mos universiteit toe. Toe't hy by sy vrou uitgetrek."

Loeloe bars by die deur in.

"Het jy nog nie leer klop aan die hoofmeisie en onderhoofmeisie se deur nie?" wil Killer gemaak kwaai weet.

"Howzit, girlfriends!" kom Sadie ook by. Hulle omhels mekaar en almal lag en gesels deurmekaar.

"Het julle ouens gehoor?" vra Loeloe met blink oë. "Dis glo Pike wat in tannie Hefner se slaai gekrap het!"

"Nooit!" gil Killer, haar hoofmeisie-waardigheid vergete.

"Julle weet nie hoe spyt is ek dat ek daai aand van die matriekafskeid my saam met Pike aan drank en rook vergryp het nie," kla Vaseline. "Nou moet ek net die hele tyd keer of dis weer sulke tyd."

"Dis 'n ou storie in kinderhuise daai." Loeloe maak haar op Vaseline se bed gemaklik. "Dié wat suip, soek altyd iemand wat sal saamdrink, al is dit nou 'n kind."

"Jip. Laat hulle seker minder skuldig voel. En die huisma weet solank een van die kinders saam met haar oortree, sal die ander haar nooit gaan verklik nie."

"Ek kan nog steeds nie help om haar jammer te kry nie. Dis asof sy besluit het om die res van haar lewe op 'n stasie te wees." Vaseline skrop vir haar ook 'n gaatjie op die bed.

Hulle gesels land en sand oor wat hulle als vir die matriekjaar beplan. Almal is bly en opgewonde oor dit hulle laaste skooljaar is, en veral Killer tel die dae af, want Wessel is saam met 'n sendinggroep op 'n uitreik in Afrika en kom eers oor 'n maand terug.

Stemme wat saggies maar dringend praat, maak Vaseline wakker. Sy kyk na Killer se bed, maar dié slaap vas. Net 'n klossie hare steek bo haar duvet uit.

Die hele huis is donker. Vaseline staan saggies op en maak die Holiday Inn se deur op 'n skrefie oop. Iemand klim haastig by die staaltrap af. Vaseline hoor dit duidelik kraak en voel die vibrasie op die vloer.

Is dit regtig meneer Hefner? Dan's die stories dat hy en Pike die middernagpolka doen wragtag waar!

'n Donker figuur beweeg oor die dor grasperk, maar pleks dat die persoon by die deur van Esmé se ou woonstel ingaan, mik hy na 'n deur verder af.

Jaap Voordewind!

Skaars 'n week ná Vaseline die middernagtelike besoek waargeneem het, begin die Koue Oorlog in volle sterkte.

Die hoof trek terug na sy huis en sy vrou op die rand van die kinderhuisgronde.

"Praat van jou kersie aan albei kante brand!" Killer lig net haar wenkbroue oor die hele gedoente. Vaseline het vir niemand anders vertel wat sy daardie nag gesien het nie.

"Ek verpes dit as grootmense nie weet hoe om hulle te gedra nie en dan preek hulle aldag vir ons oor als. Lyk my Pike traak nie eens of sy haar werk verloor nie." Vaseline skud haar kop.

"Inspeksie!" bulder 'n stem in die gang.

"Wat, nou? In die middel van die dag?" Vaseline swaai haar bene van die sitkamerbank af.

Die Hefners kom ingemarsjeer, elk met 'n inventarislys.

"Waar's julle huisma?" gluur die hoof hulle aan. Hy wag nie vir 'n antwoord nie, maar druk die interkomknoppie en kondig met 'n ysige stem af dat Meredith Pike haar onmiddellik by haar eenheid moet aanmeld.

"Julle twee is verskoon," blaf hy toe hy omdraai, "maar ek soek julle elke middag net ná studie in my kantoor om te rapporteer wat in hierdie huis aangaan."

Elke oggend klokslag word Vaseline-hulle se huis deur een of albei van die Hefners met hul loper oopgesluit nog voor die tannie die meisies kan wakker maak.

"Ek kan hierdie spanning nie meer vat nie," sê Vaseline vies terwyl sy en Killer luister hoe kaste se inhoud uitgegooi en toiletbakke se deksels opgelig word.

"Ja, nou moet ons almal oor hulle suur druiwe suffer." Killer klap haar kasdeur aspris hard toe.

Meneer Hefner is uitgeslape. Een ná die ander bring hy al die dinge waarvan hy van Meredith Pike se eerste dag af bewus was teen haar in sodat hy van haar ontslae kan raak.

Hy roep selfs vir Vaseline en Killer apart in en probeer inligting oor hulle huisma uit hulle kry. Albei hou hulle klipdig, maar die situasie word ondraaglik.

"Killer, as ons nie vir Pike onder hande neem en wys hoe om deur hierdie aanslag op haar te kom nie, gaan sy dit nie tot die einde van die jaar maak nie. En ek wil verdomp nie in die middel van ons matriekjaar 'n nuwe huisma kry nie, dit gaan als net deurmekaar maak. Dis ons jaar om te geniet en om in vrede te kan leer vir die eksamens," sê Vaseline.

"Ja, die varksige Hefner. Die enigste rede hoekom hy haar nog nie in die pad gesteek het nie, is omdat hy lekker bang is sy eie naam kom in die gedrang. Skynheilige dickhead."

Nog dieselfde aand begin Vaseline en Killer hul huisma touwys maak. Hoe om die slotte met 'n gebuigde haarnaald te jêm sodat die hoof nie tydig en ontydig toegang tot hulle eenheid kan kry en hulle met sy onredelike inspeksies verpes nie. Hoe om hare oor kasdeure te span sodat jy kan sien of iemand dit oopgemaak het.

"Thanks, guys," suig Pike senuagtig aan haar sigaret.

'n Week ná die Julievakansie kom die afkondiging: "Bosman vir pos! Bosman vir pos!"

Meneer Kedibone staan en wag Vaseline met 'n vreemde glimlaggie in.

"En as oom skielik so gretig is om vir my pos te gee?" lag Vaseline terug.

"Kyk maar self, Vassie."

Sy snak na haar asem toe sy die handskrif herken. Haar hakke dreig om van die teëlvloer af te lig en sy wil-wil begin swewe.

Dis van hóm af. Net een blaadjie.

Ek is jammer dat ek jou so gemors het, maar ek was baie spuls omdat jy vir almal kom wys het wie jou mense is sonder om eers vir my te waarsku. Ek wou nie hê die ouens moes dink ek gaan met 'n bruin of bastermeisie uit nie. Dit was verkeerd en swak van my. Jy was reg, ek is 'n chickenshit en jy is soveel sterker as ek wat sulke goed betref. Esmé was sommer om ou Hefner te spite en ek het nie gedink jy traak meer oor my nie. As daai sletbekke Pizzaface of Nazrene sê dat ek haar laag gejol het, lieg hulle. Dit was net bolangs, ek sweer.

Verlede week het ons vir Juice begrawe. Een van sy eie tjommies het hom geslice, hulle het glo gestry oor geld. Daai varknek Rashad hou op Mbeki se onkoste in die cooler vakansie. Hy't vyf jaar gekry vir armed robbery.

Jammer dat ek 'n poephol was en als opgefok het. Ek het darem 'n werk, maar ek wil wegkom hier. My ma wil ook graag iewers heen trek waar dit veiliger is.

You still rock my world.

T.K.

'n Pyltjie wys na 'n nagedagte wat teen die kant gekrabbel is: Hoop jy geniet jou matriekafskeid saam met iemand wat nie 'n arsehole is nie, anders sal ek hom maar moet kom regsien.

Laat in die derde kwartaal kry Vaseline die grootste verrassing van haar matriekjaar, naas Texan se brief.

"Verwag jy besoekers?" vra Vaseline vir Loeloe terwyl hulle verveeld met swot om die gebou stap. 'n Vreemde motor het pas by die kinderhuisgronde ingedraai.

"Krap jy my gat?" Loeloe stamp amper vir Vaseline in die muur vas, want almal weet sy het nog nooit besoekers ontvang vandat sy opgeneem is nie.

Die bestuurder bly agter die stuurwiel sit, maar aan die passasierskant klim 'n skraal vrou uit. Sy't 'n amper deursigtige rokkie met spaghetti straps aan, en hoëhakstewels daarby.

"Nogal funky, hè?" sê Vaseline.

"Krisis, maar daai enetjie is vir jou maer," sê Loeloe, wat die afgelope jaar, indien moontlik, nóg dikker geraak het.

Die vrou se hare is lank en ekstra swart met blonde highlights bo-oor.

Vaseline kry skielik 'n aardige gevoel. Hoe nader hulle aan die parkeerterrein kom, hoe vreemder voel sy. So asof sy iets moet onthou, maar die liggie wil net nie aanskakel nie. Sy kan die vrou se gesig nie heeltemal uitmaak nie, want sy dra 'n yslike sonbril.

"En nou?" wys Loeloe toe tannie S'laki met Cyril aan die hand en 'n toksak in haar ander hand aangestap kom.

Onmiddellik weet Vaseline. Sy slaan oor na 'n drafstappie terwyl 'n erge huil teen haar longe begin klop.

"Puck! Lolita . . . Puuuuuuck, wag!" skree sy.

Die vrou draai om met Cyril op haar heup. Sy haal nie haar bril af nie.

"Whazzup, Vas?" is al wat sy met 'n uitdrukkinglose stem sê terwyl sy die passasiersdeur oopmaak.

Vaseline se keel is so toegetrek dat sy nie 'n woord kan uitkry nie. Wil Puck dan nie met haar praat nie? Sou sy ná al die jare net wegry sonder om Vaseline eens te kom groet en te vertel wat intussen van haar lewe geword het?

Killer kom ook nader gehardloop. Sy klop teen Lolita, wat intussen ingeklim het, se venster.

"Jy! Gaan jy nie eens met ons chat nie?" beduie sy.

Lolita draai haar venster halfpad af.

"Hello, tannie Maud," groet Vaseline die vrou agter die stuurwiel. Dié se lippe is dieselfde diep pers gelipstick as Puck s'n.

"Hemel, Puck, moenie net weggaan sonder om vir ons te sê hoe dit gaan nie?" smeek Vaseline en steek haar hand uit om aan Puck se dun armpie te raak.

Puck trek haar arm vinnig weg, maar Vaseline en Killer het dit albei klaar gesien.

Blou kneusmerke.

Voor Vaseline kan dink aan iets om te sê of hoe om die skok op haar gesig weg te steek, draai Lolita die ruit op.

"Bye," laat sy Cyril, wat op haar skoot sit, se handjie vir hulle waai terwyl die kar wegtrek.

"Puck!" Vaseline se trane loop, maar die motor draai reeds verby die REG TOT TOEGANG VOORBEHOU-bord.

Killer en Loeloe hou Vaseline van weerskante vas.

"Sy was my beste maat toe ek hier ingekom het en nou wil sy my nie eens ken nie! En wat van Cyriltjie?" snik Vaseline.

Eers die aand toe hulle in hul beddens lê, kry sy dit reg om te vra: "Was daai op haar arm wat ek dink dit is, Killer?"

Killer bly lank stil voor sy antwoord.

"Jip. Sy's 'n addict en 'n working girl. Wat 'n fokken tragedie."

2

Die jaar is verby. Vaseline sit kruisbeen op haar bed en blaai deur haar foto-album wat vol aandenkings geplak is.

"As dit ook nie vir tannie Hilde was wat kiekies van die kinders geneem het nie, sou ek seker nie veel gehad het om te wys nie. Ek gaan haar so baie mis."

"Wie's dié fris kêreltjie? Is hy dan nie 'n bietjie donker nie?" Ouma Kitta skuif haar bril hoër teen haar neus op.

Vaseline piets kamstig haar ouma se hand. "Haai, Oumie, hy's 'n Zoeloe. Dis Brutus Ithuba saam met wie ek na die matriekafskeid gegaan het. Ons is nog al die jare pelle en hy dans soos 'n droom."

"Ai, my skatlam, solank jy dit net geniet het ná jy die vorige jaar so gebroke was. Oe, Ouma en Oupa het nagte op ons knieë deurgebring oor onse kind se hart wat so see' is."

Vaseline gee haar ouma 'n skuins drukkie. "Dankie, Oumie, ek waardeer dit en ek waardeer vir julle."

Sy blaai na haar afskeidfoto's en wys dit trots vir haar ouma.

"Hene, Stukkie, maa' jy't mos soos Mejuffrou Suid-Afrika gelyk! Waar't julle dié lieflike materiaal gekry?"

"Tannie Hilde het dit spesiaal van Johannesburg af laat kom. Dit lyk soos die see, Oumie, met die turkoois en bloue en groene wat so saamsmelt. Ek is so lief vir die see, ek het soos 'n meermin gevoel."

"Hiert jy! Ek soek vir julle twee," kom loer oupa Simon oor Vaseline se skouer. "Lyk my Oupa se darling het alte baie vrinne daar annerkant gemaak, want sy's nog skaars by die huis of daa's al wee' pos," sê hy en sorteer die koeverte in sy hand.

Vaseline vat die koevert gretig by hom aan.

"En die koerant, Dadda? Die uitslae verskyn mos vandag!"

Oupa Simon haal die koerant onder sy blad uit en vou dit op die bed oop.

Vaseline probeer als gelyk doen. Sy skeur Killer se brief haastig oop terwyl sy terselfdertyd met haar vinger teen die rye en rye name afgaan.

"Waar's ek dan?" byt sy haar onderlip, maar dan sien sy dit: Helena Bosman.

"Jippiee!" Sy spring op dat haar album van die bed afval. "Ek's deur, ek's deur!" Sy hop op en af en omhels om die beurt haar oupa en ouma.

"Haai, oe, hene!" Ouma soek haar sakdoekie in haar boesem. "Dat my kind nou só ver gekom het ten spyte van als, hetetjie darem."

"Dadda?" Vaseline vat haar oupa om die nek. "Sal julle nou vir my vertel? Ek is mos nou groot en ek wil als weet waar ek vandaan kom, asseblief, Dadda?"

Dit was 'n warme dag gewees. 'n Ent buite die dorp waar ons destyds gewoon het, het ek, Simon Joagim Bosman, uitgery asgate toe soos my gewoonte was. Ek was op soek na scrap metal en draad vir die hoenderhokke wat ek in die jaart wou bou.

Daar was 'n geluid van iewers, maar ek kon nie dadelik agterkom wat dit was nie.

Duskant die koppie kom ek toe daarop af.

'n Meisiekindbaba!

Die gesiggie was oortrek van miere en sy was tog te seer gebyt. Sy was in 'n handdoek toegedraai, maar 'n deel van haar lyfie het onder die bos uitgesteek en die son het haar lelik gevreet en blase gebrand.

Ek, wat 'n gelowige man is, het geweet dis 'n teken van die Here. Daarvan was ek allemintig oortuig.

My naam praat van 'n bos en die Here het Hom in die Bybel ook in 'n brandende bos geopenbaar. Daarom is dit ekke wat die kindjie daar moes kry en optel.

Al met die eerste oogopslag wou ek haar vir ons hou, en dit was met 'n swaar gemoed wat ek na die poelieste op die dorp gery het. Die poelieste ja my toe weg. Sê ek moenie hulle tyd kom stat en mors met nog 'n hotnosbaby wat niemand wil hê nie. Hulle wou nie eens vorms invul nie. Watse ek vra wat nou van die kindjie gaan worre, sê hulle ek moet haar by die Welsyn vat.

Nou ja, ek was die verkeerde mens om dit voor te sê. Ek't tot voor die kerk gery en daar in my bakkie gesit en met die Here gepraat.

Toe ry ek huis toe.

'n Maand ná daar nog niks in die koerante was van die vermiste babatjie nie, toe pak ek my vrou en die kindjie en gaan soek 'n nuwe begin elders soos Josef van ouds. Ons los toe ons ou lewe en die twee grafies van die kinders wat ons self verloor het, om 'n nuwe lewe op 'n ander dorp te gaan bou.

Dat die kindjie bly lewe het, was vir ons net genade. Jy was minder as 'n dag oud toe ek jou gekry het, maar al klaar erg verswak. Omdat die koppie so naby aan die lokasie was, het ons nooit eens gedink dat jy moontlik 'n blanke meisietjie kon wees nie – totdat dit klaar te laat was. Jou velletjie was so teer en seer gebrand dat ons vir 'n jaar daarna nog aanhoudend Vaseline en olies en veldmedisyne aan jou moes smeer.

Jy is ons veldbosengeltjie. Ons weglêkindjie. Ons alles.

Salf vir oumense se harte.

Vaseline sit lomerig in die vroegoggendson op die bankie by die agterdeur saam met haar oupa.

"Ai, ek't al vergeet hoe lekker die veld ruik, Dadda."

Gister se brief van Killer was 'n uitnodiging na haar en Wessel Griesel se troue. As Vaseline net daaraan dink, kry sy sommer 'n knop in haar keel van gelukkigheid.

"Stukkie," haar oupa loer versigtig na haar, "Oupa se darling moet nou nie vir haa' opruk nie, maa' Oupa het mense oorgenooi vir Sondag se ete."

"Ai, terg Dadda my nou?" lag sy en vryf sy hand. "Hoekom sal ek nou oor so iets kla? Ek gee lankal nie meer om wat die mense dink nie, of ek nou wit of wat is nie."

Oupa sluk sy laaste bietjie koffie en kyk oor die beker se rand na haar.

"Die mense is nuut hier. Hulle skakel nou al 'n rukkie by onse kerk in en ek het die jongetjie gehelp om werk te kry op Upington. Net vir 'n jaar, want hy het groot planne om te spaar en dan te gat studeer. Nes Oupa se darling ok . . . Dis jou destydse vrind, Texan Kirby, en sy moeder."

Vaseline voel hoe die son se helder lig haar hele lyf volmaak, asof die Groot Beplanner so pas tot in haar hart geglimlag het.

Nie die einde nie, maar ’n begin

Opgedra aan elke kinderhuiskind en -personeellid
wat te midde van moeilike omstandighede weier
om op te hou glo. Ook aan die dogtertjie wat vir dood
aan die rand van die woestyn agtergelaat is,
maar wat ten spyte van alles oorleef het.

Dankie

Hierdie boek sou nou nog bloot as herinneringe in my kop gelewe het as die volgende mense nie elkeen op die een of ander wyse meegehelp het dat ek die storie kon skryf nie:

- My vriendinne in die kinderhuis: Louise Abrahams, Swannie van Dwarskersbos en Susan Neethling, asook die Enslins, wat die meeste van hierdie ervarings saam met my deurgemaak het
- Analie Macmillan, omdat ons saam in ons koppe Klaasvoogds se eie rock band, Baab, kon stig; ook vir al die Syndol-piekniеks en die kosblikke vol gesondheidskos wat sy agter my gai aangery het, en vir haar vernuftige gesmokkel van verbode goedere teen die agterste trap van die kinderhuis op
- Annette de Kock vir die leen van haar meenthuis, drie katte en hond, Perd, vir die winter van 2000, en vir die feit dat sy nie gekla het toe ek die steak per ongeluk met kaneel pleks van braaispeserye gemaak het nie
- Geliefde tannie Barbara Greyling, een van die engele in my lewe, wat snags op die vloer rondgekruip het om vir my klere te maak, en wat my wraggies ná al die jare wéér langs die pad herken het en nie vinnig weggejaag het nie
- Marna-Meerkat Coetzee, wat gereelde aflewerings gemaak het met haar Volla se agtersitplek vol groente, en wat nie skroom

om saam met my in die boom te klim om by die pruime uit te kom nie

- Rina en Kobus van Rensburg van Langenhovenpark, wat hul laptop aan 'n volslae vreemdeling met 'n rugsak geleen het
- My pelle in die Jean Webber-Tehuis in Bloem wat ten spyte van hul eie omstandighede dit altyd kon regkry om my te laat lag deur my te wys wat mens alles in 'n rystoel se wiel kan wegsteek
- Claude Peters van Naval Hill Backpackers vir 'n room with a view wat oor 'n boom vol vuurvliegies uitgekyk het
- Tannie Truia Meyer, wat amper haar seun en my tjom, Stoffel, met haar Mini platgery het toe hy nog besig was om die agterwiel op te pomp – van haastigheid om my manuskrip betyds ingehandig te kry!

'n Gedeelte van hierdie boek se opbrengs word aan die Herberg-Kinderhuis op Robertson bewillig

ISBN: 978-1-86890-059-6

deboek bevat:

leksievorme van trefwoorde waaronder meervoudsvorme s
; trappe van vergelyking soos **graag liewer liefste [graags**
erkwoordverbuigings soos **wegneem -ge- ...**
rases soos *binne die vasgestelde termyn* within the appoint
preekwoorde soos *hy het die klok hoor lui, maar hy weet ni*
el/klepel hang nie he has only a vague idea of what it's all a

deboek is vir byna 'n eeu lank al dié woordeboek in Suid-A

beskikbaar: Leerderboek met woordeboekaktiwiteite

pt Afrikaans and English translations for more than 50 000
ctionary is the indispensable language teaching aid in Sout
r more than 90 years

ctionary indicates:

arts of speech of each entry word such as *noun, adjective,*
dverb
ynonyms such as **overcharge** ... *also* **rip off**
ariant spelling forms of entry words such as **internet/Inte**
ompounds such as **car hijacker** motorkaper

www.ingramcontent.com/pod-product-compliance
Ingram Content Group UK Ltd.
Pitfield, Milton Keynes, MK11 3LW, UK
UKHW041630190726
13854UKWH00006B/2410